Goldmann Science Fiction

Von Robert A. Heinlein
sind außerdem im Goldmann Verlag lieferbar:

Tür in die Zukunft. (23351)
Revolte im Jahre 2100. (23352)
Die Tramps von Luna. (23359)
Die Leben des Lazarus Long. (23357)
Bürgerin des Mars. (23354)
Die grünen Hügel der Erde. (23355)

SCIENCE FICTION
ROMAN

Robert A. Heinlein

Die Ausgestoßenen der Erde

METHUSELAH'S CHILDREN

Wilhelm Goldmann Verlag

Aus dem Amerikanischen übertragen von
Tony Westermayr

Herausgegeben von Dr. Herbert W. Franke

1. Auflage März 1980 1.–10. Tsd.
2. Auflage November 1981 · 11.–20. Tsd.

Made in Germany 1981

Der Band erschien 1967 im Goldmann Verlag als
Taschenbuch unter der Verlagsnummer 79

Umschlagentwurf: Atelier Adolf & Angelika Bachmann, München
Umschlagfoto: Agt. Schlück, Garbsen
Gesamtherstellung: Mohndruck Graphische Betriebe GmbH, Gütersloh
Verlagsnummer: 23353
Lektorat: Peter Wilfert · Herstellung: Harry Heiß
ISBN 3-442-23353-4

Erster Teil

1

»Mary Sperling, du bist dumm, wenn du ihn nicht heiratest!«

Mary Sperling addierte ihre Verlustpunkte und füllte einen Scheck aus, bevor sie erwiderte: »Der Altersunterschied ist zu groß.« Sie schob den Kreditschein über den Tisch. »Mit dir sollte ich eigentlich gar nicht spielen – manchmal kommst du mir wie eine Telepathin vor.«

»Unsinn! Du willst mir nur ausweichen. Du bist doch sicher schon bald Dreißig . . . und hübsch ist man nicht ewig.«

Mary lächelte wehmütig. »Wem sagst du das!«

»Bork Vanning kann nicht viel über Vierzig sein, und er ist Plusbürger. So eine Gelegenheit darfst du dir doch nicht entgehen lassen.«

»Ich schenk sie dir. Jetzt muß ich aber wirklich weg. Wiedersehen, Ven.«

»Wiedersehen«, sagte Ven und starrte stirnrunzelnd die Tür an, die sich hinter Mary Sperling zusammenzog. Es juckte sie, herauszufinden, warum Mary eine Partie wie den ehrenwerten Bork Vanning ausschlug, und sie war ebenso neugierig darauf, wohin Mary ging, aber es wäre zu weit gegangen, wenn sie gefragt hätte.

Mary hatte auch nicht die Absicht, irgend jemand wissen zu lassen, wohin sie wollte. Vor der Wohnung ihrer Freundin fuhr sie mit einem Sprunglift in den Keller, holte ihren Wagen aus der Robotgarage, steuerte ihn auf die Rampe und stellte dann die Steuerung auf North Shore ein. Der Wagen wartete eine Lücke im Verkehr ab, dann tauchte er in den Schnellstrom und raste nach Norden. Mary döste vor sich hin.

Als die Einstellperiode abzulaufen begann, wurde ein Summton laut; Mary erwachte und sah hinaus. Der Michigansee lag wie ein dunkler Streifen zu ihrer Rechten. Sie signalisierte der Verkehrskontrolle, daß sie sich in die Ortsfahrbahn einzureihen wünschte; ihr Wagen wurde aussortiert und hinübergelenkt, dann konnte sie wieder auf Selbststeuerung umschalten. Sie griff in den Handschuhkasten.

Das Kennzeichen, von der Verkehrskontrolle beim Verlassen der Fernlenkbahn automatisch fotografiert, entsprach nicht der Nummer, die der Wagen getragen hatte.

Sie fuhr mehrere Kilometer auf einer Nebenstraße dahin, bog dann auf einen schmalen Weg ein, der zum Seeufer führte, und hielt. Dort wartete sie, die Scheinwerfer abgeschaltet, und lauschte. Im Süden glühten die Lichter Chikagos; einige hundert Meter landeinwärts heulten die Fernlenkbahnen, aber hier waren nur die leisen, ängstlichen Laute der Nachttiere vernehmbar. Sie griff in den Handschuhkasten und drehte einen Schalter; das Armaturenbrett begann zu glühen und gab den Blick auf verborgene Skalen frei. Während sie die entsprechenden Einstellungen vornahm, studierte sie die Meßgeräte. Überzeugt, daß kein Radargerät sie beschattete und in ihrer Nähe sich nichts regte, schaltete sie die Instrumente ab, verriegelte das Fenster neben sich und ließ den Motor wieder an.

Was in der äußeren Erscheinung einem Standard Camden-Sportwagen glich, erhob sich geräuschlos in die Luft und schwebte auf den See hinaus, knapp über der Oberfläche – glitt ins Wasser und versank. Mary wartete, bis sie in fünfzehn Meter Tiefe etwa einen halben Kilometer zwischen sich und das Ufer gebracht hatte, dann rief sie eine Funkstation.

»Antwort«, sagte eine Stimme.

»›Das Leben ist kurz –‹«

»›– aber die Jahre sind lang.‹«

»›Nicht‹«, gab Mary zurück, »›solange die schlimmen Tage fern sind.‹«

»Manchmal bin ich mir da gar nicht so sicher«, meinte die Stimme gelassen. »In Ordnung, Mary.«

»Tommy?«

»Nein – Cecil Hedrick. Haben Sie umgeschaltet?«

»Ja. Lotsen Sie mich rein.«

Siebzehn Minuten später tauchte der Wagen in einem Teich, der den größten Teil einer künstlichen Höhle ausfüllte, an die Oberfläche. Als der Wagen an Land war, stieg Mary aus, begrüßte die Wachen und betrat durch einen Tunnel einen großen unterirdischen Raum, in dem fünfzig oder sechzig Männer und Frauen saßen. Sie unterhielt sich mit einigen Leuten, bis die Zeiger der Uhr auf Mitternacht wiesen, dann trat sie an ein Rednerpult.

»Ich bin einhundertdreiundachtzig Jahre alt«, erklärte sie. »Befindet sich jemand hier, der älter ist?«

Niemand meldete sich. Nach einer längeren Pause fuhr sie fort: »Dann erkläre ich in Übereinstimmung mit unseren Gewohnheiten diese Sitzung für eröffnet. Würden Sie einen Vorsitzenden bestimmen?«

Jemand sagte: »Nur zu, Mary.« Als sich sonst niemand zum Wort meldete, sagte sie: »Also gut.« Die Ehrenbezeigung schien sie nicht zu berühren, und alle Versammelten teilten ihre Einstellung – ein Gefühl völliger Gelöstheit und Unberührtheit von den Spannungen des modernen Lebens.

»Wir treffen uns wie gewöhnlich«, verkündete sie, »um unser und unserer Brüder und Schwestern Wohlergehen zu besprechen. Hat ein Familienvertreter eine Nachricht seiner Familie zu überbringen? Oder möchte jemand für sich selbst sprechen?«

Ein Mann fing ihren Blick auf und begann zu sprechen: »Ira Weatheral für die Familie Johnson. Wir treffen uns beinahe zwei Monate zu früh. Die Kuratoren müssen Gründe dafür haben. Welche?«

Sie nickte und wandte sich an einen kleinen Mann in der ersten Reihe. »Justin . . . wenn Sie so gut sein wollen, bitte.«

Der kleine Mann stand auf und machte eine knappe Verbeugung. Unter seinem schlecht geschnittenen Kilt sahen magere Beine hervor. Er sah aus und benahm sich wie ein ältlicher, verknöcherter Beamter, aber sein schwarzes Haar und die gesunde Hautfarbe verrieten, daß er in der Blüte seiner Jahre stand. »Justin Foote«, erklärte er gemessen, »als Berichterstatter für die Kuratoren. Elf Jahre sind vergangen, seit die Familien sich für das Experiment entschieden, die Öffentlichkeit davon zu unterrichten, daß in ihr Personen leben, die eine weit größere Lebenserwartung haben als der Durchschnittsmensch, wie auch andere Personen, die den wissenschaftlichen Wahrheitsbeweis für eine solche Erwartung dadurch antraten, daß sie mehr als die doppelte normale Lebensspanne der Menschen erreichen konnten.«

Obgleich er frei sprach, klangen seine Worte, als lese er sie vom Blatt. Was er sagte, wußten sie alle, aber niemand drängte ihn; sein Publikum hatte nichts von der sonst allgemein üblichen fiebrigen Ungeduld. »Zu dem Entschluß«, fuhr er fort, »die vorherige, lange Zeit geltende Politik des Schweigens und der Verheimlichung des besonderen Aspekts, in dem wir uns von den anderen Menschen unterscheiden, aufzugeben, wurden die Familien durch verschiedene Überlegungen gebracht. Der Grund für die ursprüngliche Annahme der Politik der Verheimlichung sollte festgehalten werden:

Die ersten Nachkommen aus den von der Howard-Stiftung unterstützten Verbindungen kamen 1875 auf die Welt. Sie erregten keine Aufmerksamkeit, weil sie in keiner Weise bemerkenswert waren. Die Stiftung war ein gemeinnütziges Unternehmen mit offener Rechnungslegung . . .«

Am 17. März 1874 saß Ira Johnson, Medizinstudent, im Büro der Anwaltsfirma Deems, Wingate, Alden & Deems, und hörte sich eine ungewöhnliche Mitteilung an. Schließlich unterbrach er den Seniorpartner der Firma. »Einen Augenblick mal! Soll ich das so verstehen, daß Sie mich für die Heirat mit einer dieser Frauen anwerben wollen?«

Der Rechtsanwalt war schockiert. »Ich bitte Sie, Mr. Johnson. Keinesfalls.«

»Na ja, es klang aber danach.«

»Nein, nein, ein solcher Vertrag wäre nichtig und gegen alle Vernunft. Wir unterrichten Sie als Verwalter einer Stiftung lediglich davon, daß, falls Sie zufällig eine der jungen Damen auf dieser Liste heiraten sollten, wir das Vergnügen hätten, jedes einer solchen Verbindung entstammende Kind nach den hier festgelegten Sätzen zu dotieren. Aber ein Vertrag mit uns käme dadurch keineswegs zustande, noch machen wir Ihnen hier ein ›Angebot‹ – wir schlagen Ihnen selbstverständlich nicht vor, wie Sie sich verhalten sollen. Wir teilen Ihnen lediglich gewisse Tatsachen mit.«

Ira Johnson machte ein grimmiges Gesicht und scharrte mit den Füßen. »Was soll dann das Ganze eigentlich? Warum ist das so?«

»Das ist Sache der Stiftung. Man könnte es vielleicht so ausdrükken: Wir schätzen Ihre Großeltern.«

»Haben Sie mit ihnen über mich gesprochen?« fragte Johnson aufgebracht. Er konnte seine Großeltern nicht leiden. Ein geiziges Vierergespann. Wenn auch nur einer von ihnen die Freundlichkeit hätte, in einem vernünftigen Alter das Zeitliche zu segnen, brauchte er sich keine Sorgen darüber zu machen, woher er das Geld für die letzten Studienjahre nehmen sollte.

»Wir haben mit ihnen gesprochen, das stimmt. Aber nicht über Sie.«

Der Anwalt schnitt jede weitere Diskussion ab, und der junge Johnson ließ sich widerwillig eine Liste mit Namen junger Mädchen geben, die ihm allesamt fremd waren. Er hatte die Absicht, den Bogen sofort zu zerreißen, sobald er das Büro verlassen hatte, aber statt dessen schrieb er an diesem Abend sieben Konzepte eines Briefes, bevor er die richtigen Worte fand, die das Verhältnis zwischen ihm und seiner Freundin in seinem Heimatort abkühlen würden. Er war froh, sie niemals direkt um ihre Hand gebeten zu haben. Das wäre jetzt sehr peinlich gewesen.

Als er heiratete – eines der auf der Liste stehenden Mädchen –, empfand er es als seltsamen, wenn auch nicht übermäßig bemerkenswerten Zufall, daß seine Frau wie er über vier lebende, gesunde, tätige Großeltern verfügte.

»... gemeinnütziges Unternehmen mit offener Rechnungslegung«, fuhr Foote fort, »und der ausdrücklich genannte Zweck, Verbindungen zwischen Nachkommen gesunder Amerikaner zu unterstützen, stand im Einklang mit den Gebräuchen dieses Jahrhunderts. Durch die einfache Methode, den tatsächlichen Sinn der Stiftung geheimzuhalten, waren ungewöhnliche Verheimlichungsmethoden erst sehr spät in jener Periode zwischen den Weltkriegen erforderlich, die man manchmal ein wenig oberflächlich mit dem Namen ›Die Verrückten Jahre‹ belegt. Die damaligen Kuratoren entschieden – zu Recht, wie wir jetzt glauben –, daß in dieser Zeit semantischer Verwirrung und Massenhysterie jede Minderheit Zielscheibe für Verfolgung, diskriminierende Gesetzgebung, ja sogar für Gewalttaten des Mobs werden konnte. Überdies bedrohten die unordentliche Finanzlage des Landes und insbesondere der erzwungene Austausch von mündelsicheren Papieren gegen Staatsanleihen die Zahlungsfähigkeit der Stiftung.

Man entschied sich für zwei Maßnahmen. Das Vermögen der Stiftung wurde umgewandelt und auf die Mitglieder der Familien aufgeteilt, die sie als de-jure-Eigentümer zu verwalten hatten; außerdem verschrieb man sich der sogenannten ›Maskerade‹ als ständige Politik. Man fand Wege, den Tod beliebiger Mitglieder zu simulieren, die ein auffälliges Alter erreicht hatten, und sie in einem anderen Teil des Landes mit einer neuen Identität zu versehen.

Die Klugheit dieser zweiten Maßnahme, so unangenehm die Auswirkungen auch für einzelne sein mochten, erwies sich bald als weit vorausschauend. Die Familien bestanden zu 97 Prozent aus Mitgliedern, deren offenkundiges Alter unter Fünfzig lag. Die scharfen Registrierungsvorschriften der damaligen Zeit erschwerten den Wechsel der öffentlichen Identität, wenngleich er manchmal gelang.

Eine Kombination von Glück und Voraussicht rettete unser Geheimnis vor einer Aufdeckung. Das war gut – die Familien hätten ihre Vorteile damals sonst teuer bezahlen müssen.

Die Familien nahmen als solche an den zur Zweiten amerikanischen Revolution führenden Vorgängen keinen Anteil, aber viele Mitglieder beteiligten sich aktiv und mit großem Erfolg an den Bemühungen, der Vernunft wieder zur Herrschaft zu verhelfen. Wir nutzten die nun folgende Periode der Unsicherheit, um die Altersspannen derjenigen unserer Mitglieder zu regulieren, die inzwischen verdächtig alt geworden waren. Darin wurden wir von Mitgliedern unterstützt, die hohe Ämter innehatten.

Im Jahre 2075, als die bürgerlichen Freiheiten endlich wiederhergestellt waren, verlangten viele bei der damaligen Sitzung, wir sollten nun an die Öffentlichkeit treten. Die Mehrheit stimmte jedoch dagegen ... bewogen vermutlich durch die Gewohnheit der Geheimhaltung und Vorsicht. Aber die Wiedergeburt der Kultur in den folgenden fünfzig Jahren, das ständige Wachsen von Toleranz und gutem Benehmen, die semantisch vernünftige Erziehungsarbeit, der gesteigerte Respekt vor der Intimsphäre der Mitmenschen und der Würde des einzelnen – all dies zusammen ließ uns glauben, daß endlich die Zeit gekommen war, uns zu erkennen zu geben und unseren rechtmäßigen Platz als eigenartige, aber respektierte Minderheit in der Gesellschaft einzunehmen.

Dafür gibt es zwingende Gründe. Immer mehr von uns empfanden die ›Maskerade‹ in einer neuen und besseren Gesellschaft als unerträglich. Es war nicht nur äußerst unangenehm, alle paar Jahre alles aufgeben und neu anfangen zu müssen, es schmerzte auch, in einer Gesellschaft lügen zu müssen, wo den meisten Menschen Offenheit und Ehrlichkeit selbstverständlich waren. Außerdem hatten die Familien als Gruppe durch unsere Forschungen in den Bio-Wissenschaften vieles gelernt, was unseren armen kurzlebigen Brüdern von Nutzen sein konnte. Wir brauchten Freiheit, um ihnen helfen zu können.

Diese und vergleichbare Gründe ließen sich diskutieren. Die Wiederaufnahme der Gewohnheit positiver physischer Identifizierung dagegen ließ die ›Maskerade‹ beinahe untragbar erscheinen. Jeder vernünftige und friedliche Bürger begrüßt die positive Identifizierung unter den geeigneten Umständen, obwohl er sonst sein Recht auf Privatleben eifersüchtig hütet – wir konnten es uns also nicht leisten, Widerspruch zu erheben. Das hätte die Neugier geweckt, uns als exzentrische Gruppe abgestempelt und daher den ganzen Sinn der ›Maskerade‹ aufgehoben.

Wir unterzogen uns deshalb notwendigerweise der persönlichen Identifizierung. Zum Zeitpunkt der Sitzung von 2125, vor elf Jahren, war es bereits außerordentlich schwierig geworden, neue Identitäten für die ständig wachsende Zahl derer unter uns zu fälschen, die vor der Öffentlichkeit ein mit ihrem Aussehen nicht vereinbares Alter erreichen. Wir entschlossen uns zu dem Experiment, Freiwillige aus dieser Gruppe bis zu einem Limit von zehn Prozent der Gesamtmitgliederzahl der Familien an die Öffentlichkeit treten zu lassen und sich als das zu zeigen, was sie waren, und die Folgen zu beobachten, während alle anderen Geheimnisse der Familienorganisation gewahrt wurden.

Die Resultate entsprachen bedauerlicherweise nicht unseren Erwartungen.«

Justin Foote verstummte. Es blieb geraume Zeit still, bis ein kräftig gebauter Mann von mittlerer Größe das Wort ergriff. Sein Haar war ein wenig grau – ungewöhnlich in dieser Gruppe –, und sein Gesicht wirkte weltraumgebräunt. Mary Sperling war er längst aufgefallen. Sie hatte sich gefragt, wer er sein konnte. Sein lebendiges Gesicht und das ungehemmte Lachen hatten ihr Interesse geweckt. Aber jedes beliebige Mitglied war berechtigt, an den Sitzungen des Familienrates teilzunehmen; sie hatte sich nicht mehr damit beschäftigt.

Er sagte: »Na los, Freundchen. Was haben Sie zu berichten?«

Foote wandte sich bei der Antwort an Mary. »Unser Senior-Psychometriker sollte den Rest des Berichtes erstatten. Meine Bemerkungen waren nur als Einführung gedacht.«

»Ach du ahnst es nicht!« rief der graumelierte Fremde. »Sie geben zu, hier nur etwas vorgetragen zu haben, was wir alle schon wissen, Freundchen?«

»Meine Bemerkungen sollten als Grundlage dienen ... und ich heiße Justin Foote, nicht ›Freundchen‹!«

Mary Sperling fuhr dazwischen. »Bruder«, sagte sie zu dem Fremden, »würden Sie Ihren Namen nennen, wenn Sie die Familien ansprechen? Tut mir leid, aber ich kenne Sie nicht.

»Verzeihung, Schwester. Lazarus Long, und ich spreche für mich selbst.«

Mary schüttelte den Kopf. »Ich kann Sie immer noch nicht unterbringen.«

»Ach so – na, das ist ein ›Maskerade‹-Name, den ich mir damals zugelegt habe ... er macht mir Spaß. Mein Familienname ist Smith ... Woodrow Wilson Smith.«

»Woodrow Wilson Sm – – Wie alt sind Sie?«

»Was? Tja, das habe ich schon lange nicht mehr nachgerechnet. Einhun ... nein, zweihundertund -dreizehn Jahre. Ja, das stimmt, zweihundertdreizehn.«

Es wurde totenstill. Nach einer Weile sagte Mary leise: »Haben Sie mich nicht nach einer Person fragen hören, die älter sei als ich?«

»Ja. Sie waren aber doch gut in Form. Ich habe schon seit über hundert Jahren an keinem Familienrat mehr teilgenommen. Inzwischen hat sich einiges geändert.«

»Ich möchte Sie bitten, für mich weiterzumachen.« Sie verließ die Plattform.

»Aber nein!« protestierte er. Sie kümmerte sich nicht darum und setzte sich. Er sah sich um, zuckte die Achseln und gab es auf. Er schwang ein Bein über den Rednertisch und sagte: »Na schön, machen wir weiter. Wer kommt als nächster?«

Ralph Schultz aus der Familie Schultz sah mehr wie ein Bankier denn wie ein Psychometriker aus. Er war weder schüchtern noch geistesabwesend und hatte eine kühle, sachliche Art zu sprechen, die Autorität verriet. »Ich gehöre zu der Gruppe, die für das Ende der ›Maskerade‹ eintrat. Ich habe mich geirrt. Ich glaubte, die große Mehrheit unserer Mitbürger, aufgewachsen mit einer modernen Erziehung, könnte ohne eine das Normalmaß überschreitende Gefühlserregung jede beliebige Art von Tatsachen auswerten. Ich sah voraus, daß ein paar abnormale Menschen uns scheel ansehen, ja hassen würden – jeder, der gerne lebt, möchte lange leben. Aber ernste Schwierigkeiten sah ich nicht voraus. Die moderne Einstellung hat die Reibungen zwischen den verschiedenen Rassen verschwinden lassen; Menschen, die noch Rassenvorurteile haben, wagen aus Scham nicht, sie lautwerden zu lassen. Ich glaubte, unsere Gesellschaft sei so tolerant, daß wir offen und friedlich mit den Kurzlebigen zusammenleben könnten.

Ich habe mich getäuscht.

Der Neger haßte und beneidete den Weißen, solange dieser Vorrechte genoß, die dem Neger seiner Hautfarbe wegen vorenthalten blieben. Das war eine gesunde, normale Reaktion. Als die Diskriminierung beseitigt wurde, löste sich das Problem von selbst, es kam zu einer kulturellen Assimilierung. Eine vergleichbare Tendenz, die langlebigen Menschen zu beneiden, findet sich bei den kurzlebigen. Wir hatten angenommen, diese Reaktion würde den meisten Leuten nichts bedeuten, sobald einmal klargestellt war, daß wir unsere Besonderheiten den Genen verdanken, daß die Langlebigkeit weder unsere Schuld noch unser Verdienst ist, sondern einfach Glück bei der Auswahl unserer Vorfahren.

Das war reines Wunschdenken. Im Nachhinein kann man leicht erkennen, daß die korrekte Anwendung mathematischer Analysis auf die Tatsachen zu einer anderen Antwort geführt, die falsche Analogie aufgespürt hätte. Ich verteidige das Fehlurteil nicht, eine Verteidigung ist nicht möglich. Wir haben uns von unseren Hoffnungen in die Irre führen lassen.

Was tatsächlich geschah, war folgendes. Wir zeigten unseren kurzlebigen Vettern das größte Geschenk, das sich der Mensch vorstellen kann ... und dann erklärten wir ihnen, daß es nicht für sie bestimmt sei. Damit standen sie vor einem unlösbaren Dilemma. Sie haben die unerträglichen Tatsachen zurückgewiesen, sie weigern sich, uns zu glauben. Ihr Neid verwandelt sich in Haß, mit der gefühlsmäßigen Überzeugung, daß wir sie ihrer Rechte berauben ... absichtlich und bösartig berauben.

Dieser Haß ist nun zu einer Flut angeschwollen, die unsere Brüder, soweit sie sich der Öffentlichkeit gestellt haben, ernstlich bedroht ... und potentiell für uns ebenso gefährlich ist. Die Gefahr zeigt sich als riesengroß und unmittelbar vor der Tür stehend.« Abrupt setzte er sich.

Die Zuhörer nahmen die Mitteilung gelassen auf, mit der geübten Ruhe langer Gewohnheit. Eine weibliche Delegierte erhob sich. »Eve Barstow, für die Familie Cooper. Ralph Schultz, ich bin hundertneunzehn Jahre alt, älter als Sie, glaube ich. Ich besitze nicht Ihre Begabung für Mathematik und die Erforschung menschlicher Verhaltensweisen, aber ich habe viele Menschen kennengelernt. Die Menschen sind im Grunde gut, sanft und freundlich. O ja, sie haben ihre Schwächen, aber die meisten sind anständig. Ich kann nicht glauben, daß sie mich hassen und vernichten werden, nur weil ich schon sehr lange auf der Welt bin. Worauf stützen Sie Ihre Voraussagen? Sie geben zu, sich einmal geirrt zu haben – warum nicht ein zweitesmal?«

Schultz sah sie ernst an und glättete seinen Kilt. »Sie haben recht, Eve. Ich kann mich sehr leicht auch hier getäuscht haben. Das ist ja die Schwierigkeit bei der Psychologie; sie ist so furchtbar kompliziert, es gibt so viele Unbekannte, solche verwickelten Beziehungen, daß unsere besten Anstrengungen im trüben Licht späterer Tatsachen manchmal nur albern wirken.« Er stand wieder auf, sah seine Zuhörer an und sagte: »Ich mache diesmal aber keine Voraussage auf lange Sicht, ich spreche von Tatsachen, nicht von Vermutungen, es geht hier nicht um Wunschdenken – und mit diesen Tatsachen ist eine Voraussage auf so kurze Sicht verbunden, daß es das gleiche wäre, als behaupte man, ein Ei werde zerbrechen, während man es zu Boden fallen sieht. Eve hat trotzdem recht ... bis zu einem gewissen Grad. Die Einzelpersonen sind wirklich gut und anständig ... als Einzelpersonen und anderen Einzelpersonen gegenüber. Eve hat von ihren Nachbarn und Freunden nichts zu befürchten, ebensowenig wie ich von den meinen. Aber sie ist in Gefahr durch meine Nachbarn und Freunde – wie ich durch die ihrigen. Massenpsychologie ist nicht einfach eine Summierung von Einzelpsychologien. Dabei handelt es sich um einen Grundsatz der Sozial-Psychodynamik, also nicht nur um meine private Meinung. Eine Ausnahme zu dieser Regel hat man bislang noch nicht entdeckt. Es handelt sich um die Regel der Massenaktionen, um das Mob-Hysterie-Gesetz, bekannt und angewendet von Generationen, bevor man sie in mathematischen Symbolen formulierte, von militärischen, politischen und religiösen Führern, von Werbefachleuten, Propheten und Propagandisten, von Demagogen, Schauspielern und Bandenhäuptlingen. Sie funktioniert. Sie funktioniert auch jetzt.

Meine Kollegen und ich vermuteten vor einigen Jahren, daß sich ein Mob-Hysterie-Trend gegen uns auszubilden begann. Wir trugen unseren Verdacht nicht dem Familienrat vor, weil wir keinerlei Beweise hatten. Was wir damals beobachteten, mochte nur das Murren der Minderheit von Sonderlingen sein, die auch in der gesündesten Gesellschaft zu finden ist. Der Trend war zunächst so unauffällig, daß wir seine Existenz nicht als sicher unterstellen konnten, denn alle gesellschaftlichen Trends überschneiden sich mit anderen Entwicklungsströmen, so daß sich ein unentwirrbares Knäuel bildet. Man benötigt einen abstrakten topologischen Raum von vielen Dimensionen – zehn oder zwölf sind nicht ungewöhnlich und kaum ausreichend –, um das Wechselspiel der gesellschaftlichen Kräfte mathematisch zu beschreiben. Ich kann die Komplexität des Problems nicht genug betonen.

Wir warteten also, machten uns Sorgen und versuchten es mit repräsentativen Querschnitten, sorgfältig auf ausgeklügelten statistischen Berechnungen aufgebaut. Bis wir zu einem sicheren Ergebnis gelangten, war es beinahe schon zu spät. Soziopsychologische Trends wachsen und vergehen nach einem ›Hefewachstums‹-Gesetz, einem komplizierten Kraftgesetz. Wir hofften immer noch, andere, günstige Faktoren würden den Trend umkehren – Nelsons Arbeit in der Symbiotik, unsere eigenen Beiträge zur Geriatrie, das große öffentliche Interesse an der Freigabe der Jupiter-Satelliten für die Einwanderung. Jeder entscheidende Durchbruch zur Verlängerung des Lebens, jede neue Hoffnung für die Kurzlebigen konnte dem schwelenden Groll gegen uns ein für allemal ein Ende machen.

Statt dessen wurde aus der schwelenden Glut ein unkontrollierbarer Waldbrand. Soweit wir in der Lage sind, exakte Messungen anzustellen, hat sich das Tempo in den letzten 37 Tagen verdoppelt. Ich weiß nicht, wie weit oder wie schnell die Entwicklung vorangetrieben wurde – deswegen haben wir diese Sondersitzung einberufen. Wir müssen jeden Augenblick mit ernsten Eingriffen rechnen.« Er ließ sich erschöpft in seinen Sessel sinken.

Eve hatte nichts zu erwidern, und auch von den anderen kam kein Protest. Nicht nur betrachtete man Ralph Schultz als Kapazität auf seinem Gebiet, jeder einzelne von ihnen, vom jeweiligen Standpunkt aus, hatte die gröberen Auswirkungen des Trends beobachten können, der sich gegen die der Öffentlichkeit bekannten Mitglieder richtete. Obgleich nun alle das Problem als solches akzeptierten, gab es ebenso viele Meinungen wie Personen anwesend waren darüber, was zu tun sei. Lazarus ließ die Diskussion zwei Stunden lang dahinplätschern, bis er die Hand hob. »Wir kommen so nicht weiter«, sagte er, »ganz bestimmt heute nacht nicht mehr. Fassen wir einmal ganz kurz zusammen: Wir können«, er begann die Pläne an den Fingern abzuzählen, »nichts tun, abwarten und zusehen, was geschieht.

Wir können die ›Maskerade‹ fallenlassen, uns ohne Ausnahme der Öffentlichkeit stellen und unsere Rechte fordern.

Wir können uns nach außen hin abkapseln, jedoch unsere Organisation und unser Geld dazu benutzen, die der Öffentlichkeit bekannten Brüder zu schützen, ja, sie vielleicht sogar in die ›Maskerade‹ zurückzuholen.

Wir können uns zu erkennen geben und um ein Zuhause bitten, das sich kolonisieren läßt, wo wir unter uns leben.

Oder wir können etwas anderes tun. Ich schlage vor, daß Sie sich nach diesen vier Hauptstandpunkten aufteilen – sagen wir in den Ecken des Raumes, angefangen bei der hinteren rechten Ecke im Uhrzeigersinn fortlaufend –, daß jede Gruppe einen Plan ausarbeitet und ihn für die Vorlage bei den Familien fertigstellt. Und diejenigen von Ihnen, die für keinen der vier Pläne sind, versammeln sich in der Mitte des Raumes und setzen sich auseinander, was Sie nun eigentlich tun würden. Wenn niemand Einwendungen hat, erkläre ich die Sitzung bis morgen um Mitternacht für vertagt. Nun?«

Niemand meldete sich. Lazarus Longs verkürzte Version parlamentarischer Prozeduren hatte sie ein wenig verblüfft; man war lange, gelassene Diskussionen gewöhnt, bis sich endlich herausstellte, daß ein Standpunkt die Meinung aller für sich gewonnen hatte. Es war doch ein wenig schockierend, unter Zeitdruck entscheiden zu müssen.

Aber das Auftreten Longs war gewichtig, sein Alter verlieh ihm Prestige, und seine etwas altmodische Sprechweise erhöhte seine patriarchalische Autorität noch; niemand hatte etwas einzuwenden.

»Na schön«, verkündete Lazarus und klatschte einmal in die Hände. »Dann bis morgen nacht.« Er verließ die erhöhte Plattform.

Mary Sperling kam auf ihn zu. »Ich möchte Sie näher kennenlernen«, sagte sie und sah ihm in die Augen.

»Aber gern, Schwesterchen, warum nicht?«

»Bleiben Sie zur Diskussion?«

»Nein.«

»Könnten Sie mit zu mir kommen?«

»Mit Vergnügen. Ich habe nichts Wichtiges vor.«

»Gehen wir.« Sie führte ihn durch den Tunnel zum unterirdischen Teich, der mit dem Michigansee verbunden war. Er machte große Augen, als er den Pseudo-Camden sah, sagte aber nichts, bis sie untergetaucht waren.

»Einen netten kleinen Wagen haben Sie da.«

»Ja.«

»Ein bißchen ungewöhnlich ist er allerdings.«

Sie lächelte. »Ja. Unter anderem explodiert er, wenn ihn jemand untersuchen will.«

»Fein.« Er meinte: »Sind Sie Konstrukteurin, Mary?«

»Ich? Du lieber Himmel, nein! Wenigstens im vergangenen Jahrhundert nicht, und ich halte mich auch gar nicht mehr auf dem laufenden. Aber Sie können über die Familien einen solchen Wagen bestellen, wenn Sie wollen. Sprechen Sie mit –«

»Lassen Sie nur, ich brauche keinen. Ich habe nur etwas übrig für Maschinen, die wirklich das leisten, wofür man sie entworfen hat. Da steckt allerhand Gehirnschweiß dahinter.«

»Ja.« Sie war vollauf damit beschäftigt, nach dem Auftauchen eine Radarprüfung vorzunehmen und den Wagen zum Ufer zurückzubringen, ohne aufzufallen.

Als sie ihre Wohnung erreicht hatten, stellte sie ihm Tabak und etwas zu trinken auf den Tisch, ging in ihr Ruhezimmer, legte die Straßenkleidung ab und warf einen weichen, weiten Hausmantel über, der sie noch kleiner und jünger erscheinen ließ. Sie kehrte zu Lazarus zurück. Er stand auf, zündete ihr eine Zigarette an, riß plötzlich die Augen auf, als er sie ihr gab und pfiff anerkennend durch die Zähne.

Sie lächelte ein wenig, nahm die Zigarette und setzte sich in einen großen Sessel, wo sie die Beine hochzog. »Lazarus, Sie geben mir wieder Sicherheit.« – »Haben Sie denn keinen Spiegel?«

»Das meine ich nicht«, sagte sie ungeduldig. »Sie selbst. Sie wissen, daß ich die durchschnittliche Lebenserwartung unserer Leute überschritten habe – ich rechne seit den letzten zehn Jahren mit dem Sterben, ich habe mich darauf eingestellt. Und Sie sitzen da ... Jahre und Jahre älter als ich. Sie geben mir neue Hoffnung.«

Er richtete sich auf. »Sie rechnen mit dem Tod? Du meine Güte, Mädel, Sie sehen mir gut nach noch einmal hundert Jahren aus.«

Sie winkte müde ab. »Schmeicheln Sie nicht. Sie wissen, daß das Aussehen nichts damit zu tun hat. Lazarus, ich will nicht sterben!«

Lazarus wurde ernst. »Ich wollte Sie wirklich nicht auslachen. Sie sehen einfach nicht aus, als hätten Sie Ihr Leben schon hinter sich.«

Sie hob die Schultern. »Biotechnik. Ich halte mein Aussehen bei Anfang Dreißig.«

»Oder weniger, würde ich sagen. Ich kenne mich bei den neuesten Tricks nicht so aus, Mary. Sie haben mich sagen hören, daß ich seit über hundert Jahren an keiner Sitzung mehr teilgenommen habe. Tatsächlich war ich sogar die ganze Zeit über ohne Kontakt mit den Familien.«

»Wirklich? Darf ich fragen, warum?«

»Das ist eine lange und ermüdende Geschichte. Sie läuft darauf hinaus, daß ich einfach Langeweile hatte. Ich war Delegierter bei den Jahresversammlungen. Aber man wurde zu steif und formell – so kam es mir jedenfalls vor. Ich suchte das Weite. Die meiste Zeit verbrachte ich auf der Venus. Ab und zu kam ich einmal auf die Erde zurück, aber mehr als zwei Jahre sind es hier insgesamt sicher nicht geworden. Ich bin gerne unterwegs.«

Ihre Augen wurden hell. »Oh, erzählen Sie mir davon! Ich bin nur einmal in Luna City gewesen, im tiefen Weltraum nie.«

»Gern«, sagte er. »Bei Gelegenheit. Aber ich möchte lieber noch über Ihr Aussehen reden. Ihr Alter sieht man Ihnen wirklich nicht an.«

»Wahrscheinlich nicht. Oder vielmehr, natürlich nicht. Wie's gemacht wird, kann ich Ihnen aber auch nicht genau erklären. Hormone, Symbiotik, Drüsentherapie und etwas Psychotherapie, so ungefähr. Was herauskommt dabei ist, daß für Mitglieder der Familien die Senilität hinausgeschoben wird und die Alterung zumindest kosmetisch aufgehalten werden kann.« Sie brütete eine Weile vor sich hin. »Einmal glaubte man, dem Geheimnis der Unsterblichkeit, der echten Quelle ewiger Jugend, auf der Spur zu sein. Aber das war ein Irrtum. Die Senilität wird nur hinausgeschoben ... und verkürzt. Ungefähr neunzig Tage vom ersten deutlichen Warnzeichen an – dann Tod durch Altersschwäche.« Sie schauderte. »Natürlich warten die meisten das nicht ab. Ein paar Wochen, um die Diagnose zu bestätigen, dann wird ein Ende gemacht.«

»Tatsächlich! Na, das ist nicht mein Fall. Wenn es bei mir einmal so weit sein wird, stemme ich mich mit aller Kraft dagegen. Freiwillig gehe ich nicht mit dem Knochenmann!«

Sie lächelte schwach. »Es tut mir gut, Sie so reden zu hören: Lazarus, ich würde mich bei einem jüngeren Menschen nicht so gehen lassen. Aber Ihr Beispiel gibt mir Mut.«

»Wir überleben sie alle, Mary, keine Angst. Aber um auf die Sitzung zurückzukommen: Ich habe mich nicht um die Nachrichten gekümmert und bin erst vor kurzem auf die Erde zurückgekommen – weiß dieser Schultz, wovon er redet?«

»Ich glaube schon; sein Großvater war ein sehr begabter Mann, und sein Vater ist es auch.«

»Sie kennen Ralph also.«

»Ein wenig. Er ist einer meiner Enkel.«

»Amüsant. Er sieht älter aus als Sie.«

»Ralph war es angenehmer, sein Aussehen auf vierzig Jahre festzunageln, das ist alles. Sein Vater war mein siebenundzwanzigstes Kind. Ralph muß – Moment mal! – oh, mindestens achtzig oder neunzig Jahre jünger sein als ich. Dabei ist er aber immer noch älter als manche meiner Kinder.«

»Sie haben für die Familien allerhand geleistet, Mary.«

»Vielleicht. Aber sie waren auch gut zu mir. Ich bekam gern Kinder, und die Dotierungen für meine über dreißig Sprößlinge machen eine Menge aus. Ich habe jeden Luxus, den man sich wünschen kann.« Sie schauderte wieder. »Deswegen bin ich wohl so bedrückt – ich lebe gerne.«

»Hören Sie auf! Ich dachte, das gute Beispiel und mein jungenhaftes Grinsen hätten Sie von diesem Unsinn kuriert.«

»Na . . . geholfen hat es mir.«

»Hmm . . . hören Sie, Mary, warum heiraten Sie nicht wieder und setzen noch ein paar Sprößlinge in die Welt? Dann wären Sie zu beschäftigt, um sich den Kopf zu zerbrechen.«

»Was? In meinem Alter? Na wissen Sie, Lazarus!«

»Ihr Alter ist in Ordnung. Sie sind jünger als ich.«

Sie betrachtete ihn eine Weile. »Lazarus, wollen Sie etwa um meine Hand anhalten? Sie müssen sich aber deutlicher ausdrükken.«

Er riß die Augen auf und schluckte. »He, Moment mal! Nur

langsam! Ich habe ganz allgemein gesprochen ... ich bin kein häuslicher Typ. Jedesmal, wenn ich heiratete, hatte mich meine Frau nach ein paar Jahren satt. Aber nicht, daß ich – ich meine, Sie sind sehr hübsch, und ein Mann müßte –«

Sie beugte sich vor, legte ihm die Hand auf den Mund und lachte spitzbübisch. »Ich wollte Sie nicht erschrecken. Oder vielleicht doch – die Männer sind so komisch, wenn sie glauben, daß man sie einfangen will.«

»Na ja –«, sagte er bedrückt.

»Vergessen wir's. Sagen Sie, auf welchen Plan wird man sich wohl einigen?«

»Auf gar keinen natürlich. Man wird nichts erreichen. Mary, ein Komitee ist das einzig bekannte Lebewesen mit hundert Mägen und ohne Gehirn. Aber in Bälde wird jemand mit Gehirn sie dazu bringen, seinen Plan zu akzeptieren. Ich weiß nicht, wie er aussehen wird.«

»Tja ... wofür wären Sie?«

»Ich? Für gar keinen Plan. Mary, wenn ich in den letzten zweihundert Jahren überhaupt etwas gelernt habe, dann dies: solche Dinge vergehen. Kriege, Depressionen, Führer und Parteien – das vergeht. Man muß es nur verstehen, alles zu überleben.«

Sie nickte nachdenklich. »Ich glaube, Sie haben recht.«

»Natürlich habe ich recht. Es dauert hundert Jahre oder länger, bis man erkennt, wie schön das Leben ist.« Er stand auf und reckte sich. »Aber im Augenblick braucht dieser Heldenkörper Schlaf.«

»Ich bin auch müde.«

Marys Wohnung befand sich im obersten Stockwerk und verfügte über eine Himmelskuppel. Als sie in das Wohnzimmer zurückgekommen war, hatte sie die Innenbeleuchtung ausgeschaltet und die Deckenrolläden zurückgleiten lassen; sie hatten, abgesehen von einem unsichtbaren Plastikdach, unter den Sternen gesessen. Als Lazarus den Kopf hob, blieb sein Blick auf seinem Lieblingssternbild haften. »Seltsam«, meinte er. »Orion scheint seinem Gürtel einen vierten Stern einverleibt zu haben.«

Sie sah auf. »Das wird das große Raumschiff für die zweite Centauri-Expedition sein. Vielleicht können Sie erkennen, daß es sich bewegt.«

»Ohne Instrumente nicht.«

»Ja«, gab sie zu. »Klug, es draußen im Weltraum zu bauen, nicht wahr?«

»Anders ginge es gar nicht. Es ist zu groß, um auf der Erde zusammengebaut zu werden. Ich kann gleich hier schlafen, Mary. Oder haben Sie ein Fremdenzimmer?«

»Zweite Tür rechts. Rufen Sie, wenn Sie nicht alles finden, was Sie brauchen.« Sie hob den Kopf und gab ihm einen Gute-Nacht-Kuß. »Schlafen Sie gut.«

Lazarus verschwand in seinem Zimmer.

Mary Sperling erwachte am nächsten Tag zur gewohnten Stunde. Sie stand leise auf, um Lazarus nicht zu wecken, ging unter ihren Erfrischer, duschte sich und ließ sich massieren, schluckte Schlaf-Surrogat, um die kurze Nacht auszugleichen und frühstückte einfach, mit Rücksicht auf ihre Taille. Dann drückte sie auf die Tasten des Telefons, um die Anrufe entgegenzunehmen, um die sie sich nachts nicht mehr gekümmert hatte. Der Apparat ließ mehrere Anrufe ablaufen, die sie sofort vergaß, dann erkannte sie die Stimme Bork Vannings. »Hallo«, sagte das Gerät. »Mary, hier ist Bork, um 21 Uhr. Ich komme morgen früh um zehn Uhr vorbei. Wir gehen schwimmen und dann essen. Wenn ich nichts von dir höre, gilt die Verabredung. Leb wohl, Liebste.«

Nicht zu fassen! Konnte er sich mit einem ›Nein‹ nicht zufriedengeben? Mary Sperling, du läßt nach, sagte sie sich – er ist nicht einmal ein Viertel so alt wie du, und du wirst nicht fertig mit ihm.

Ruf ihn an und gib Bescheid, daß – nein, zu spät; er mußte jeden Augenblick hier sein.

2

Als Lazarus zu Bett ging, stieg er aus seinem Kilt und warf ihn in Richtung Schrank ... der ihn auffing, ausschüttelte und säuberlich über einen Bügel hängte. »Gut gemacht«, applaudierte er, dann sah er auf seine haarigen Schenkel hinunter und lächelte schief; der Kilt hatte einen Strahler an einem, ein Messer am anderen Schenkel verborgen. Er wußte, daß es nicht mehr Brauch war, Waffen zu tragen, aber ohne sie kam er sich nackt vor. Solche Gebräuche waren ohnehin Unsinn, Narretei von alten Weibern – es gab keine gefährlichen Waffen, nur gefährliche Menschen.

Als er aus dem Erfrischer kam, legte er seine Waffe griffbereit neben das Bett.

Er fuhr hellwach hoch, eine Waffe in jeder Hand ... dann fiel ihm ein, wo er war, und er versuchte festzustellen, was ihn geweckt hatte.

Es war Stimmengemurmel, das er durch einen Luftschacht hören konnte. Schlechte Schalldämpfer, dachte er, und Mary mußte Besuch bekommen haben – dann durfte er aber nicht auf der faulen Haut liegen. Er stand auf, erfrischte sich, befestigte seine beiden Freunde wieder an den Beinen und machte sich auf den Weg, seine Gastgeberin zu suchen.

Als sich die Tür zum Wohnzimmer geräuschlos vor ihm weitete, wurden die Stimmen laut, das Gespräch interessant. Das Wohnzimmer war L-förmig, und man konnte ihn nicht sehen; er blieb stehen und lauschte ohne Gewissensbisse. Solche Geräusche hatten ihm schon mehrere Male das Leben gerettet. Ihm machte das Spaß.

Ein Mann sagte gerade: »Mary, du bist wirklich vernünftig! Du weißt, daß du mich gern hast, du gibst zu, daß eine Heirat mit mir nicht zu deinem Nachteil wäre. Warum willst du also nicht?«

»Das habe ich dir doch schon gesagt, Bork. Der Altersunterschied.«

»Das ist albern. Was erwartest du denn? Jugendromanzen? Oh, ich gebe zu, daß ich nicht so jung bin wie du ... aber eine Frau braucht einen älteren Mann, zu dem sie aufsehen kann. Ich bin nicht zu alt für dich; ich bin in den besten Jahren.«

Lazarus entschied, daß er diesen Kerl schon gut genug kannte, um ihn unsympathisch zu finden. Eine samtene Stimme ...

Mary schwieg. Der Mann fuhr fort: »Übrigens habe ich in dieser Beziehung eine Überraschung für dich. Ich würde sie dir gerne jetzt schon sagen, aber ... nun, es ist ein Staatsgeheimnis.«

»Dann erzähl es mir nicht. Ändern würde sich dadurch sowieso nichts, Bork.«

»Oh, und ob! Hmm ... ich erzähle es dir – ich weiß, daß man dir vertrauen kann.«

»Hör mal, Bork, du darfst nicht davon ausgehen –«

»Spielt keine Rolle. In ein paar Tagen weiß es alle Welt. Mary ... ich werde an deiner Seite nie alt werden!«

»Was soll das heißen?« Lazarus fand, daß ihre Stimme plötzlich argwöhnisch klang.

»Genau das, was ich gesagt habe. Mary, man hat das Geheimnis ewiger Jugend gefunden!« – »Was? Wer? Wie? Wann?«

»Aha, jetzt interessierst du dich also doch, wie? Nun, ich will dich nicht auf die Folter spannen. Du kennst doch diese alten Knacker, die sich als Howard-Familien bezeichnen?«

»Ja ... ich habe natürlich von ihnen gehört«, erwiderte sie zögernd. »Aber was hat das mit ihnen zu tun? Sie sind Schwindler.«

»Keineswegs. Ich weiß genau Bescheid. Die Regierung hat ihre Behauptungen insgeheim überprüft. Manche von ihnen sind fraglos über hundert Jahre alt – und noch jung!«

»Das ist doch sehr unwahrscheinlich.«

»Trotzdem stimmt es.«

»Na ... und wie machen sie das?«

»Ah! Das ist es ja. Sie behaupten, es handle sich nur um eine Frage des Erbguts, sie lebten nur deswegen so lange, weil sie von langlebigen Menschen abstammen. Aber das ist lächerlich und mit den feststehenden Tatsachen unvereinbar. Die Regierung hat alles genauestens geprüft, und die Antwort steht fest: Sie besitzen das Geheimnis, wie man jung bleibt.«

»Das kann doch niemand mit Sicherheit wissen.«

»Na komm, Mary! Du bist ein liebes Mädchen, aber hier stellst du die fachmännische Meinung der größten Wissenschaftler der Welt in Frage. Lassen wir das. Jetzt kommt das Vertrauliche. Wir haben ihr Geheimnis noch nicht – aber wir werden es bald besitzen. Ohne jede Aufregung oder öffentliche Aufmerksamkeit sollen sie festgenommen und verhört werden. Wir bekommen das Geheimnis in die Hand – und du und ich, wir werden nie alt werden! Was sagst du dazu?«

Mary erwiderte langsam, beinahe unhörbar: »Es wäre schön, wenn jeder lange leben könnte.«

»Was? Ja, das mag schon sein. Aber wir beide können uns auf jeden Fall dieser Behandlung unterziehen. Denk doch an uns, Liebste. Jahr um Jahr einer glücklichen, jugendlichen Ehe. Nicht unter einem Jahrhundert. Vielleicht sogar –«

»Einen Augenblick, Bork. Dieses Geheimnis wäre nicht für jedermann?«

»Nun ja ... das ist eine Sache der hohen Politik. Der Bevölkerungsdruck ist jetzt schon ein großes Problem. In der Praxis mag es nötig sein, die Behandlung auf wichtige Persönlichkeiten zu beschränken – und auf ihre Ehefrauen. Aber zerbrich dir nicht deinen hübschen Kopf darüber; wir beide sind dabei.«

»Du meinst, ich bin dabei, wenn ich dich heirate.«

»Mmm ... das ist unschön ausgedrückt, Mary. Ich würde alles für dich tun – weil ich dich liebe. Aber es wäre ungeheuer einfach, wenn du mit mir verheiratet wärst. Also gib schon nach.«

»Lassen wir das für einen Augenblick. Wie wollt ihr den Leuten ihr Geheimnis entreißen?«

Lazarus konnte beinahe sein weises Nicken sehen. »Oh, die werden schon reden!«

»Soll das heißen, daß ihnen etwas passiert, wenn sie nicht nachgeben?«

»Du begreifst die Situation einfach nicht, Mary. Hier geht es nicht um ein zweitrangiges Vergehen gegen die Gesellschaft. Das ist Verrat – Verrat gegenüber der gesamten Menschheit. Wir werden schon Mittel finden! Mittel, wie man sie früher anwandte ... wenn sie nicht freiwillig mittun.«

»Ist das dein Ernst? Das verstößt aber doch gegen die Verfassung!«

»Zum Teufel mit der Verfassung! Hier geht es um Leben oder Tod. Glaubst du etwa, wir lassen uns von einem Fetzen Papier abhalten? In den fundamentalen Dingen kann man sich nicht mit der Legalität befassen. Für dieses Geheimnis würden die Menschen alles tun. Darum geht es doch. Diese ... diese Gauner versuchen, uns das Leben vorzuenthalten. Meinst du denn, wir beugen uns in einem solchen Fall den Sitten?«

Mary erwiderte mit entsetzter Stimme: »Glaubst du wirklich, daß der Rat die Verfassung verletzen wird?«

»Ob ich das glaube? Der Rat trat gestern nacht zusammen. Wir haben dem Administrator Generalvollmacht gegeben.«

Lazarus horchte in die Stille hinein. Endlich sagte Mary: »Bork –«

»Ja, Liebste?«

»Du mußt etwas dagegen unternehmen. Du mußt das aufhalten.«

»Aufhalten? Du weißt ja nicht, was du da sagst. Ich könnte es nicht – und ich würde es nicht tun, wenn ich es könnte.«

»Aber du mußt einfach. Du mußt den Rat überzeugen. Man macht einen Fehler, einen tragischen Fehler. Mit Zwang kann man bei diesen armen Leuten nichts erreichen. Es gibt kein Geheimnis.«

»Was? Du regst dich zu sehr auf, Liebste. Du stellst dein Urteil gegen einige der besten und klügsten Männer auf der ganzen Erde. Glaub mir doch, wir wissen, was wir tun. Wir sind auch nicht begeistert davon, grobe Methoden anwenden zu müssen, aber es geht um das Gesamtwohl. Hör zu, es tut mir leid, daß ich überhaupt davon gesprochen habe. Natürlich bist du weich und sanft und warmherzig, und ich liebe dich deswegen. Warum heiratest du mich nicht, statt dir den Kopf über Angelegenheiten der Politik zu zerbrechen?«

»Ich dich heiraten? Niemals!«

»Aber Mary, du bist jetzt nur aufgeregt. Gib mir einen vernünftigen Grund an, warum du mich nicht heiraten kannst.«

»Ich will dir sagen, warum! Weil ich einer von den Menschen bin, die du verfolgen willst!«

Es blieb lange Zeit still. »Mary ... du bist nicht gesund.«

»Nicht gesund, so? Ich bin so gesund, wie man in meinem Alter nur sein kann. Hör mir zu, du Narr! Ich habe Enkel, die doppelt so alt sind wie du. Ich war schon auf der Welt, als hier eine Diktatur herrschte. Ich war auf der Welt, als Harriman die erste Mondrakete startete. Du warst noch nicht da – deine Großeltern hatten sich noch nicht einmal kennengelernt, als ich schon eine erwachsene, verheiratete Frau war. Und du stehst da und erzählst mir frank und frei, daß du mich und meine Leute verhaften, ja, sogar quälen lassen willst. Ich dich heiraten? Lieber würde ich einen von meinen Enkeln nehmen.«

Lazarus schob eine Hand in die Klappe seines Kilts; er rechnete sofort mit Ärger. Man kann sich darauf verlassen, dachte er, daß eine Frau im falschen Augenblick die Beherrschung verliert.

Er wartete. Borks Antwort war kühl und sachlich. Der Ton des erfahrenen, befehlsgewohnten Mannes ersetzte den der Leidenschaft. »Beruhige dich, Mary. Setz dich, ich kümmere mich um dich. Zuerst nimmst du ein Beruhigungsmittel. Dann hole ich den besten Psychotherapeuten in der Stadt – im ganzen Land. Du wirst wieder gesund.«

»Nimm die Hände weg!«

»Hör zu, Mary ...«

Lazarus trat in die Mitte des Zimmers und richtete den Strahler auf Vanning. »Macht Ihnen der Kerl Schwierigkeiten?«

Vannings Kopf fuhr herum. »Wer sind Sie?« fragte er aufgebracht. »Was tun Sie hier?«

Lazarus sprach noch immer Mary an. »Sie brauchen bloß ein Wort zu sagen, dann schneide ich ihn in kleine Stückchen, die man verstecken kann.«

»Nein, Lazarus«, erwiderte sie beherrscht. »Trotzdem vielen Dank. Bitte stecken Sie die Pistole weg. Ich möchte nicht, daß etwas passiert.«

»Na schön.« Lazarus schob die Waffe ins Halfter zurück, ließ aber die Hand am Kolben.

»Wer sind Sie?« wiederholte Vanning. »Was hat das zu bedeuten?«

»Das wollte ich gerade dich fragen, Freundchen«, meinte Lazarus in mildem Ton. »Aber lassen wir das. Ich bin auch einer von diesen alten Knackern, hinter denen Sie her sind ... wie Mary da.«

Vanning sah ihn durchdringend an. »Ich frage mich –«, sagte er.

Er sah wieder zu Mary hinüber. »Ausgeschlossen, das ist lächerlich. Trotzdem ... es kann nichts schaden, Ihre Geschichte nachzuprüfen. Ich habe sowieso Gründe genug, Sie festzunehmen. Ein klarerer Fall von antisozialem Atavismus ist mir nie begegnet.« Er ging zum Videophon.

»Laß die Finger weg, Freundchen«, sagte Lazarus schnell, dann fügte er zu Mary gewandt hinzu: »Ich rühre den Strahler nicht an. Ich nehme das Messer.«

Vanning blieb stehen. »Schon gut«, sagte er verärgert, »stecken Sie das Vibromesser weg. Ich rufe nicht von hier aus an.«

»Schau nur genau hin, das ist kein Vibromesser, sondern Stahl. Ziemlich unappetitlich.«

Vanning wandte sich Mary Sperling zu. »Ich gehe. Wenn du klug bist, kommst du mit.« Sie schüttelte den Kopf. Er zuckte die Achseln und sah Lazarus Long an. »Was Sie betrifft, Sir, so hat Ihr primitives Benehmen Sie in ernste Schwierigkeiten gebracht. Sie werden in Kürze verhaftet.«

Lazarus sah zu den Deckenrollos hinauf. »Das erinnert mich an einen Wirt in Venusberg, der mich auch verhaften lassen wollte.«

»Nun?«

»Ich habe ihn um viele Jahre überlebt.«

Vanning öffnete den Mund, um etwas zu erwidern – dann drehte er sich auf dem Absatz um und verschwand so schnell, daß die Außentür gerade noch vor seiner Nasenspitze aufspringen konnte. Als die Tür sich schloß, meinte Lazarus nachdenklich: »Ich habe selten einen so bockbeinigen Menschen gesehen. Ich wette, daß er in seinem ganzen Leben noch keinen unsterilisierten Löffel im Mund gehabt hat.«

Mary sah ihn verblüfft an, dann kicherte sie. Er wandte sich ihr zu. »Freut mich, daß Sie so munter sind, Mary. Ich dachte schon, Sie hätten die Nerven verloren.«

»So war es auch. Ich wußte nicht, daß Sie zuhörten. Ich mußte aus dem Stegreif weitermachen.«

»Habe ich gepfuscht?«

»Nein. Ich bin froh, daß Sie hereingekommen sind – vielen Dank. Aber wir müssen uns beeilen.«

»Das glaube ich auch. Er hat es sicher ernst gemeint – in Kürze wird ein Proktor hinter mir her sein. Hinter Ihnen auch.«

»Das meine ich. Also verschwinden wir.«

Mary war nach wenigen Minuten marschbereit, aber als sie auf den Korridor hinaustraten, begegneten sie einem Mann, dessen Armbinde und Spritzentasche ihn als Proktor auswies. »Guten

Tag«, sagte er. »Ich suche nach einem Bürger bei der Bürgerin Mary Sperling. Könnten Sie mir sagen, wo ich sie finde?«

»Aber sicher«, erwiderte Lazarus. »Sie wohnt dort hinten.« Er deutete zum anderen Ende des Ganges. Als der Polizist in diese Richtung blickte, schlug ihm Lazarus den Kolben seines Strahlers auf den Hinterkopf und fing den Zusammensinkenden auf.

Mary half ihm, den Bewußtlosen in ihre Wohnung zu schaffen. Er kniete vor dem Polizisten, kramte in seiner Tasche, fand eine gefüllte Injektionsspritze und jagte ihm das Mittel unter die Haut. »Bitte sehr«, sagte er, »damit schläft er ein paar Stunden.« Dann starrte er die Tasche nachdenklich an und nahm sie schließlich vom Gürtel des Proktors. »Das kann man vielleicht einmal brauchen.« Einer plötzlichen Eingebung folgend, nahm er auch die Armbinde des Proktors an sich und verstaute sie in seiner Tasche.

Sie verließen erneut die Wohnung und fuhren zum Parkkeller hinunter. Als sie die Rampe hinaufrollten, bemerkte Lazarus, daß Mary die Steuerung auf North Shore eingestellt hatte. »Wohin wollen wir?« fragte sie.

»Zum Familiensitz. Eine andere Möglichkeit gibt es nicht mehr. Aber bis es dunkel wird, müssen wir uns irgendwo draußen verstekken.«

Sobald der Wagen unter Fernsteuerung dahinrollte, entschuldigte sich Mary, um ein paar Minuten zu schlafen. Lazarus beobachtete ein paar Kilometer lang die Szenerie, nickte dann aber selbst ein.

Sie wurden vom Rasseln der Alarmklingel geweckt; der Wagen verlangsamte von selbst die Fahrt. Mary griff nach oben und schaltete die Alarmanlage ab. »Alle Wagen auf Eigensteuerung«, tönte eine Stimme aus dem Lautsprecher. »Fahren Sie mit Tempo Zwanzig zum nächsten Verkehrskontrollturm zur Überprüfung. Alle Wagen auf Eigensteuerung. Fahren Sie –«

Sie schaltete auch dieses Gerät ab.

»Na, die suchen uns«, sagte Lazarus. »Haben Sie eine Idee?«

Mary erwiderte nichts. Sie schaute hinaus und studierte die Umgebung. Der Stahlzaun, der die Fernlenkbahn von der unkontrollierten Ortsverkehrsstraße trennte, lag etwa fünfzig Meter zur Rechten, aber auf mindestens eineinhalb Kilometer ermöglichte keine Wechselrampe das Abschwenken – und wo sie zu finden war, würde natürlich der Kontrollpunkt stehen, zu dem man sie beorderte. Sie ließ den Motor wieder an, fuhr mit Handsteuerung weiter und glitt mit steigender Geschwindigkeit zwischen den anhaltenden oder bremsenden Wagen dahin. Als sie sich der Barriere näherten, wurde Lazarus in seinen Sitz gepreßt; der Wagen machte einen Satz, stieg empor und glitt um Zentimeter über die Barriere hinweg. Auf der anderen Seite setzte er wieder auf und rollte weiter.

Von Norden näherte sich ein Fahrzeug, dessen Bahn sie kreuzten. Der andere Wagen fuhr nicht schneller als hundertfünfzig, aber der Fahrer war zu sehr überrascht – er hatte nicht damit zu rechnen brauchen, daß plötzlich ein anderes Fahrzeug in seiner Fahrbahn aufkreuzen würde. Mary mußte zuerst links, dann rechts ausweichen; der Wagen geriet ins Schleudern, richtete sich über dem Hinterrad auf und kämpfte gegen den stählernen Griff seiner Kreiselanlage. Mary brachte ihn mühsam wieder unter Kontrolle, während Herkulin und Glas ohrenzerreißende Geräusche von sich gaben.

Lazarus atmete auf. »Donnerwetter!« seufzte er. »Hoffentlich steht uns so etwas nicht noch einmal bevor.«

Mary lächelte ihn von der Seite an. »Sie haben wohl etwas gegen Frauen am Steuer?«

»O nein, nein, keineswegs! Sie sollten mich nur auf solche Dinge ein bißchen vorbereiten.«

»Es ging einfach zu schnell«, meinte sie und fügte besorgt hinzu: »Ich weiß nicht recht, was wir jetzt tun sollen. Ich dachte, wir könnten uns bis zum Einbruch der Dunkelheit außerhalb der Stadt verstecken ... aber ich mußte einen Trumpf ausspielen, als ich über den Zaun flog. Inzwischen wird es längst jemand dem Turm gemeldet haben. Hmm ...«

»Warum bis zur Dunkelheit warten?« fragte er. »Warum hopsen wir nicht gleich zum See und schwimmen nach Hause?«

»Das möchte ich gerne vermeiden«, sagte sie gepreßt. »Ich habe schon zuviel Aufmerksamkeit erregt. Ein Trimobil, das einem Bodenfahrzeug nachempfunden ist, kommt ja recht gelegen, aber ... nun, wenn man uns tauchen sieht und die Proktoren davon erfahren, wird uns bald jemand auf die Schliche kommen. Dann fangen sie zu fischen an – von Seismographen bis Radar und der Himmel weiß, was man noch alles einsetzen wird.«

»Aber ist denn das Versteck nicht abgeschirmt?«

»Selbstverständlich. Eine Anlage von dieser Größe kann man aber nicht übersehen – wenn man weiß, wonach man sucht, und wenn man Geduld hat.«

»Sie haben natürlich recht«, meinte Lazarus zögernd. »Wir wollen die Proktoren nicht zum Familiensitz führen, Mary, ich glaube, wir sollten den Wagen verlassen und das Weite suchen.« Er runzelte die Stirn. »Irgendwohin, nur nicht zum Versteck.«

»Nein, wir müssen zum Familiensitz«, gab sie scharf zurück.

»Warum? Wenn man einen Fuchs jagt, läuft er –«

»Still! Ich will etwas probieren.« Lazarus verstummte. Mary lenkte mit einer Hand, während sie im Handschuhfach kramte.

»Antwort«, sagte eine Stimme.

»Das Leben ist kurz –«, erwiderte Mary.

Sie sprachen die Formel zu Ende. »Hört zu«, fuhr Mary eilig fort, »ich bin in Schwierigkeiten – ihr müßt mich sofort orten.«

»In Ordnung.«

»Ist ein U-Boot im Teich?« – »Ja.«

»Gut! Dann folgendes . . .« Sie erklärte hastig die Einzelheiten ihres Plans und unterbrach sich nur einmal, um Lazarus zu fragen, ob er schwimmen könne. »Das wäre alles«, meinte sie schließlich, »aber beeilt euch! Wir haben nur noch wenig Zeit.«

»Halt mal, Mary!« protestierte die Stimme. »Sie wissen doch, daß ich untertags kein Tauchboot hinausschicken kann, schon gar nicht an einem windstillen Tag. Man sieht es doch –«

»Geht es oder geht es nicht?«

Eine dritte Stimme schaltete sich ein. »Ich habe zugehört, Mary – Ira Barstow. Wir holen euch.«

»Aber –«, wandte die erste Stimme ein.

»Laß nur, Tommy. Kümmere dich um deine Geräte. Bis später, Mary.« – »Gut, Ira!«

Während sie mit dem Familiensitz sprach, war Mary von der Ortsverkehrsstraße auf den in der vorigen Nacht benützten Weg abgebogen, ohne zu bremsen oder auch nur hinzusehen. Lazarus biß die Zähne zusammen und hielt sich fest. Sie kamen an einem wetterzerfressenen Schild vorbei, das ›Verseuchtes Gebiet – Betreten auf eigene Gefahr‹ verkündete und mit der üblichen purpurroten Alu-Folie behängt war. Lazarus blinzelte und zuckte die Achseln – er sah nicht ein, wieso die Gefahr in diesem Augenblick durch Neutronen noch gesteigert werden konnte.

Mary brachte den Wagen neben einigen Baumstümpfen nahe der verlassenen Straße zum Stehen. Der See lag hinter einem kleinen Hügel zu ihren Füßen. Sie löste den Sicherheitsgürtel, zündete eine Zigarette an und lehnte sich zurück. »Jetzt wird gewartet. Es dauert mindestens eine halbe Stunde, bis sie uns erreichen. Lazarus, glauben Sie, daß man uns abbiegen gesehen hat?«

»Offengestanden war ich zu beschäftigt, als daß mir das aufgefallen wäre, Mary.«

»Na ... hierher kommt nie jemand, abgesehen von ein paar leichtsinnigen Burschen.«

– und Mädchen, fügte Lazarus im stillen hinzu. Dann sagte er laut: »Ich habe da hinten ein ›heißes‹ Schild gesehen. Wie groß ist die Strahlung?«

»Das? Ach, Quatsch. Ganz ungefährlich, wenn man sich hier nicht gerade ein Haus bauen will. Zu fürchten haben wir nur die Proktoren. Wenn wir nicht der Funkzentrale nahebleiben müßten, könnten wir –« Der Lautsprecher knackte. »Okay, Mary. Genau vor euch.«

»Ira?« rief sie überrascht.

»Hier ist Ira, aber ich bin noch am Sitz. Pete Hardy war erreichbar, und wir haben ihn euch entgegengeschickt. So ging es am schnellsten.«

»Prima – danke!« Sie wandte sich Lazarus zu und wollte etwas sagen, als er ihren Arm berührte.

»Drehen Sie sich einmal um.«

Kaum hundert Meter entfernt landete ein Hubschrauber. Drei Männer stürzten heraus. Sie trugen Proktoruniformen.

Mary riß die Wagentür auf und warf mit einer einzigen Bewegung ihr Kleid ab. Sie drehte sich um und rief: »Los!« während sie noch einmal ins Wageninnere griff und einen Stift aus dem Armaturenbrett zerrte. Sie rannte los.

Lazarus löste den Kiltgürtel und lief davon, das Kleidungsstück zurücklassend. Mary tanzte den Abhang hinunter; er folgte ihr mit etwas größerer Vorsicht, die großen Steine verfluchend. Die Schockwelle der Wagenexplosion wurde durch den Hügel abgelenkt.

Gemeinsam sprangen sie ins Wasser.

Die Schleuse im kleinen Tauchboot war gerade so groß, daß eine einzelne Person hindurchschlüpfen konnte; Lazarus schob Mary hinein und versuchte, ihr einen Klaps zu geben, als sie sich wehrte, was ihm unter Wasser aber nicht gelang. Dann verbrachte er eine endlose Zeitspanne damit, sich zu fragen, ob er im Wasser atmen konnte oder nicht. »Kann ich etwa nicht auch, was die Fische können?« ermahnte er sich, als die Außenklappe sich unter seiner Hand bewegte und er hineinsteigen konnte.

Elf langgezogene Sekunden, um die Schleuse leerzupumpen, dann hatte er Gelegenheit, nachzusehen, ob der Strahler durch das Wasser defekt geworden war.

Mary sprach drängend auf den Kapitän ein. »Hör zu, Pete – dort oben sind drei Proktoren mit einem Hubschrauber. Mein

Wagen explodierte, als wir ins .Wasser sprangen. Aber wenn sie nicht alle tot oder verletzt sind, wird irgendein Schlaukopf dahinterkommen, daß es nur noch einen Weg für uns gab – unter Wasser. Wir müssen hier verschwinden, bevor sie uns von der Luft aus suchen.«

»Das Rennen ist von vornherein verloren«, beschwerte sich Pete Hardy und schlug mit der Faust auf die Steuerung. »Selbst wenn nur visuell gesucht wird, muß ich versuchen, schneller aus der totalen Reflexion herauszukommen, als der Hubschrauber an Höhe gewinnt – und das geht nicht.« Aber das kleine Tauchboot schoß mit beruhigendem Tempo davon.

Mary zerbrach sich den Kopf darüber, ob sie vom Boot aus das Versteck rufen sollte oder nicht. Sie entschied sich dagegen; die Gefahr für Versteck und Boot konnte man dadurch nur vergrößern. Sie zwang sich zur Ruhe und wartete, in einem Passagiersitz zusammengekauert, der zu klein für zwei Personen war. Pete Hardy zog das Boot in weitem Bogen ins tiefe Wasser hinaus, knapp über dem Grund fing die Muskegon-Gary Leitstrahlen auf und manövrierte sie blind ans Ziel.

Als sie im Teich innerhalb des Sitzes aufgetaucht waren, hatte sich Mary gegen jede Art physikalischer Verteidigung entschieden. Sie hoffte, unter den Mitgliedern der Familien einen Telepathen zu finden. Telepathen gab es bei den gesunden Angehörigen der Howard-Familien ebenso selten wie in der übrigen Bevölkerung, aber gerade die Inzucht, die ihre abnormale Langlebigkeit bewahrt und gesteigert hatte, konservierte und verstärkte schlechte Gene ebenso wie gute. Sie mußten einen ungewöhnlich hohen Prozentsatz an physisch und geistig defekten Menschen aufweisen. Der Rat für genetische Kontrolle arbeitete ständig an dem Problem, schlechtes Erbgut loszuwerden, ohne die Langlebigkeit zu beeinträchtigen, aber viele Generationen hindurch würde man für das lange Leben mit einem Übermaß an Kranken bezahlen müssen.

Fünf Prozent dieser Menschen jedoch waren telepathisch begabt.

Mary ging sofort zum Sanatorium innerhalb des Sitzes, wo man für einige dieser Personen sorgte, gefolgt von Lazarus Long. Sie stellte sich der Pflegerin. »Wo ist der kleine Stephen? Ich brauche ihn.«

»Leiser«, mahnte die Pflegerin. »Jetzt ist Ruhestunde – es geht nicht.«

»Janice, ich muß ihn sprechen«, drängte Mary. »Wir können nicht warten. Ich muß an alle Familien eine Nachricht ausgeben.«

Die Pflegerin stemmte die Arme in die Hüften. »Gehen Sie zur Funkzentrale. Sie können nicht einfach meine Kinder stören. Ich lasse das nicht zu.«

»Janice, bitte! Ich wage nichts anderes zu verwenden als Telepathie. Sie wissen, daß ich das nicht unnötig tun würde. Führen Sie mich zu Stephen.«

»Das würde Ihnen gar nichts nützen. Stephen hat heute einen seiner Anfälle.«

»Dann bringen Sie mich zum stärksten Telepathen, den Sie haben. Schnell, Janice! Die Sicherheit vieler von uns hängt davon ab.«

»Haben Sie die Kuratoren geschickt?«

»Nein, nein! Dafür war nicht mehr Zeit.«

Die Pflegerin sah sie zweifelnd an. Während Lazarus sich überlegte, wann er zum letztenmal eine Frau mißhandelt hatte, gab sie nach. »Also gut – Sie können zu Billy, obwohl ich das eigentlich nicht zulassen dürfte. Aber schonen Sie ihn.« Immer noch verärgert, führte sie die beiden an einer Reihe von hellen Zimmern vorbei in einen Krankenraum. Lazarus starrte das Wesen auf dem Bett an und wandte sich ab.

Die Pflegerin ging zu einem Schrank und kam mit einer Injektionsspritze zurück. »Schafft er es nur unter Hypnose?« fragte Lazarus.

»Nein«, erwiderte die Pflegerin kalt, »er muß ein Anregungsmittel haben, um uns überhaupt zu erkennen.« Sie rieb eine Hautstelle mit Watte ab und spritzte das Mittel ein. »Fangen Sie an«, sagte sie zu Mary, dann preßte sie grimmig die Lippen zusammen.

Die Gestalt auf dem Bett regte sich, die Augen rollten umher, dann schienen sie ein Ziel zu finden. Das Wesen lachte. »Tante Mary!« sagte es. »Oooh! Hast du Billy etwas mitgebracht?«

»Nein«, sagte sie leise. »Diesmal nicht, Kleiner. Tante Mary hatte es eilig. Beim nächstenmal. Eine hübsche Überraschung? Einverstanden?«

»Ja«, sagte es folgsam.

»Braver Junge.« Sie streckte die Hand aus und streichelte ihm übers Haar; Lazarus mußte wieder weggehen. »Kann Billy jetzt etwas für Tante Mary tun? Einen großen, großen Gefallen?«

»Sicher.«

»Kannst du deine Freunde hören«

»Natürlich.«

»Alle?«

»Ja. Meistens sagen sie aber nichts.«

»Ruf sie.«

Es blieb kurze Zeit still. »Sie haben mich gehört.«

»Fein. Jetzt hör genau zu, Billy: An alle Familien – dringende Warnung! Hier spricht Mary Sperling. Der Administrator wird auf Anordnung des Staatsrates alle der Öffentlichkeit bekannten Mitglieder verhaften. Der Rat hat ihm Generalvollmacht erteilt – und ich bin der festen Ansicht, daß man entschlossen ist, alle, aber auch wirklich alle Mittel anzuwenden, ohne Rücksicht auf die Verfassung, um uns das sogenannte Geheimnis unseres langen Lebens zu entreißen. Man beabsichtigt sogar, die in der Diktatur entwickelten Foltermethoden anzuwenden!« Ihre Stimme brach. Sie schwieg eine Weile, nahm sich zusammen. »Beeilt euch! Findet sie, warnt sie, versteckt sie! Vielleicht bleiben euch nur Minuten!«

Lazarus berührte ihren Arm und flüsterte ihr etwas ins Ohr. Sie nickte und fuhr fort: »Wenn irgend jemand von uns verhaftet wird, befreit ihn um jeden Preis! Versucht euch nicht auf die Verfassung zu berufen, verschwendet nicht eure Zeit, über Gerechtigkeit zu diskutieren . . . befreit ihn! Schnell!«

Sie verstummte und sagte dann mit leiser, müder Stimme: »Hat man uns gehört, Billy?«

»Selbstverständlich.«

»Geben sie die Warnung weiter?«

»Natürlich. Alle bis auf Jimmy. Er ist wütend auf mich«, fügte das Wesen vertraulich hinzu.

»Jimmy? Wo ist er?«

»Oh, da, wo er wohnt.«

»In Montreal«, meldete sich die Pflegerin. »Dort sind noch zwei andere Telepathen – Ihre Nachricht ist schon angekommen. Sind Sie fertig?«

»Ja . . .«, sagte Mary zweifelnd. »Aber vielleicht sollten wir uns von einem anderen Sitz den Empfang bestätigen lassen.«

»Nein!«

»Aber, Janice –«

»Das lasse ich nicht zu. Sie mußten sie wohl durchgeben, aber ich muß Billy jetzt das Gegenmittel einspritzen. Verschwindet.«

Lazarus nahm Mary beim Arm. »Kommen Sie schon. Entweder ist die Nachricht angekommen oder sie ist es nicht; Sie haben alles getan. Gut gemacht, Mary.«

Mary erstattete als nächstes dem Chefsekretär Bericht; Lazarus ging seinen eigenen Wegen nach. Er kehrte um und suchte nach einem Mann, der nicht zu beschäftigt war, um ihm behilflich zu sein; die Wachen am Eingang zum Teich waren die ersten, die er fand. »Guten Tag –«, begann er.

»Guten Tag«, erwiderte einer der beiden Männer. »Suchen Sie jemand?« Er starrte neugierig Longs beinahe vollständige Nacktheit an, wandte den Blick wieder ab – wie sich jemand kleidete, oder auch nicht kleidete, war seine Privatsache.

»So ungefähr«, gab Lazarus zu. »Sagen Sie, kennen Sie hier jemand, der mir einen Kilt leihen könnte?«

»Ich, zum Beispiel«, meinte der Wächter freundlich. »Mach hier weiter, Dick – ich bin gleich wieder zurück.« Er führte Lazarus in ein Junggesellenzimmer, stattete ihn mit Kleidung aus, half ihm, seine Tasche nebst Inhalt zu trocknen und enthielt sich jeder Bemerkung über das Waffenarsenal an seinen haarigen Beinen. Wie sich Senioren benahmen, ging ihn nichts an, und viele von ihnen waren in ihren Privatangelegenheiten noch empfindlicher als die meisten Leute. Er hatte Mary Sperling unbekleidet eintreffen sehen, war aber nicht überrascht gewesen, als er hörte, wie Ira Barstow Pete Hadley über den Unterwassertreff informierte; daß der Senior in ihrer Begleitung es vorzog, bewaffnet in den See zu springen, verblüffte ihn, ließ ihn aber seine guten Manieren nicht vergessen.

»Brauchen Sie sonst noch etwas?« fragte er. »Passen die Schuhe?«

»Recht gut. Vielen Dank.« Lazarus glättete den geborgten Kilt. Er war ein wenig zu lang für ihn, verlieh ihm aber Sicherheit. Ein Lendenschurz war ja ganz nett – wenn man auf der Venus herumlief. Aber die Bräuche auf der Venus hatten ihm nie sehr gefallen. Als Mann sollte man doch wenigstens angezogen sein. »Ich fühle mich besser«, gestand er. »Nochmals vielen Dank. Wie heißen Sie übrigens?«

»Edmund Hardy, von der Familie Foote.«

»So? Welche Linie?«

»Charles Hardy und Eveline Foote. Edward Hardy – Alice Johnson und Terence Briggs – Eleanor Weatheral. Oliver –«

»Genügt. Hab ich mir doch gedacht. Sie sind einer meiner Ururenkel.«

»So, das ist aber interessant«, meinte Hardy liebenswürdig. »Wir sind demnach zu einem Sechzehntel verwandt, nicht wahr – wenn man die Konvergenz nicht mitrechnet. Darf ich Ihren Namen wissen?«

»Lazarus Long.«

Hardy schüttelte den Kopf. »Das muß ein Irrtum sein. In meiner Linie gibt es diesen Namen nicht.«

»Versuchen Sie es lieber mit Woodrow Wilson Smith. So hieß ich ursprünglich.«

»Ach, der! Ja, sicher. Aber ich dachte, Sie wären ... äh ...«

»Tot? Nein, das bin ich nicht.«

»Oh, das habe ich nicht gemeint«, protestierte Hardy und wurde rot. Hastig fügte er hinzu: »Freut mich, daß ich Sie kennengelernt habe, Großvater. Ich wollte immer schon einmal die Wahrheit über das Familientreffen 2012 hören.«

»Das war vor Ihrer Geburt«, sagte Lazarus brummig. »Und nennen Sie mich bloß nicht Großvater!«

»Entschuldigen Sie, Sir – ich meine ›tut mir leid, Lazarus‹. Kann ich noch etwas für Sie tun?«

»Ich hätte mich nicht aufs hohe Roß zu schwingen brauchen. Nein – doch, ja. Wo kann ich ein kleines Frühstück bekommen? Ich hatte es heute früh ziemlich eilig.«

»Kommen Sie.« Hardy führte ihn zur Junggesellenküche, schaltete den Autoherd ein, nahm Kaffee für sich und seinen Kameraden mit, dann ging er. Lazarus verzehrte sein ›kleines Frühstück‹ – etwa dreitausend Kalorien in Form von brutzelnden Würstchen, Eiern, Toast, Kaffee mit Sahne und anderen Beilagen, denn er ging stets davon aus, daß man bei jeder Gelegenheit seine Reservetanks füllen mußte, weil man nie wissen konnte, wieviel man zu leisten hatte, bevor man wieder auftanken konnte. Nach geraumer Zeit lehnte er sich zurück, sammelte dann sein Geschirr ein und schob es in den Müllbrenner, dann suchte er nach einem Nachrichtengerät.

Er fand den Apparat in der Junggesellenbibliothek, neben dem Aufenthaltsraum. Das Zimmer war bis auf einen Mann leer, dessen Aussehen ihn in Lazarus' äußeres Alter verwies. Sonst bestand jedoch keinerlei Ähnlichkeit; der Fremde war schlank, hatte ein freundliches Gesicht und feuerrotes Haar, das Lazarus' drahtigem silberdurchsetztem Schopf in nichts glich. Der Fremde beugte sich über den Nachrichtenempfänger, die Augen am Mikrookular.

Lazarus räusperte sich laut und sagte: »Guten Tag.«

Der Mann hob hastig den Kopf und rief: »Oh, Verzeihung – ich war ganz in Gedanken. Kann ich etwas für Sie tun?«

»Ich suchte nach einem Nachrichtengerät. Haben Sie etwas dagegen, den Text auf den Bildschirm zu projizieren?«

»Keineswegs.« Der Mann richtete sich auf, drückte auf den Rückspulknopf und stellte die Anlage auf Projektion ein. »Ein unbestimmtes Thema?«

»Ich wollte sehen, ob über uns – über die Familien etwas Neues zu erfahren ist«, sagte Lazarus.

»Danach habe ich auch schon gesucht. Vielleicht sollten wir die Tonspur einschalten und sie absuchen lassen.«

»Einverstanden«, meinte Lazarus, trat an den Apparat und stellte ihn auf Audio ein. »Codewort?«

»Methusalem.«

Lazarus drückte einige Knöpfe; die Maschine schnatterte und heulte, während sie die durchlaufende Tonspur abtastete, dann wurde sie mit einem triumphierenden Knacken langsamer. »Die Tagesnachrichten«, verkündete sie. »Das einzige Nachrichtenbüro im Mittelwesten, das über alle Erdteile berichtet. Über Fernsehkanal Verbindung nach Luna City. Tri-S-Korrespondenten im ganzen System. Immer die Ersten, Schnellsten und Ausführlichsten! Lincoln, Nebraska – Wissenschaftler verurteilt die Alten! Dr. Witwell Oscarsen, Präsident Emeritus des Bryn-Lyzeums, verlangte die amtliche Überprüfung der Gruppe, die sich als die ›Howard-Familien‹ bezeichnet. ›Es ist bewiesen‹, erklärte er, ›daß diese Leute das uralte Problem der Verlängerung des menschlichen Lebens, möglicherweise auf unbegrenzte Dauer, gelöst haben. Dafür muß man sie loben; das ist ein wertvolles und nützliches Forschungsergebnis. Aber die Behauptung, diese Lösung sei nichts anderes als die erbliche Veranlagung, verstößt zugleich gegen Wissenschaft und gesunden Menschenverstand. Unser modernes Wissen über die Gesetze der Genetik erlaubt uns, mit Sicherheit zu erkennen, daß sie der Öffentlichkeit eine geheime Technik oder Techniken vorenthalten, durch die diese Ergebnisse erzielt werden können.

Es widerspricht unserer Tradition, wissenschaftliche Erkenntnisse nur einzelnen zugutekommen zu lassen. Wenn die Verheimlichung eines solchen Wissens das Leben selbst bedroht, bedeutet das Verrat an der Menschheit. Als Staatsbürger fordere ich die Regierung auf, in dieser Angelegenheit energisch durchzugreifen; ich erinnere sie daran, daß diese Situation von den weisen Männern, denen wir unsere Verfassung verdanken, nicht vorauszusehen war. Jede Regel ist von Menschenhand, also ein begrenzter Versuch, eine Unendlichkeit von Beziehungen zu ordnen. Daraus folgt, wie die Nacht dem Tag, daß jede Vorschrift notwendigerweise ihre Ausnahmen hat. Sich angesichts der neuen Tatsachen daran gebunden zu fühlen –‹«

Lazarus drückte die Stoptaste. »Haben Sie auch genug?«

»Ja, und ob.« Der Fremde seufzte. »So etwas von semantischer

Starre hört man selten. Das überrascht mich – Dr. Oscarsen hat früher gute Arbeit geleistet.«

»Es ist schon senil«, meinte Lazarus, als er wieder Tasten drückte. »Er will, was er will, sofort haben – und hält das für ein Naturgesetz.«

Die Maschine summte, klickte und meldete sich wieder zu Wort. »Die Täglichen Nachrichten, das einzige Nachrichtenbüro des Mittelwestens –«

»Kann man denn den Werbespruch nicht weglassen?« fragte Lazarus.

Sein Gegenüber beugte sich vor und starrte die Kontrolltafel an. »Scheint nicht dafür ausgerüstet zu sein.«

»Ensenada, Kalifornien«, fuhr die Maschine fort. »Jeffers und Lucy Weatheral baten heute um Sonderschutz durch die Proktoren, wobei sie erklärten, eine Gruppe von Bürgern sei in ihr Haus eingedrungen, habe sie unwürdig behandelt und andere asoziale Handlungen begangen. Die Weatherals sind nach ihrem eigenen Eingeständnis Mitglieder der berüchtigten Howard-Familien. Sie behaupten, der angebliche Vorfall sei auf diese Tatsache zurückzuführen. Der Bezirksprovost wies darauf hin, daß sie keinerlei Nachweis dafür erbringen konnten. Er wird die Angaben jedenfalls überprüfen. Eine Massenversammlung wurde für heute abend angekündigt, in der –«

Der andere wandte sich Lazarus zu. »War das wirklich Ernst? Das ist der erste Fall asozialer Gruppengewalttätigkeit seit über zwanzig Jahren, aber man bringt das, als handle es sich um einen Wetterbericht.«

»Nicht ganz«, meinte Lazarus grimmig. »Die Sinngehalte der Worte, die man zu unserer Beschreibung verwendete, waren einseitig verzerrt.«

»Ja, aber schlau versteckt. Ich bezweifle, ob im ganzen Bericht ein Wort mit einem Gefühlsindex von mehr als 0,1 zu finden ist. Den Nachrichtenredakteuren sind 2,0 erlaubt, wie Sie wissen.«

»Sind Sie Psychometriker?«

»Äh, nein. Ich hätte mich vorstellen sollen. Ich bin Andrew Jackson Libby.«

»Lazarus Long.«

»Ich weiß. Ich war gestern bei der Sitzung.«

»Libby . . . Libby –«, murmelte Lazarus. »Ich bringe den Namen momentan nicht unter. Aber er kommt mir bekannt vor.«

»Bei mir ist es ähnlich wie bei Ihnen . . .«

»Sie haben in der Diktatur den Namen gewechselt, wie?«

»Ja und nein. Ich bin nach der Zweiten Revolution auf die Welt gekommen. Aber meine Leute hatten mit den Familien gebrochen und einen anderen Namen angenommen. Ich war erwachsen, bevor ich wußte, daß ich Mitglied bin –«

»Was Sie nicht sagen! Das ist interessant – wie hat man Sie denn gefunden, wenn ich fragen darf?«

»Na ja, wissen Sie, ich war in der Weltraummarine, und einer meiner Vorgesetzten –«

»Hab's schon! Ich dachte gleich, daß Sie Weltraumfahrer waren. Sie sind Slipstick Libby, der Mathematiker.«

Libby grinste verlegen. »So hat man mich einmal genannt.«

»Sicher, sicher. Der letzte Kahn, den ich gesteuert habe, war mit Ihrem Para-Schwerkraft-Gleichrichter ausgerüstet. Und für die Lenkdüsen hatte ich Ihr Fraktionsdifferential. Aber das war von mir selbst eingebaut – ich habe mir sozusagen Ihr Patent ausgeborgt.«

Libby schien dieser Diebstahl nichts auszumachen. Sein Gesicht leuchtete auf. »Sie interessieren sich für symbolische Logik?«

»Nur in der Praxis. Aber hören Sie, ich habe Ihr Gerät nach den anderen Lösungen Ihrer dreizehn Gleichungen abgeändert. Angenommen, Sie fliegen in einem Feld der Dichte ›x‹ mit einem Gradienten n-ter Ordnung, der senkrecht auf Ihrer Bahn steht, und Sie suchen die günstigste Bahn, die aus Richtung ›rho‹ in einen projizierten Punkt ›A‹ führt, wobei Sie für den ganzen Sprung Automatik-Wahl verwenden, dann –«

Sie entfernten sich völlig von der Sprache erdgebundener Laien. Der Nachrichtenempfänger vor ihnen suchte weiter; dreimal meldete er sich zu Wort, dreimal drückte Libby auf die Stoptaste, ohne sich die Meldungen anzuhören.

»Ich sehe schon, worauf Sie hinauswollen«, meinte er schließlich. »Ich hatte mir eine ähnliche Modifizierung überlegt, hielt sie aber für wirtschaftlich nicht verwertbar, wegen der Kosten, die nur einen Enthusiasten wie Sie nicht stören würden. Aber Ihre Lösung ist billiger als die meine.«

»Wie kommen Sie darauf?«

»Na, das ergibt sich doch von selbst. Ihr Gerät enthält 62 bewegliche Teile, was, wenn wir Fließbandherstellung annehmen, ein vermutliches –« Libby zögerte kurz, als programmiere er das Problem in einen Rechenautomaten, »Optimum von 5211 Elementarschritten in der Produktion ergeben würde, Null-Automation unterstellt, während mein –«

Lazarus unterbrach ihn. »Andy«, fragte er besorgt, »haben Sie eigentlich nie Kopfweh? Ich meine, bereitet Ihnen Ihre Begabung nicht irgendwelche Schmerzen?«

Libby sah ihn verlegen an. »Meine Begabung hat nichts Abnormes an sich«, protestierte er. »Theoretisch ist es möglich, sie in jeder normalen Person zu entwickeln.«

»Sicher«, meinte Lazarus, »und einer Kuh kann man das Schlittschuhlaufen beibringen. Schon gut, ich freue mich, daß wir uns kennengelernt haben. Ich habe tolle Geschichten über Sie gehört. Sie waren beim kosmischen Baukorps, nicht wahr?«

Libby nickte. »Erde-Mars-Station Drei.«

»Ja, richtig, jemand auf dem Mars hat mir davon erzählt. Ein Händler in Drywater. Ich habe auch Ihren Großvater mütterlicherseits gekannt. Ein halsstarriger alter Knabe.«

»Das glaube ich.«

»Bestimmt war er das. Ich hatte beim Treffen von 2012 einen heftigen Zusammenstoß mit ihm. Sein Wortschatz war beachtlich.« Lazarus runzelte die Stirn. »Komisch, Andy ... ich sehe die Szene noch deutlich vor mir, ich hatte immer ein gutes Gedächtnis – aber mit der Zeit fällt es immer schwerer, nichts durcheinanderzubringen. Vor allem im letzten Jahrhundert.«

»Unausweichliche mathematische Notwendigkeit«, erklärte Libby.

»Was? Wieso?«

»Die Lebenserfahrung ist linear additiv, aber bei der Wechselbeziehung der Erinnerungseindrücke handelt es sich um eine unbegrenzt steigende Funktion. Wenn der Mensch länger als tausend Jahre lebte, müßte man eine völlig andere Methode der Erinnerungsassoziation erfinden; andernfalls würde man in der Fülle seines eigenen Wissens ertrinken und das Urteilsvermögen verlieren. Die Folge wäre Irrsinn oder Verblödung.«

»Tatsächlich?« Lazarus machte ein besorgtes Gesicht. »Dann sollten wir uns möglichst bald damit abgeben.«

»Oh, eine Lösung ist durchaus möglich.«

»Fangen wir mit der Arbeit an, bevor es zu spät ist.«

Der Nachrichtenempfänger lenkte wieder die Aufmerksamkeit auf sich, diesmal mit Summer und Blinklicht einer Sondermeldung: »Achtung! Achtung! Blitznachricht! Der Hohe Rat setzt Verfassung vorübergehend außer Kraft! Gestützt auf die Notstandsklausel der Verfassung, trat der Staatsrat zu einer Sondersitzung zusammen und ermächtigte den Administrator, alle Angehörigen der sogenannten Howard-Familien festzunehmen und zu verhören – unter Anwendung aller Mittel! Der Administrator gab folgende Erklärung an alle Nachrichtendienste, die im Wortlaut zitiert wird: ›Die Außerkraftsetzung der verfassungsmäßig garantierten Grundrechte gilt nur für die als Howard-Familien bekannte Gruppe. Darüber hinaus sind die Beauftragten der Regierung lediglich ermächtigt, bei der umgehenden Verhaftung der betroffenen Personen den jeweiligen Umständen entsprechend vorzugehen. Alle Staatsbürger werden aufgefordert, damit verbundene kleinere Unannehmlichkeiten geduldig zu ertragen. Ihr Recht der Freizügigkeit mag vorübergehend etwas eingeschränkt werden, wofür jedoch voller Schadensersatz zugesichert sein soll.‹

Nun, Freunde und Bürger, was hat das zu bedeuten? – Für Sie, für Sie und auch für Sie! Die Tagesnachrichten bringen nun unseren beliebten Kommentator Albert Reifsnider.«

»Hier ist Albert Reifsnider, guten Tag, meine Damen und Herren! Es besteht kein Grund zur Aufregung. Dem freien Durchschnittsbürger wird dieser Sonderfall weniger zu schaffen machen als den Wettermaschinen ein zu großes Tiefdruckgebiet. Beruhigen Sie sich. Nehmen Sie's leicht! Helfen Sie auf Ersuchen den Proktoren, und gehen Sie im übrigen Ihren Privatangelegenheiten nach. Falls man Sie inkommodiert, berufen Sie sich nicht auf die Vorschriften – arbeiten Sie mit den Staatsorganen zusammen!

Das ist der Sinn dieser Vorgänge. Was haben wir für morgen und übermorgen zu erwarten? Für nächstes Jahr? Ihre Staatsorgane haben einen energischen Schritt unternommen, um Ihnen ein längeres und glücklicheres Leben zu ermöglichen! Schrauben Sie Ihre Hoffnungen nicht allzu hoch ... aber die Dämmerung einer neuen Ära scheint sich abzuzeichnen. Darf man ohne Übertreibung sagen! Das eifersüchtig gehütete Geheimnis einer egoistischen Minderheit wird bald –«

Long sah Libby an und schaltete das Gerät ab.

»Das soll wohl ein Beispiel unparteiischer Berichterstattung sein«, meinte Libby bitter.

Lazarus klappte seine Tasche auf und zündete sich eine Zigarette an, bevor er sich zu einer Antwort entschloß. »Nehmen Sie's nicht so tragisch, Andy. Es gibt gute und schlechte Zeiten. Die schlechten waren längst einmal fällig für uns. Die Menschen marschieren wieder einmal ... gegen uns.«

3

Der als Familiensitz bekannte Fuchsbau wurde mit dem fortschreitenden Tag immer überfüllter. Von allen Seiten trafen Angehörige ein, durch Tunnels aus den umliegenden Bezirken und aus Indiana. Nach Einbruch der Dunkelheit kam es im unterirdischen Wasserweg zu einem Gedränge – Sporttauchboote, Fahrzeuge im Stil von Marys Wagen, tauchfähige Motorboote mit Flüchtlingen überladen, die halb erstickt waren, nachdem sie fast den ganzen Tag über am Seegrund gelegen und auf eine Chance gewartet hatten, sich hereinzuschleichen.

Der Versammlungsraum war viel zu klein, um die Massen aufzunehmen; die im Sitz Wohnenden räumten den größten Raum, den Speisesaal, aus, und entfernten Zwischenwände, die ihn vom großen Aufenthaltsraum abteilten. Dort erkletterte Lazarus um Mitternacht ein provisorisches Rednerpult. »Herhören«, rief er, »jetzt seid mal alle ruhig. Ihr vorne setzt euch auf den Boden, damit die anderen etwas sehen. Ich bin 1912 geboren. Ist jemand von höherem Alter anwesend?«

Er machte eine Pause, dann fügte er hinzu: »Nominierungen für den Vorsitzenden . . . bitte melden.«

Man schlug drei Namen vor; bevor ein vierter genannt werden konnte, erhob sich der zuletzt Vorgeschlagene. »Axel Johnson, von der Familie Johnson. Ich möchte meinen Namen zurückgezogen haben und empfehle den anderen Kandidaten das gleiche. Lazarus hat sich gestern nacht gut durchgesetzt; lassen wir ihn weitermachen. Jetzt ist nicht die Zeit für Familienpolitik.«

Die anderen Namen wurden zurückgezogen und keine weiteren genannt. Lazarus sagte: »Na schön, wenn ihr es so haben wollt. Bevor wir uns auf eine Diskussion einlassen, bitte ich um einen Bericht des Chefkurators. Wie steht's, Zack? Ist von unseren Leuten jemand geschnappt worden?«

Zaccur Barstow brauchte sich nicht vorzustellen. Er sagte schlicht. »Ich spreche für die Kuratoren. Unser Lagebericht ist nicht vollständig, aber bis jetzt wissen wir von der Verhaftung eines unserer Mitglieder noch nichts. Von den 9285 der Öffentlichkeit bekannten Angehörigen haben 9106 mitgeteilt, daß sie in anderen Festungen der Familien, in den Wohnungen unerkannter Mitglieder oder anderswo Unterschlupf gefunden haben, als ich vor zehn Minuten die Nachrichtenzentrale verließ. Mary Sperlings Warnung war angesichts der kurzen Zeit zwischen Alarm und Ausführung des Ratsbeschlusses erstaunlich erfolgreich – aber über den Verbleib von 179 Angehörigen ist noch nichts bekannt. Wahrscheinlich werden die meisten davon in den nächsten Tagen eintreffen. Andere sind vermutlich in Sicherheit, ohne mit uns in Verbindung treten zu können.«

»Kommen Sie zur Sache, Zack«, drängte Lazarus. »Besteht halbwegs die Chance, daß alle davon den Weg hierher finden werden?«

»Nicht die geringste.«

»Warum nicht?«

»Weil drei davon bekannterweise in öffentlichen Transportmitteln zwischen Mond und Erde sitzen und unter ihrer der Öffentlichkeit bekannten Identität reisen. Andere, von denen wir im Augenblick nichts Genaues wissen, dürften auf ähnliche Weise in der Patsche sitzen.«

»Eine Frage!« Ein streitlustiger kleiner Mann ganz vorne stand auf und deutete mit dem Finger auf den Chefkurator. »Sind alle diese gefährdeten Mitglieder durch eine Hypnosesperre geschützt?«

»Nein. Wir hatten keine –«

»Ich möchte den Grund dafür wissen!«

»Halten Sie den Mund!« schrie Lazarus. »Sie haben das Wort nicht. Niemand steht hier vor Gericht, und wir haben keine Zeit, uns mit Dingen zu beschäftigen, die nicht mehr zu ändern sind. Weiter, Zack.«

»Nun gut. Aber ich werde die Frage doch beantworten. Jeder weiß, daß ein Vorschlag, unsere Geheimnisse durch Hypnosesperre zu schützen, bei der Sitzung, in der man die Lockerung der ›Maskerade‹ beschloß, abgelehnt wurde. Ich glaube mich erinnern zu können, daß der Protestierende damals auch für die Ablehnung stimmte.«

»Das ist nicht wahr! Ich bestehe darauf –«

»Ruhe!« Lazarus funkelte den Zwischenrufer an und betrachtete ihn dann vom Scheitel bis zur Sohle. »Freundchen, Sie sind der klare Beweis dafür, daß die Stiftung mehr auf Verstand als auf Alter hätte sehen sollen.« Lazarus ließ den Blick über die Versammlung gleiten. »Jeder kommt an die Reihe, aber erst dann, wenn ich ihm das Wort erteile. Quatscht wieder jemand dazwischen, dann kann er was erleben – einverstanden?«

Ein Gemurmel, halb erschreckt, halb zustimmend, ließ sich hören; niemand widersprach. Zaccur Barstow fuhr fort: »Auf den Rat von Ralph Schultz haben die Kuratoren in den letzten drei Monaten sich im stillen bemüht, die der Öffentlichkeit bekannten Mitglieder zur Hypnosesperre zu überreden. Wir hatten großen Erfolg.« Er machte eine Pause.

»Los, Zack«, sagte Lazarus. »Sind wir gedeckt oder nicht?«

»Nein. Mindestens zwei von unseren Leuten, deren Verhaftung sicher ist, verfügen nicht über diesen Schutz.«

Lazarus zuckte die Achseln. »Da haben wir's. Meine Damen und Herren, das Spiel ist aus. Eine Spritze Quatschsoße in die Armvene, und die ›Maskerade‹ ist vorbei. Wir stehen vor einer völlig neuen Lage – jedenfalls spätestens in ein paar Stunden. Was gedenken Sie zu tun?«

In der Steuerkabine der Antipoden-Rakete ›Wallaby‹, Flug Süd, summte der Teleschreiber, knackte und schoß einen Streifen Papier heraus. Der Kopilot rutschte mit seinem Gleitstuhl vorwärts, zog die Meldung heraus und riß sie ab.

Er las sie, dann überflog er den Text noch einmal. »Käpt'n, halten Sie sich fest!«

»Ärger?«

»Lesen Sie.«

Der Kapitän tat es und pfiff durch die Zähne. »Verflucht! Ich habe noch nie einen Menschen verhaftet. Nicht einmal miterlebt habe ich so etwas. Wie fangen wir denn das an?«

»Ich beuge mich Ihrer überlegenen Autorität.«

»So?« meinte der Kapitän verärgert. »Wenn Sie mit den Verbeugungen fertig sind, marschieren Sie nach hinten und nehmen die Verhaftung vor.«

»Was soll denn das? Sie sind doch hier der maßgebende Mann. Ich löse Sie am Steuer ab.«

»Sie hören wohl schlecht. Ich delegiere die Verantwortung. Führen Sie den Befehl aus.«

»Einen Augenblick mal, Al, ich bin nicht eingestellt worden –«

»Führen Sie den Befehl aus!«

»Jawohl, Sir!«

Der Kopilot ging nach hinten. Die Rakete war wieder in die Atmosphäre eingetreten und befand sich im langen, weiten, kreisenden Näherungsflug; er konnte gehen – wie hätte erst eine Verhaftung im freien Fall ausgesehen? Fing man da sein Opfer mit dem Schmetterlingsnetz ein? Er fand den Passagier anhand der Platzliste und berührte seinen Arm. »Entschuldigen Sie, Sir. Irgendwo hat sich ein kleiner Fehler eingeschlichen. Kann ich Ihre Flugkarte sehen?«

»Selbstverständlich.«

»Würden Sie bitte mit in die Reservekabine kommen? Dort ist es ruhiger, und wir können uns beide setzen.«

»Gerne.«

Als sie in der kleinen Kabine angekommen waren, bat der Erste Offizier den Fluggast, Platz zu nehmen, dann schlug er sich mit der flachen Hand gegen die Stirn. »Dumm von mir! Ich habe die Liste in meiner Kanzel liegengelassen.« Er drehte sich um und ging hinaus. Als die Tür hinter ihm ins Schloß glitt, hörte der Fluggast ein ungewöhnliches Klicken. Argwöhnisch drückte er die Klinke nieder. Die Tür war verschlossen.

In Melbourne holten ihn zwei Proktoren ab. Als sie ihn durch das Flughafengebäude führten, hörte er Bemerkungen aus einer neugierigen und merkwürdig unfreundlichen Menschenansammlung: »Da ist einer von den Burschen!« – »Der da? Sieht wirklich nicht alt aus.« – »Was wohl Affendrüsen kosten?« – »Starr ihn doch nicht so an, Herbert.« – »Warum nicht? Da kann er sich gratulieren!«

Man brachte ihn zum Dienstsitz des Chefproktors, der ihm mit förmlicher Höflichkeit einen Stuhl anbot. »Nun, Sir«, sagte der Polizeichef mit leichtem Akzent, »wenn Sie uns behilflich wären, indem Sie dem Pfleger gestatten, eine kleine Injektion –«

»Zu welchem Zweck?«

»Sie wollen doch sicher Ihre Bereitschaft zur Mitarbeit bekunden. Es tut nicht weh.«

»Darauf kommt es nicht an. Ich bestehe auf einer Erklärung. Ich bin Bürger der Vereinigten Staaten.«

»Gewiß, aber die Föderation hat in jedem Mitgliedsstaat bevorrechtete Jurisdiktion – und ich handle in ihrem Auftrag. Machen Sie Ihren Arm frei, bitte.«

»Ich denke nicht daran. Ich berufe mich auf meine Rechte als Bürger.«

»Packt ihn.«

Man brauchte vier Männer, um ihn zu überwältigen. Schon bevor die Nadel seinen Arm berührte, traten seine Kaumuskeln stark hervor, und ein Ausdruck von Agonie breitete sich über sein Gesicht. Er saß dann ruhig und teilnahmslos da, während die Polizisten die Wirkung der Droge abwarteten. Nach geraumer Zeit schob der Proktor eines der Lider des Gefangenen in die Höhe und sagte: »Ich glaube, er ist soweit. Mehr als 65 Kilogramm wiegt er nicht; das Mittel hat sehr schnell gewirkt. Wo ist die Liste mit den Fragen?«

Ein Polizist gab sie ihm. Er begann: »Horace Foote, hören Sie mich?«

Die Lippen des anderen zuckten; er schien sprechen zu wollen. Sein Mund öffnete sich und Blut spritzte auf seine Brust.

Der Chefproktor brüllte, packte den Gefangenen bei den Haaren und untersuchte ihn kurz. »Sofort den Chirurgen holen! Er hat sich die Zunge durchgebissen!«

Der Kapitän des Linienschiffes ›Moonbeam‹ nach Luna City starrte die Meldung in seiner Hand an. »Was ist denn das für eine Kinderei?« Er funkelte seinen Dritten Offizier an. »Sagen Sie mir das, Mister.«

Der Dritte Offizier betrachtete die Kabinendecke.

Wutentbrannt hielt der Kapitän die Meldung auf Armlänge entfernt, betrachtete sie und sagte: »›– unbedingt erforderlich, daß die betreffenden Personen daran gehindert werden, sich etwas anzutun. Sie sind angewiesen, sie ohne vorherige Warnung in Bewußtlosigkeit zu versetzen.‹« Er schob die Meldung weg. »Was denken sich die Leute eigentlich, was ich hier betreibe? Ein Zuchthaus? Für was halten sich die denn? Mir in meinem Schiff zu sagen, was ich mit meinen Passagieren tun soll! Ich denke gar nicht daran – darauf können sich die Herren verlassen! Es gibt keine Vorschrift, die mich zwingen kann . . . oder doch, Mister?«

Der Dritte Offizier schwieg und studierte eingehend die Steuerkonsole.

Der Kapitän blieb stehen. »Zahlmeister! Zahlmeister! Warum ist dieser Mann nie da, wenn ich ihn brauche?«

»Ich bin ja da, Käpt'n.«

»Wird auch langsam Zeit!«

»Ich war die ganze Zeit hier, Sir.«

»Widersprechen Sie nicht. Hier – kümmern Sie sich darum.« Er gab ihm die Meldung und ging.

Ein Schiffsmechaniker nahm unter Aufsicht des Zahlmeisters, des Rumpfoffiziers und des Schiffsarztes eine kleine Veränderung an den Frischluftzuleitungen zu einer der Kabinen vor; zwei sorgenerfüllte Passagiere versanken unter dem Einfluß einer ungefährlichen Dosis Schlafgas in tiefen Schlummer.

»Noch ein Bericht, Sir.«

»Lassen Sie ihn hier«, sagte der Administrator müde.

»Und Ratsherr Bork Vanning bittet höflich um eine Unterredung.«

»Sagen Sie ihm, zu meinem Bedauern sei ich beschäftigt.«

»Er besteht aber darauf, Sie zu sprechen, Sir.«

Administrator Ford erwiderte gereizt: »Dann erklären Sie dem ehrenwerten Mr. Vanning, daß er in diesem Büro keine Befehle zu erteilen hat!« Der Adjutant schwieg. Administrator Ford preßte die Fingerspitzen an die Schläfen und fügte langsam hinzu: »Nein, Gerry, sagen Sie ihm das nicht. Seien Sie diplomatisch ... aber lassen Sie ihn nicht herein.«

»Jawohl, Sir.«

Als der Administrator allein war, nahm er den Bericht vom Schreibtisch. Seine Augen glitten über Briefkopf, das Datum und das Aktenzeichen: ›Zusammenfassung des Gesprächs mit dem Bürger Arthur Sperling, vollständiger Wortlaut beigefügt, Bedingungen des Verhörs: S. erhielt normale Dosis Neo-sco., nachdem er vorher eine mengenmäßig nicht bestimmte Dosis eines gasförmigen Hypnosestoffes eingeatmet hatte. Gegenmittel –‹

Wie sollte man es anstellen, diese Untergebenen von ihrer Wortsucht zu heilen? Er überflog ein paar Absätze:

›– gab an, Arthur Foote von der Familie Foote zu sein und ein Alter von 137 Jahren erreicht zu haben. Das scheinbare Alter beträgt 45 plus oder minus vier; siehe beiliegenden Bio-Bericht. S. gab zu, Angehöriger der Howard-Familien zu sein. Er erklärte, daß die Familien etwas über hunderttausend Personen umfaßten. Er wurde um eine Korrektur dieser Zahl ersucht und darauf hingewiesen, daß die richtige Zahl wohl näher bei zehntausend liegen müsse. Er beharrte auf seiner Behauptung.‹

Der Administrator überlegte einen Augenblick und las diesen Absatz noch einmal durch. Dann überflog er einige Seiten, fand den wichtigsten Teil: ›– bestand darauf, daß seine lange Lebensspanne Folge seiner Ahnenreihe sei und keine andere Ursache habe. Er gab zu, daß sein jugendliches Aussehen durch künstliche Mittel erreicht werde, erklärte aber steif und fest, seine Lebenserwartung sei ererbt, nicht erworben. Er wurde darauf hingewiesen, daß seine älteren Verwandten ihn in seiner frühen Jugend ohne sein Wissen einer bestimmten Behandlung zur Verlängerung seines Lebens unterzogen haben dürften. S. gestand diese Möglichkeit zu. Als er nach den Namen von Personen befragt wurde, die eine solche Behandlung durchführen oder durchgeführt haben, kehrte er zu seiner ursprünglichen Behauptung zurück, wonach eine solche Therapie nicht existiert.

Er teilte die Namen – nach der Überraschungs-Assoziations-Methode – und in einigen Fällen die Anschriften von nahezu zweihundert Angehörigen seiner Familiengruppe mit, die bislang in unseren Unterlagen nicht als solche geführt wurden. Die Liste ist beigefügt. Unter der anstrengenden Befragung ließ seine Kraft immer mehr nach, und er versank in völlige Apathie, aus der er durch kein seiner Konstitution zumutbares Mittel geweckt werden konnte – siehe Bio-Bericht.

Schlußfolgerungen unter beschleunigter Analyse nach der Kelly-Holmes-Annäherungsmethode: S. kennt weder noch glaubt er an das Gesuchte. Erinnert sich nicht daran, das Gesuchte erlebt zu haben, täuscht sich aber. Das Wissen um das Gesuchte ist auf eine kleine Gruppe beschränkt, die höchstens zwanzig Personen umfaßt. Ein Mitglied dieses ausgewählten Teams kann durch Dreifach-Serien-Eliminierungssuche gefunden werden. Wahrscheinlichkeit der Einheit, nach Vermutungen aufgestellt. Erstens, daß der topologische Sozialraum kontinuierlich ist und sich mit dem physikalischen Raum der Westlichen Föderation deckt, und zweitens, daß zumindest ein Verkettungsweg zwischen den verhafteten Personen und der Spitzengruppe besteht. Keine dieser Vermutungen kann zu diesem Zeitpunkt Bestätigung finden, aber die erste Annahme wird erheblich durch die statistische Analyse der von S. gelieferten Namensliste bisher unerkannter Angehöriger der Howard-Familien gestützt. Diese Analyse spricht auch für die Richtigkeit der Schätzung des Befragten über die Gesamtgröße der Gruppe, während die zweite Vermutung, in negativem Sinn genommen, unterstellt, daß die im Besitz des Gesuchten befindliche Spitzengruppe in der Lage war, es ohne Sozial-Kontaktraum anzuwenden, was eine Absurdität darstellt.

Geschätzte Zeit für Suche: 71 Stunden, plus oder minus 20 Stunden. Voraussage, jedoch nicht Zeitraum, von Erkennungsbüro bestätigt. Die Zeitschätzung wird –‹

Ford knallte den Bericht auf einen Stoß von Dokumenten auf seinem altmodischen Kontrolltisch. Diese Narren! Einen negativen Bericht nicht zu erkennen – und so etwas nannte sich Psychographen!

Er verbarg erschöpft und verzweifelt das Gesicht in seinen Händen.

Lazarus schlug mit dem Kolben seines Strahlers auf den Tisch. »Unterbrechen Sie den Redner nicht!« dröhnte er. »Weiter, aber machen Sie's kurz.«

Bertram Hardy nickte knapp. »Ich sage noch einmal, daß diese Tagesfliegen, die wir herumschwirren sehen, keine Rechte besitzen, die wir respektieren müßten. Wir sollten ihnen mit Raffinesse, mit Schläue, ohne Bedenken begegnen, und sobald wir unsere Position gefestigt haben ... mit Gewalt! Wir sind ebenso wenig verpflichtet, ihr Wohlergehen zu beachten, wie ein Jäger gehalten ist, seine Beute durch Zurufe zu warnen. Die –«

Von irgendwoher kam ein Buhruf. Lazarus schlug wieder auf den Tisch und versuchte, den Zwischenrufer auszumachen. Hardy ließ sich nicht beirren. »Die sogenannte Menschheit hat sich gespalten. Es ist an der Zeit, sich das einzugestehen. Auf der einen Seite der homo vivens, wir selbst ... auf der anderen – der homo moriturus! Seine Zeit ist um, wie die der Saurier, der Säbelzahntiger und der Bisons. Wir würden uns ebensowenig mit ihnen vermischen wie mit Affen. Ich sage, haltet sie hin, erzählt ihnen irgendeine Geschichte, versichert ihnen, daß wir sie in der Quelle ewiger Jugend baden werden – gewinnen wir Zeit, damit der Sieg unser ist, sobald es zur unvermeidlichen Auseinandersetzung kommt!«

Es gab keinen Applaus, aber Lazarus konnte in vielen Gesichtern Unsicherheit erkennen. Bertram Hardys Ideen liefen dem Denken vieler Jahre geruhsamen Lebens zuwider, aber seine Worte hatten einen schicksalhaften Klang. Lazarus glaubte nicht an das Schicksal; er glaubte ... nun, gleichgültig – aber er fragte sich, wie Bruder Bertram mit zwei gebrochenen Armen aussehen würde.

Eve Barstow erhob sich. »Wenn Bertram das mit dem ›Überleben der Tauglichsten‹ meint«, sagte sie bitter, »gehe ich lieber in ein Gefängnis. Er hat aber einen Plan zur Debatte gestellt. Ich muß einen anderen bieten, wenn mir seiner nicht paßt. Ich akzeptiere keinen Plan, der uns auf Kosten der armen, kurzlebigen Nachbarn existieren läßt. Außerdem ist mir jetzt auch klar, daß unser bloßes Vorhandensein die Seele unseres armen Nachbarn schädigt. Unsere langen Jahre, unsere größeren Möglichkeiten, lassen ihm seine mächtigsten Anstrengungen nutzlos erscheinen – abgesehen von dem hoffnungslosen Kampf gegen einen vorausbestimmten Tod. Unsere bloße Gegenwart nimmt ihm seine Kraft, trübt sein Urteil und erfüllt ihn mit panischer Todesangst.

Ich schlage also vor: Geben wir uns alle zu erkennen, sagen wir die ganze Wahrheit, und bitten wir um unseren Teil der Erde, irgendein kleines Eckchen, wo wir für uns leben können. Wenn unsere armen Freunde den Wunsch haben, ringsherum eine große Mauer aufzurichten, sollen sie das tun – es ist besser, daß wir uns nie von Angesicht zu Angesicht begegnen.«

Manche zweifelnde Miene zeigte nun Zustimmung, Ralph Schultz stand auf. »Ohne Vorurteile gegen Eves Plan muß ich Sie darauf hinweisen, daß meiner fachmännischen Meinung nach die psychologische Abkapselung bei weitem nicht so leicht durchzuführen ist, wie sie meint. Solange wir uns auf diesem Planeten befinden, wird man uns nicht vergessen können. Die moderne Nachrichtenvermittlung –«

»Dann müssen wir eben auf einen anderen Planeten umziehen!« gab sie zurück.

»Wohin?« fuhr Bertram Hardy auf. »Auf die Venus? Lieber möchte ich in einem Dampfbad leben. Auf den Mars? Wertlos und verbraucht.«

»Wir bauen ihn wieder auf«, sagte sie leise.

»Nicht mehr in Ihrem oder meinem Leben. Nein, kleine Eve, Ihre Warmherzigkeit klingt recht gut, aber sie widerspricht der Vernunft. Es gibt nur einen einzigen Planeten im Sonnensystem, auf dem man leben kann – die Erde.«

Irgend etwas an Bertram Hardys Worten löste eine Reaktion in Lazarus Longs Gehirn aus, dann entschwand der Gedanke. Etwas ... etwas, das er erst vor ein oder zwei Tagen gehört hatte ... oder war es länger her? Irgendwie schien es mit seinem ersten Weltraumflug zusammenzuhängen, damals, vor weit über einem Jahrhundert. Zum Teufel noch mal! Es war schrecklich, sich von seinem Gedächtnis solche Streiche spielen lassen zu müssen –

Dann fiel es ihm ein – das Sternschiff! Das Interstellarschiff, an das man dort draußen zwischen Erde und Luna eben letzte Hand anlegte. »Hört mal zu«, sagte er, »bevor wir die Idee, einen anderen Planeten aufzusuchen, zu den Akten legen, sollten wir alle Möglichkeiten erwägen.« Er wartete, bis ihm alle aufmerksam zuhörten. »Haben Sie sich eigentlich schon einmal Gedanken darüber gemacht, daß nicht alle Planeten um diese eine Sonne kreisen?«

Zaccur Barstow brach das anhaltende Schweigen. »Lazarus ... machen Sie einen ernsthaften Vorschlag?«

»Todernst.«

»Hört sich aber anders an. Vielleicht erklären Sie sich deutlicher.«

»Gerne.« Lazarus sah die Versammlung an. »Dort draußen am Himmel schwebt ein Sternschiff, ein geräumiges Fahrzeug, das für lange Flüge zwischen den Sternen gebaut wurde. Warum nehmen wir es nicht und suchen uns selbst ein Zuhause?«

Bertram Hardy erholte sich als erster. »Ich weiß nicht, ob der Vorsitzende unsere Stimmung mit einem seiner Witze auflockern will, aber davon ausgehend, daß er es ernst meint, will ich antworten. Mein Einwand gegen den Mars gilt in verstärktem Maße für diese ausgefallene Idee. Ich habe gehört, daß die unbesonnenen Narren tatsächlich vorhaben, dieses Schiff zu bemannen, den Flug in etwa einem Jahrhundert hinter sich bringen wollen – dann werden vielleicht ihre Enkel etwas finden, vielleicht aber auch nicht. Auf jeden Fall bin ich daran nicht interessiert. Ich habe nichts dafür übrig, hundert Jahre in einem Stahlgehäuse eingesperrt zu verbringen. Ich rechne auch gar nicht, noch so lange zu leben. Ich finde den Plan albern.«

»Augenblick«, sagte Lazarus. »Wo ist Andy Libby?«

»Hier«, sagte Libby und stand auf.

»Kommen Sie nach vorn. Slipstick, hatten Sie etwas mit der Entwicklung des Centaurus-Schiffs zu tun?«

»Nein. Weder mit diesem noch mit der ersten.«

Lazarus wandte sich an die Allgemeinheit. »Da haben wir's. Wenn Libby bei der Antriebskonstruktion dieses Raumschiffs nicht mitgearbeitet hat, fliegt es nicht so schnell, wie es eigentlich könnte, bei weitem nicht. Slipstick, befassen Sie sich sofort mit diesem Problem. Wir werden bald eine Lösung brauchen.«

»Aber Lazarus, Sie dürfen nicht annehmen, daß –«

»Gibt es nicht theoretische Möglichkeiten?«

»Das wissen Sie doch selbst, aber –«

»Dann strengen Sie sich gefälligst an!«

»Na ja . . . wird gemacht.« Libby lief blutrot an.

»Einen Moment, Lazarus«, meldete sich Zaccur Barstow zu Wort. »Mir gefällt dieser Vorschlag, und ich finde, daß wir ihn gründlich diskutieren sollten . . . wir dürfen uns von Bruder Bertrams Aversion dagegen nicht abschrecken lassen. Selbst wenn Libby keinen besseren Antrieb findet – und ich glaube offengestanden nicht, daß er eine Chance hat, ich verstehe auch etwas von Feldmechanik –, selbst dann würde ich mich von einem Jahrhundert nicht schrecken lassen. Mit Hilfe von Kaltschlaf und Schichtbemannung sollten die meisten von uns den Flug überstehen können. Es gibt –«

»Wie kommen Sie auf die Idee, man würde uns das Schiff überhaupt überlassen?« fuhr Bertram Hardy hoch.

»Bert«, sagte Lazarus kalt, »wenden Sie sich an mich, wenn Sie etwas vorzubringen haben. Sie sind nicht einmal Familiendelegierter. Ich warne Sie zum letztenmal.«

»Wie gesagt«, fuhr Barstow fort, »ich finde es geradezu passend, daß die Langlebigen sich der Erforschung der Sterne widmen. Ein Mystiker würde das als unsere wahre Aufgabe bezeichnen.« Er machte eine nachdenkliche Pause. »Was das Schiff betrifft, von dem Lazarus sprach, so wird man es uns vielleicht nicht geben . . . aber die Familien sind reich. Wenn wir ein Sternschiff brauchen –

oder mehrere –, können wir sie uns bauen, können wir sie bezahlen. Ich glaube, wir sollten uns wirklich an die Hoffnung klammern, daß man uns das gestattet ... denn es kann sein, daß es keinen anderen Ausweg aus diesem Dilemma gibt, der nicht unsere Vernichtung mit sich bringen würde.«

Barstow sagte diese letzten Worte langsam und traurig vor sich hin. Wie ein kalter Hauch legten sie sich auf die Seelen der Zuhörer. Den meisten dieser Menschen war das Problem so neu, daß es noch nicht real erschien; niemand hatte bisher der möglichen Konsequenz Ausdruck verliehen, die sich aus einem Versagen, eine für die kurzlebige Majorität befriedigende Lösung zu finden, ergeben würde. Daß der Chefkurator von seiner Furcht sprach, die Familien könnten gejagt und vernichtet werden, ließ in jedem einzelnen das Schreckgespenst erstehen, das niemand beim Namen nennen wollte.

»Nun«, sagte Lazarus lebhaft, als die Stille peinlich zu werden begann, »bevor wir uns mit dieser Idee befassen, wollen wir uns einmal ein paar andere Pläne anhören. Bitte um Wortmeldung.«

Ein Bote hastete herein und sprach mit Zaccur Barstow. Der Kurator machte ein überraschtes Gesicht und schien sich die Meldung wiederholen zu lassen. Dann eilte er quer über das Podest zu Lazarus und flüsterte ihm etwas ins Ohr. Lazarus riß die Augen auf. Barstow eilte hinaus.

Lazarus wandte sich wieder an die Versammelten. »Wir machen eine Pause«, verkündete er. »Das gibt Ihnen Zeit, sich über andere Pläne schlüssig zu werden ... und jeder kann sich ein bißchen die Beine vertreten und eine Zigarette rauchen.« Er griff nach seiner Tasche.

»Was ist los?« rief jemand.

Lazarus zündete sich eine Zigarette an, sog den Rauch tief in die Lungen, stieß ihn aus. »Wir müssen abwarten«, erwiderte er. »Ich weiß es noch nicht. Aber über mindestens ein halbes Dutzend Pläne brauchen wir gar nicht mehr abzustimmen. Die Situation hat sich schon wieder geändert – ich kann nicht sagen, mit welchen Folgen.«

»Was soll das heißen?«

»Der Administrator der Föderation will sofort mit Zack Barstow sprechen«, sagte Lazarus. »Er hat ihn persönlich verlangt ... und der Anruf kam direkt über unsere geheime Empfangsanlage.«

»Was? Das ist doch unmöglich!«

»Sicher. Aber manchmal passiert eben auch das Unmögliche.«

4

Zaccur Barstow versuchte sich Mut zuzusprechen, als er in die Telefonzelle eilte.

Am anderen Ende der Videophonleitung bemühte sich der ehrenwerte Slayton Ford ebenfalls darum – er versuchte, seine Nerven zu beruhigen. Er unterschätzte sich keineswegs. Eine lange und brillante Karriere, gekrönt von den Jahren als Administrator für den Staatsrat und unter der Verfassung der westlichen Föderation, hatte Ford seine überragenden Fähigkeiten und unerreichte Erfahrung erkennen lassen. Kein gewöhnlicher Mann vermochte es, ihn bei Verhandlungen in die schwächere Position zu drängen.

Aber das hier war etwas anderes.

Wie mußte ein Mann geartet sein, der mehr als zwei normale Lebensspannen hinter sich hatte? Schlimmer noch – ein Mann, der über das Vier- oder Fünffache der erwachsenen Erfahrung von Ford verfügte? Slayton Ford wußte, daß sich seine eigenen Ansichten seit seiner Jugend immer und immer wieder gewandelt hatten. Nicht einmal der junge Mann, der er einmal gewesen, hätte für den reifen Ford einen Gegner abgegeben. Welchen Widerpart würde also dieser Barstow abgeben? Wahrscheinlich war er der fähigste und klügste Vertreter einer Gruppe, aus der jedes Mitglied eine weit größere Erfahrung besaß, als sie Ford jemals haben konnte – wie sollte er Wertmaßstäbe, Absichten, Denkweise dieses Mannes erkennen?

Er studierte Barstows Gesicht, als es auf dem Telefonbildschirm auftauchte. Ein gutes, kluges Gesicht ... es wäre nutzlos, diesem Mann Angst einjagen zu wollen. Und er sah jung aus – jünger als er! Er sagte gelassen: »Sie sind Bürger Zaccur Barstow?«

»Ja, Mr. Administrator.«

»Oberster Leiter der Howard-Familien?«

»Ich bin der Sprecher der Kuratoren unserer Familienstiftung. Aber ich bin mehr meinen Leuten verantwortlich, als daß ich Autorität über sie ausübte.«

Ford wischte diesen Einwand beiseite. »Ich nehme an, daß Ihre Stellung auch Führerschaft in sich begreift. Mit hunderttausend Menschen kann ich nicht verhandeln.«

Barstow zuckte nicht mit der Wimper. Er sah den Schachzug in dem plötzlichen Eingeständnis, daß die Regierung die richtige Zahl der Familienangehörigen kannte und sie nicht in die Waagschale fallen ließ. Er hatte den Schock, daß die geheime Zentrale der Familien bekannt war, überwunden, und die unheimlichere Tatsache hingenommen, daß der Administrator sich in ihr privates Nachrichtenübermittlungssystem einzuschalten verstand. Das bewies nur, daß ein oder mehrere Mitglieder gefangen und zum Sprechen gebracht worden waren.

Damit stand praktisch fest, daß die Behörden alles Wichtige über die Familien wußten.

Trotzdem brauchte man nicht freiwillig irgend etwas zu verraten. Vielleicht wußte Ford jetzt noch nicht alles.

Ohne merkliches Zögern erwiderte Barstow: »Was wünschen Sie mit mir zu besprechen, Sir?«

»Die Politik der Regierung gegenüber Ihrer Gruppe. Das Schicksal Ihrer Leute.«

Barstow hob die Schultern. »Was gibt es da zu reden? Die Verfassung ist beiseitegeräumt, und man hat Sie ermächtigt, mit uns anzufangen, was Ihnen beliebt – uns ein Geheimnis zu entreißen, das wir nicht besitzen. Was bleibt uns anderes übrig, als um Gnade zu flehen?«

»Bitte!« Der Administrator winkte gereizt ab. »Warum diese Umschweife? Wir beide haben ein Problem zu lösen. Besprechen wir es offen. Einverstanden?«

Barstow sagte langsam: »Ich wäre gerne dazu bereit ... und ich glaube auch, daß Sie dasselbe wollen. Das Problem beruht aber auf der falschen Annahme, daß wir, die Howard-Familien, wüßten, wie das menschliche Leben verlängert werden kann. Wir wissen es nicht.«

»Wenn ich Ihnen nun erklärte, ich wüßte, daß es kein solches Geheimnis gibt?«

»Hmm ... ich möchte Ihnen glauben. Aber wie läßt sich das mit der Verfolgung unserer Leute vereinbaren? Sie haben uns gejagt wie wilde Tiere.«

Ford verzog den Mund. »Es gibt da eine uralte Geschichte über einen Theologen, den man bat, die Doktrin göttlicher Milde mit jener der Verdammung von Kindern zu vereinbaren. ›Der Allmächtige‹, erklärte er, ›hält es in seiner öffentlichen und amtlichen Eigenschaft für nötig, Dinge zu tun, die er privat und persönlich bedauert.‹«

Barstow mußte unwillkürlich lächeln. »Ich verstehe. Trifft der Vergleich tatsächlich ins Schwarze?«

»Ich denke schon.«

»Aha. Sie haben mich nicht nur angerufen, um eine oberflächliche Entschuldigung abzugeben?«

»Nein. Bestimmt nicht. Sind Sie über die politischen Ereignisse auf dem laufenden? Ganz gewiß. Das erfordert Ihre Stellung.«

Barstow nickte.

Ford setzte ihm folgendes auseinander: Fords Regierung habe seit der Unterzeichnung der Verfassung von allen Kabinetten die längste Amtszeit hinter sich gebracht. Vier Ratsperioden habe er überdauert. Trotzdem sei seine Macht jetzt so geschwächt, daß er einen Vertrauensantrag nicht riskieren könne – ganz bestimmt nicht im Fall der Howard-Familien. In dieser Angelegenheit sei seine nominelle Mehrheit bereits zu einer Minderheit zusammengeschmolzen. Wenn er der Entscheidung des Rates zuwiderhandle und eine Abstimmung erzwinge, werde er zurücktreten müssen, und der amtierende Führer der Minderheit übernehme das Amt des Administrators. »Verstehen Sie? Ich kann entweder im Amt bleiben und versuchen, mit diesem Problem fertigzuwerden, obwohl ich von einer Ratsdirektive behindert bin, die ich nicht billige ... oder ich kann zurücktreten und meinen Nachfolger weitermachen lassen.«

»Sie suchen aber doch sicherlich nicht meinen Rat?«

»Nein, nein! Nicht in dieser Beziehung. Ich habe bereits entschieden. Die Ratsdirektive hätte auf jeden Fall ausgeführt werden müssen, entweder von mir oder von Mr. Vanning – also beschloß ich, das selbst in die Hand zu nehmen. Die Frage ist jetzt: kann ich Ihrer Unterstützung sicher sein oder nicht?«

Barstow zögerte, während er Fords politische Laufbahn hastig überdachte. Der frühe Teil von Fords langer Amtszeit war beinahe ein goldenes Zeitalter der Staatslenkung gewesen. Als kluger und praktischer Mann hatte Ford die in der Verfassung niedergelegten Grundsätze der menschlichen Freiheit zu brauchbaren Regeln umgeformt. Die Zeit war erfüllt gewesen von gutem Willen, sie hatte große Wohlhabenheit gebracht, und zivilisierende Prozesse eingeleitet, die nicht umkehrbar erschienen.

Trotzdem war ein Rückschlag eingetreten, und Barstow kannte die Gründe dafür mindestens ebenso gut wie Ford. Sobald die Staatsbürger ihre Aufmerksamkeit unter dem Ausschluß anderer auf eine Streitfrage richten, ist die Situation reif für Demagogen, Hetzer und Ehrgeizlinge. Die Howard-Familien hatten in aller Unschuld diese Krise der öffentlichen Moral selbst hervorgerufen, unter der sie jetzt zu leiden hatten, als sie vor mehreren Jahren den Kurzlebigen ihre Existenz verrieten. Es spielte nicht die geringste Rolle, daß ihr ›Geheimnis‹ kein solches war; die korrumpierende Wirkung bestand.

Ford begriff wenigstens die Lage.

»Wir werden Ihnen helfen«, sagte Barstow plötzlich.

»Gut. Was schlagen Sie vor?«

Barstow kaute an seiner Unterlippe. »Gibt es keinen Weg, diese drastischen Methoden zu dämpfen und die Verletzung der Verfassung zu unterbinden?«

Ford schüttelte den Kopf. »Zu spät.«

»Selbst wenn Sie vor die Öffentlichkeit träten und den Bürgern ins Gesicht sagten, daß Sie mit Sicherheit wüßten –«

Ford unterbrach ihn. »Ich wäre nicht mehr im Amt, bevor die Rede überhaupt gehalten werden könnte. Außerdem würde man mir nicht glauben. Übrigens – verstehen Sie mich richtig, Zaccur Barstow – gleichgültig, welche Sympathien ich für Sie persönlich und Ihre Leute haben mag, ich würde das auch nicht tun, wenn ich dazu in der Lage wäre. Die ganze Sache ist ein Krebs, der sich in lebenswichtige Organe unserer Gesellschaft hineinfrißt; eine endgültige Lösung muß einfach gefunden werden. Ich bin zum Handeln gezwungen worden, gewiß ... aber es gibt keine Umkehr mehr.«

Zumindest in einer Beziehung war Barstow ein weiser Mann. Er wußte, daß jemand als Gegner antreten konnte, ohne ein Schurke zu sein. Trotzdem protestierte er: »Meine Leute werden verfolgt.«

»Ihre Leute sind der Bruchteil eines Promilles der Bevölkerung«, sagte Ford mit Nachdruck, »... und ich muß für alle eine Lösung finden! Ich habe mich an Sie gewandt, um zu erfahren, ob Sie Vorschläge für eine solche Lösung haben. Nun?«

»Ich bin mir nicht sicher«, erwiderte Barstow. »Angenommen, ich gestehe zu, daß Sie mit den Verhaftungen meiner Leute und ihrer Befragung durch ungesetzliche Mittel weitermachen müssen – da bleibt mir wohl keine andere Wahl –«

»Die bleibt Ihnen nicht. Auch mir nicht.« Ford runzelte die Stirn. »Man wird so human vorgehen, wie es mir möglich ist – ich bin nicht mein freier Herr.«

»Danke. Aber obwohl Sie mir sagen, daß es sinnlos wäre, sich an die Bevölkerung zu wenden, verfügen Sie über ungeheure Propagandamöglichkeiten. Wäre es möglich, eine Kampagne aufzuziehen und die Menschen von den Tatsachen zu überzeugen? Ihnen zu beweisen, daß es wirklich kein Geheimnis gibt?«

»Fragen Sie sich selbst«, gab Ford zurück. »Wird das Erfolg haben?«

Barstow seufzte. »Vermutlich nicht.«

»Ich könnte das auch nicht als befriedigende Lösung ansehen, wenn ein Erfolg sicher wäre! Die Menschen – sogar meine Assistenten – halten den Glauben an eine Jugendquelle fest, weil die einzige andere Alternative zu bitter ist, um überhaupt in Erwägung gezogen werden zu können. Wissen Sie, was das für sie bedeuten würde? Was das heißen würde, die nackte Wahrheit anzuerkennen?«

»Weiter.«

»Der Gedanke an den Tod war mir nur erträglich, weil er der große Demokrat war, der alle Menschen gleich behandelte. Aber jetzt kennt der Tod Günstlinge. Zaccur Barstow, können Sie sich den bitteren, gallebitteren Neid des normalen Menschen von – oh, sagen wir Fünfzig – vorstellen, der an einen Ihrer Leute denkt? Fünfzig Jahre ... Zwanzig davon ist er ein Kind, er hat die Dreißig überschritten, bevor er in seinem Beruf etwas leistet. Er ist Vierzig, bevor er eine anerkannte, respektierte Stellung einnimmt. Nur die letzten zehn Jahre stellt er wirklich etwas vor.«

Ford beugte sich vor und sagte mit ernstem Nachdruck: »Und nun, wenn er sein Ziel erreicht hat, was gewinnt er? Seine Augen lassen nach, seine jugendliche Kraft ist verschwunden, Herz und Lunge leisten auch nicht mehr, was sie sollten. Er ist noch kein alter Mann ... aber er spürt den kalten Hauch des ersten Frostes. Er weiß, was ihm bevorsteht. Er weiß es – er weiß es!

Aber es ist unvermeidbar, und jeder Mensch hatte gelernt, sich damit abzufinden.

Und jetzt kommt ihr«, fuhr Ford bitter fort. »Ihr beschämt ihn in seiner Schwäche, ihr demütigt ihn vor seinen Kindern. Er wagt nicht, für die Zukunft zu planen, ihr unternehmt fröhlich Dinge, die erst in fünfzig oder hundert Jahren Früchte tragen können. Gleichgültig, welche Erfolge er erzielt, welchen Rang er erklommen hat, ihr holt ihn ein, ihr überholt ihn – ihr überlebt ihn. In seiner Schwäche seid ihr noch freundlich zu ihm. Wundert es euch, daß er euch haßt?«

Barstow sah ihn müde an. »Hassen Sie mich, Slayton Ford?«

»Nein. Nein, ich kann mir Haß nicht leisten. Aber das eine will ich Ihnen sagen«, fügte er plötzlich hinzu, »wenn es ein Geheimnis gegeben hätte, wäre es euch entwunden worden!«

»Ja. Das verstehe ich.« Barstow dachte eine Weile nach. »Es ist nicht viel, was wir tun können. Wir haben das nicht geplant, es ist uns aufgezwungen worden. Aber wir können doch etwas anbieten.«

»Und das wäre?«

Barstow erklärte es ihm.

Ford schüttelte den Kopf. »Was Sie vorschlagen, ist medizinisch durchführbar, und ich zweifle nicht daran, daß ein halber Anteil an Ihrem Erbgut die Lebensspanne der Menschen verlängern würde. Aber selbst wenn Frauen bereit wären, das Erbplasma Ihrer Männer zu akzeptieren – ich sage nicht, daß sie es tun würden –, müßte das den seelischen Tod für alle anderen Männer bedeuten. Es gäbe einen Ausbruch der Verzweiflung und des Hasses, der zum Untergang der Menschheit führen müßte. Nein, gleichgültig, was unser Wunsch sein mag, unsere Gewohnheiten lassen sich nicht ändern. Wir können die Menschen nicht wie Tiere züchten; das lassen sie sich nicht gefallen.«

»Ich weiß«, sagte Barstow, »aber das ist alles, was wir anzubieten haben ... einen Anteil an unserem Glück durch künstliche Befruchtung.«

»Ja. Ich sollte mich vielleicht bedanken, aber ich empfinde keine Dankbarkeit. Kehren wir zur Praxis zurück. Einzeln seid ihr zweifellos ehrenwerte, gute Menschen, aber als Gesamtheit stellt ihr eine tödliche Gefahr dar. Ihr müßt in Quarantäne.«

Barstow nickte. »Meine Leute und ich sind schon zu diesem Schluß gekommen.«

Fords Miene entspannte sich. »Ich bin froh, daß Sie diesem Vorschlag zustimmen.«

»Es bleibt uns ja nichts anderes übrig. Nun? Eine abgeschlossene Kolonie? Irgendeine abgelegene Gegend? Vielleicht Madagaskar? Oder wir könnten die britischen Inseln übernehmen, sie wiederaufbauen und uns von dort aus nach Europa hinein ausbreiten, mit dem Abflauen der Radioaktivität.«

Ford schüttelte den Kopf. »Unmöglich. Das hieße lediglich, meine Enkel mit diesem Problem zu belasten. Bis dahin könnten Sie und Ihre Leute an Stärke gewonnen haben. Vielleicht würden Sie uns besiegen. Nein, Barstow, ihr müßt die Erde verlassen!«

Barstow sah ihn an. »Ich wußte, daß es dazu kommen würde. Gut, wohin sollen wir gehen?«

»Das Sonnensystem steht zur Auswahl bereit. Wohin Sie wollen.«

»Aber wohin denn wirklich? Die Venus ist nichts Besonderes, aber selbst dort – würde man uns wohl akzeptieren, wenn wir uns für sie entschieden? Die Venusier nehmen von der Erde keine Befehle entgegen; das steht seit 2020 ein für allemal fest. Gewiß, man nimmt dort jetzt unter der Vier-Planeten-Konvention überprüfte Einwanderer auf ... aber wird man Hunderttausend nehmen, die der Erde zu gefährlich sind? Das bezweifle ich.«

»Ich auch. Suchen Sie sich lieber einen anderen Planeten aus.«

»Welchen? Im ganzen System gibt es nicht einen Himmelskörper, der menschliches Leben ohne weiteres trägt. Es würde eine nahezu unmenschliche Anstrengung, selbst mit unbegrenzten Geldmitteln und modernster Technik, erforderlich sein, auch nur den vielversprechendsten Planeten für die Besiedlung einzurichten.«

»Unternehmen Sie diese Anstrengung. Wir werden großzügige Hilfe leisten.«

»Davon bin ich überzeugt. Aber das ist doch auf die Dauer gesehen auch keine bessere Lösung, als uns eine Reservation auf der Erde zuzugestehen. Wollen Sie die Raumfahrt unterbinden?«

Ford setzte sich plötzlich auf. »Ah! Ich verstehe. So weit war ich mit meinen Schlußfolgerungen noch nicht, aber gehen wir einmal bis zum Ende. Warum nicht? Wäre es nicht besser, die Raumfahrt aufzugeben, als diese Situation in einen offenen Krieg ausarten zu lassen? Sie ist schon einmal aufgegeben worden.«

»Ja, als die Venusier die abwesenden Großgrundbesitzer hinauswarfen. Aber sie wurde wieder aufgenommen, Luna City ist neu errichtet, und zehnmal mehr Fracht wird durch den Himmel getragen als je zuvor. Können Sie das aufhalten? Wenn Sie es fertigbringen, wird die Raumfahrt unterbunden bleiben?«

Ford beleuchtete das Problem von allen Seiten. Er konnte der Raumfahrt nicht Einhalt gebieten, das vermochte keine Regierung. Aber war eine Ausnahme zu machen für den Planeten, den sich diese Menschen aussuchten? Und würde das etwas nützen? Eine Generation, zwei, drei ... was bedeutete das schon? Das alte Japan hatte einen ähnlichen Versuch unternommen. Die fremden Teufel waren trotzdem an Land gegangen. Kulturen ließen sich nicht ewig trennen, und wenn sie miteinander in Berührung kamen, verdrängte die stabile alles Schwache; das war ein Naturgesetz.

Eine dauernde und wirksame Quarantäne war ausgeschlossen. Dann blieb nur eine Antwort – eine entsetzliche Antwort. Aber Ford war kein Schwächling; er konnte das Notwendigste akzeptieren. Er begann Pläne zu machen, hatte Barstows Gegenwart auf dem Bildschirm bereits vergessen. Sobald er dem Chefproktor die genaue Örtlichkeit der Zentrale der Howard-Familien verraten hatte, sollte sie in ein, höchstens zwei Stunden beseitigt sein ... wenn sie nicht über eine außergewöhnliche Abwehr verfügte – aber in jedem Fall handelte es sich nur um eine Zeitfrage. Durch die in der Zentrale Verhafteten sollte es möglich sein, alle anderen Angehörigen der Gruppe aufzuspüren und zu verhaften. Mit etwas

Glück mußte er alle in vierundzwanzig bis achtundvierzig Stunden gefaßt haben.

Der einzige noch ungeklärte Punkt war, ob man sie alle liquidieren oder einfach sterilisieren sollte. Beides stellte eine endgültige Lösung dar, eine dritte gab es nicht. Aber welche schien die humanere zu sein?

Ford wußte, daß damit das Ende seiner Laufbahn gekommen war. Er würde sein Amt in Unehre verlieren, vielleicht sogar isoliert werden, aber daran verschwendete er keinen Gedanken; gegen seinen Begriff von Pflicht vermochte er sein persönliches Schicksal nicht abzuwägen.

Barstow konnte Fords Gedanken nicht lesen, aber er spürte, daß Ford zu einem Entschluß gelangt war, und er erriet genau, wie schlimm diese Entscheidung für ihn und seine Leute sein mußte. Jetzt war es an der Zeit, den einzigen noch verbleibenden Trumpf auszuspielen.

»Mr. Administrator –«

»Was? Oh, entschuldigen Sie, ich war in Gedanken.« Eine gehörige Untertreibung; er war entsetzt, noch immer einen Mann vor sich zu sehen, den er eben zum Tode verurteilt hatte. Er hüllte sich in Förmlichkeit wie in einen Mantel. »Vielen Dank für diese aufschlußreiche Unterredung, Zaccur Barstow. Ich bedaure wirklich sehr, daß –«

»Mr. Administrator!«

»Ja?«

»Ich schlage vor, daß Sie uns ganz aus dem Sonnensystem hinausschaffen.«

»Was?« Ford starrte ihn verblüfft an. »Meinen Sie das im Ernst?«

Barstow begann hastig zu sprechen, erklärte Lazarus Longs halbentwickelte Idee, improvisierte bei Einzelheiten, übersprang Hindernisse und hob Vorteile hervor.

»Das könnte gehen«, meinte der Administrator langsam. »Es gibt Schwierigkeiten, die Sie nicht erwähnt haben, politische Schwierigkeiten und das gefährliche Problem der Zeit. Trotzdem könnte es gehen.« Er stand auf. »Kehren Sie zu Ihren Leuten zurück. Überraschen Sie sie noch nicht damit. Ich melde mich bald wieder.«

Barstow ging langsam zurück und fragte sich, was er seinen Leuten sagen sollte. Man würde einen umfassenden Bericht verlangen; theoretisch hatte er kein Recht, sich zu weigern. Aber er neigte sehr dazu, mit dem Administrator zusammenzuarbeiten, solange die Chance einer günstigen Lösung bestand. Er traf plötzlich seine Entscheidung, drehte sich um, ging in sein Büro und ließ Lazarus holen.

»Na, Zack«, sagte Lazarus beim Eintreten, »wie war's?«

»Gut und schlecht«, erwiderte Barstow. »Hören Sie zu –« Er faßte kurz und prägnant zusammen. »Können Sie dort hineingehen und den Leuten etwas erzählen, das sie hinhält?«

»Hmm ... ich denke schon.«

»Dann tun Sie es und kommen Sie sofort wieder.«

Man war mit der hinhaltenden Taktik Longs nicht zufrieden. Man wollte nicht still sein und die Versammlung auch nicht vertagen. »Wo ist Zaccur?« – »Wir verlangen einen Bericht!« – »Warum diese Geheimnistuerei?«

Lazarus brachte sie mit Donnerstimme zum Schweigen. »Hört mir mal zu, ihr verdammten Narren! Zack redet, wenn er soweit ist – laßt ihn in Ruhe. Er weiß, was er tut.«

Hinten im Saal erhob sich ein Mann. »Ich gehe nach Hause!«

»Tun Sie das«, meinte Lazarus freundlich. »Schöne Grüße an die Proktoren.«

Der Mann riß die Augen auf und setzte sich wieder.

»Will sonst noch jemand nach Hause?« rief Lazarus. »Ich will euch nicht aufhalten. Es wird aber langsam Zeit, daß ihr armseligen Narren begreift, daß ihr vogelfrei seid. Das einzige, was noch zwischen euch und den Proktoren steht, ist Zack Barstows Fähigkeit, sich mit dem Administrator zu verständigen. Tut, was ihr wollt ... die Sitzung ist vertagt.«

»Hören Sie, Zack«, sagte Lazarus ein paar Minuten später, »daß wir uns einig sind: Ford wird seine ungeheure Macht dazu benutzen, uns ins große Schiff zu verfrachten und damit eine Flucht zu ermöglichen. Stimmt das?«

»Er hat sich praktisch dazu verpflichtet.«

»Hmm – das will er tun, während er dem Rat gegenüber vorgibt, es handle sich um einen unvermeidlichen Schritt im Verfahren, uns das ›Geheimnis‹ zu entlocken – er will ihn also übers Ohr hauen. Stimmt das?«

»So weit habe ich mich noch nicht vorgewagt. Ich –«

»Aber es trifft doch zu, nicht wahr?«

»Nun ... ja, es muß so sein.«

»Gut. Ist unser Freund Ford klug genug, um zu erkennen, worauf er sich da einläßt, und zäh genug, durchzuhalten?«

Barstow überlegte, was er über Ford wußte, und fügte seine Eindrücke beim vorhergegangenen Gespräch hinzu. »Ja«, entschied er, »er weiß es, und er ist stark genug, sich durchzusetzen.«

»Na fein. Und wie steht es mit Ihnen? Können Sie es auch schaffen?« Lazarus' Stimme klang anklagend.

»Ich? Wie meinen Sie das?«

»Sie haben auch vor, Ihre Leute übers Ohr zu hauen, nicht wahr? Haben Sie den Mut, das durchzustehen, selbst wenn es brenzlig wird?«

»Ich verstehe Sie nicht, Lazarus«, erwiderte Barstow besorgt. »Ich habe nicht vor, jemanden zu betrügen – jedenfalls nicht unsere Leute.«

»Dann sehen Sie sich Ihre Spielkarten noch einmal genau an«, fuhr Lazarus unerbittlich fort. »Sie haben die Aufgabe, dafür zu sorgen, daß jeder Mann, jede Frau, jedes Kind an diesem Exodus teilnimmt. Wollen Sie Ihre Idee jedem einzelnen davon eigens verkaufen und hunderttausend Menschen zum Einverständnis bewegen? Einstimmig? Menschenskind, so viele Leute bringt man ja nicht einmal dazu, gemeinsam den ›Yankee doodle‹ zu pfeifen.«

»Aber sie müssen einverstanden sein«, wandte Barstow ein. »Sie haben keine Wahl. Entweder emigrieren wir, oder man spürt uns auf und bringt uns um. Ich bin davon überzeugt, daß Ford das plant. Und er wird es tun müssen.«

»Warum sind Sie dann nicht vor die Versammlung getreten und haben den Leuten das gesagt? Warum haben Sie mich vorgeschickt, daß ich die Leute hinhalte?«

Barstow rieb sich die schmerzenden Augen. »Ich weiß es nicht.«

»Aber ich«, sagte Lazarus. »Sie haben mich mit einem Märchen hineingeschickt, weil Sie ganz genau wissen, daß niemand die Wahrheit verträgt. Wenn Sie den Leuten sagen würden, daß wir verschwinden oder sterben müssen, gerieten einige in Panik, andere in Wut. Und irgendein altes Waschweib würde sich dazu entschließen, nach Hause zu gehen und sich auf die verfassungsmäßig garantierten Rechte zu berufen. Dann wird er das Ganze ausplaudern, bevor er auf den Gedanken kommt, daß man es diesmal wirklich ernst meint. Das stimmt doch, nicht wahr?«

Barstow hob die Schultern und lachte unglücklich. »Sie haben recht. Ich habe das nicht so klar durchschaut, aber es stimmt haargenau.«

»Aber innerlich wußten Sie Bescheid«, versicherte ihm Lazarus.

»Sie haben die richtigen Antworten in sich, Zack. Ich mag Ihre Einfälle, deswegen mache ich mit. Na schön, Sie und Ford wollen die ganze Menschheit übers Ohr hauen – ich frage Sie noch einmal: Haben Sie die Kraft, das durchzustehen?«

5

Die Mitglieder standen nervös in einzelnen Grüppchen beisammen. »Ich kann das nicht verstehen«, sagte die Archivarin zu einem besorgten Kreis von Zuhörern. »Der Chefkurator hat mir noch nie dazwischengepfuscht. Aber vorhin rannte er mit Lazarus Long in mein Büro und warf mich hinaus.«

»Was hat er gesagt?« fragte jemand.

»Na, ich sagte: ›Kann ich Ihnen behilflich sein, Zaccur Barstow?‹ und er meinte: ›Ja, allerdings. Verschwinden Sie, und nehmen Sie Ihre Damen mit.‹ Kein höfliches Wort!«

»Das ist noch gar nichts«, sagte Cecil Hedrick, Chef der Nachrichtenübermittlungszentrale. »Lazarus Long suchte mich auf, und er war bei weitem nicht so höflich.«

»Was hat er getan?«

»Er marschierte in die Funkzentrale und erklärte mir, daß er die Anlagen übernimmt – auf Befehl Zaccurs. Ich versuchte ihm beizubringen, daß außer mir und meinen Leuten niemand diese Geräte anrühren darf, und woher er überhaupt seinen Auftrag habe? Wissen Sie, was er getan hat? Sie werden es nicht für möglich halten, er bedrohte mich mit seinem Strahler.«

»Das kann doch nicht wahr sein!«

»Doch. Ich sage Ihnen, der Mann ist gefährlich. Er sollte sich schleunigst analysieren und behandeln lassen. Das ist ein Neandertaler.«

Lazarus Longs Gesicht auf dem Bildschirm des Administrators war angespannt. »Alles aufgezeichnet?« fragte er.

Ford schaltete den Faksimulator auf seinem Schreibtisch ab. »Ja.«

»Na fein; ich verschwinde«, meinte Lazarus. Als der Bildschirm dunkel wurde, sprach Ford in sein Mikrofon.

»Der Chefproktor soll sich sofort bei mir melden – aber persönlich.«

Der Polizeichef erschien wie befohlen, einen Ausdruck in seinem faltigen Gesicht, der zwischen Ungeduld und Gereiztheit schwankte. Er erlebte die anstrengendste Nacht seiner Laufbahn, und der Alte verlangte ihn persönlich zu sprechen! Wozu gibt es denn Videophone, dachte er wütend – und stellte sich die Frage, warum er überhaupt Polizist geworden war. Er ließ Mißbilligung durchblicken, indem er unnötig salutierte. »Sie haben mich rufen lassen, Sir.«

Ford ignorierte das. »Ja, danke. Hier.« Er drückte auf eine Taste; eine Filmspule rollte aus dem Faksimulator. »Das ist eine vollständige Liste der Howard-Familien. Verhaften Sie alle.«

»Jawohl, Sir.« Der Polizeichef starrte die Spule an und überlegte sich, ob er danach fragen sollte, wie man zu dieser Liste gelangt war – durch seine Dienststelle jedenfalls nicht . . . verfügte der Alte über einen Geheimdienst, von dem nicht einmal er etwas wußte?

»Die Reihenfolge ist alphabetisch, aber geographisch geordnet«, sagte der Administrator eben. »Nach der Sortierung schicken Sie – nein, bringen Sie mir das Original zurück. Sie können auch die Psychoverhöre abbrechen«, fügte er hinzu. »Holen Sie die Leute einfach ab und halten Sie sie fest. Weitere Anweisungen erhalten Sie später.«

»Jawohl, Sir.« Der Chefproktor grüßte steif und ging.

Ford wandte sich wieder seiner Schreibtisch-Steuerkonsole zu und ließ eine Order hinausgehen, wonach er die Leiter der Behörden für Landreserven und Verkehrskontrollen zu sehen wünschte. Nachträglich bestellte er auch noch den Chef der Behörde für Verbrauchslogistik zu sich.

Im Familiensitz fand inzwischen eine Rumpfsitzung der Kuratoren statt. Barstow fehlte. »Mir gefällt das nicht«, sagte Andrew Weatheral. »Ich kann noch verstehen, daß Zaccur die Angehörigen hinhält, aber ich hatte einfach angenommen, daß er zuerst mit uns reden will. Zumindest unseren Rat hätte er einholen können. Was halten Sie davon, Philipp?«

Philipp Hardy kaute an seiner Unterlippe. »Na ja. Zaccur weiß schon, was er tut – aber ich finde schon, daß er uns hätte zusammenrufen sollen. Hat er mit Ihnen gesprochen, Justin?«

»Nein, das hat er nicht«, erwiderte Justin Foote frostig.

»Also, was sollen wir tun? Wir können ihn nicht gut herbeizitieren und Rechenschaft von ihm verlangen, wenn wir ihn nicht seines Amtes zu entheben gedenken, und dafür ist wohl jetzt nicht der richtige Zeitpunkt.«

Sie diskutierten immer noch, als die Proktoren eintrafen.

Lazarus hörte den Aufruhr und wußte sofort Bescheid – was keine besondere Leistung war, da er über Informationen verfügte, die die anderen nicht besaßen. Er war sich im klaren darüber, daß er die Verhaftung friedlich und allen voran über sich ergehen lassen sollte – er hatte ein gutes Beispiel zu geben. Aber alte Gewohnheiten lassen sich schwer abwerfen; er schob das Unvermeidliche hinaus, indem er im nächstgelegenen Erfrischer für Männer verschwand.

Er war in eine Sackgasse geraten. Er schaute zum Luftschacht hinauf – nein, zu eng. Während er überlegte, kramte er in seiner Tasche nach einer Zigarette; seine Hand tastete etwas Seltsames, zog es heraus. Es war die Armbinde, die er von dem Proktor in Chikago ›ausgeborgt‹ hatte.

Als der für diesen Teil der Gebäude abgestellte Proktor den Kopf in den Erfrischer-Raum steckte, entdeckte er dort einen ›Kollegen‹. »Hier ist niemand«, sagte Lazarus. »Ich habe bereits nachgesehen.«

»Wie, zum Teufel, sind Sie vor mir hereingekommen?«

»An der Flanke vorbei. Stoney-Island-Tunnel und durch die Luftschächte.« Lazarus verließ sich darauf, daß der echte Polizist nicht ahnte, daß es einen Stoney-Island-Tunnel überhaupt nicht gab. »Haben Sie eine Zigarette für mich?«

»Was? Jetzt wird doch nicht geraucht.«

»Wieso denn?« fragte Lazarus unschuldig. »Mein Legat ist weit weg.«

»Vielleicht«, gab der Proktor zurück, »aber der meine kommt jeden Augenblick.«

»So? Na, dann lassen wir's – ich muß ihm sowieso etwas sagen.« Lazarus wandte sich zur Tür, aber der Proktor trat nicht beiseite. Er starrte Longs Kilt eigenartig an. Lazarus hatte ihn gewendet, so daß das blaue Futter als halbwegs erträgliche Imitation einer Proktorenuniform dienen konnte – wenn man nicht allzu genau hinsah.

»Von welchem Revier, sagten Sie?« fragte der Proktor.

»Von diesem«, erwiderte Lazarus und versetzte dem anderen einen kurzen, trockenen Schlag aufs Brustbein. Lazarus' Trainer für solche Auseinandersetzungen hatte ihm erklärt, daß einem Schlag auf den Solar plexus schwerer auszuweichen sei als einem Kinnhaken; der Trainer war seit den Streiks von 1966 tot, aber seine Geschicklichkeit lebte weiter.

Lazarus kam sich in einem richtigen Uniformkilt und einem Gurt mit Paralysebomben unter dem linken Arm schon eher wie ein Polizist vor. Der Weg nach rechts führte ins Sanatorium und in eine Sackgasse; er wählte die Abzweigung nach links – obwohl er wußte, daß er dort auf den Legaten seines bewußtlosen Wohltäters treffen würde. Der Korridor führte zu einem Saal, in dem sich von Proktoren bewachte Familienmitglieder drängten. Lazarus ignorierte seine Verwandten und suchte den nervös Kommandierenden auf. »Sir«, meldete der mit militärischem Gruß, »dort hinten befindet sich so etwas wie ein Krankenhaus. Wir brauchen fünfzig oder sechzig Tragbahren.«

»Lassen Sie mich in Ruhe und sagen Sie das Ihrem Legaten. Wir haben alle Hände voll zu tun.«

Lazarus hätte beinahe nicht geantwortet; er war in der Menge Mary Sperlings ansichtig geworden – sie starrte ihn an und wandte sich schnell ab. Er nahm sich zusammen und erwiderte: »Geht nicht, Sir. Kann ihn nicht finden.«

»Na, dann gehen Sie hinaus und sagen Sie den Leuten von der Ersten Hilfe Bescheid.«

»Jawohl, Sir.« Er marschierte davon, die Daumen in das Gurtband seines Kilts geklemmt. Er hatte beinahe den Transportbandtunnel zum Ausgang nach Waukegan erreicht, als er hinter sich Rufe hörte. Zwei Proktoren rannten ihm nach.

Lazarus blieb unter dem Bogengang stehen und wartete. »Was gibt's?« fragte er lässig, als sie ihn erreicht hatten.

»Der Legat –«, begann der eine. Er kam nicht weiter; eine Paralysebombe plumpste vor seine Beine. Er machte ein überraschtes Gesicht, als die Strahlung sein Gehirn betäubte; sein Begleiter stürzte über ihn.

Lazarus wartete hinter einem Pfeiler und zählte vorsichtig bis fünfzehn, gab dann noch ein paar Sekunden hinzu, um sicherzugehen, daß die Lähmungswirkung abgeklungen war. Er hatte etwas zu knapp gearbeitet. Er war nicht schnell genug hinter den Pfeiler gekommen, und sein linker Fuß war fast taub.

Er überprüfte die Situation. Die beiden waren bewußtlos, niemand sonst ließ sich blicken. Er stieg auf das Rollband. Vielleicht hatte man ihn nicht als Lazarus Long gesucht, vielleicht war er gar nicht verraten worden. Aber er hielt sich mit Nachforschungen darüber nicht auf. Das eine stand für ihn fest: wenn jemand ihn denunziert hatte, war es bestimmt nicht Mary Sperling gewesen.

Er brauchte zwei weitere Paralysebomben und ein paar Lügen, um sich an die freie Luft zu schmuggeln. Als er draußen war und nicht mehr unter Beobachtung stand, steckte er die Armbinde und die verbliebenen Bomben in die Tasche; den Gurt warf er ins Gebüsch. Anschließend verfügte er sich in ein Kleidergeschäft in Waukegan.

Er setzte sich in eine Verkaufszelle und wählte die Schlüsselzahl für Kilts. Er ließ Stoffmuster auf dem Bildschirm vorübergleiten, bis ein Dessin auftauchte, das völlig unmilitärisch und nicht blau war, worauf er die Stoptaste drückte und einen Auftrag für seine Größe einprogrammierte. Er besah sich den Preis, riß einen Scheck aus seiner Brieftasche, steckte ihn in die Maschine und drehte den Schalter. Dann rauchte er eine Zigarette, während das Kleidungsstück zugeschnitten wurde.

Zehn Minuten später stopfte er den Proktorenkilt in den Müllschlucker und ging. Er war ein ganzes Jahrhundert nicht mehr in Waukegan gewesen, aber er fand, ohne Aufmerksamkeit zu erregen, ein Autel, wählte die Registernummer für ein Normalzimmer und erlaubte sich sieben Stunden Schlaf.

Er frühstückte in seinem Zimmer und lauschte mit halbem Ohr dem Nachrichtengerät; er war nur mäßig interessiert zu erfahren, was man über die Razzia bei den Familien meldete. Er hatte sich schon ein wenig abgesetzt. Er wußte jetzt, daß es ein Fehler gewesen war, sich wieder mit den Familien in Verbindung zu setzen – zum Glück konnte ihn seine jetzige Identität nicht mehr damit in Verbindung bringen.

Ein Satz erregte seine Aufmerksamkeit: »– einschließlich Zaccur Barstow, bei dem es sich um den Anführer handeln soll.

Die Gefangenen werden in eine Reservation nach Oklahoma gebracht, nahe den Überresten der Okla-Orleans-Straßenstadt, etwa 25 Meilen östlich des Harriman-Gedächtnisparks. Der Chefproktor bezeichnet sie als Internierungslager und hatte alle Flugzeuge angewiesen, diese Gegend nicht anzufliegen. Der Administrator war nicht erreichbar, aber gutunterrichtete Kreise der Regierung ließen verlauten, daß die Massenverhaftung durchgeführt wurde, um die Untersuchungen zu beschleunigen, mit denen die Regierung das ›Geheimnis der Howard-Familien‹ aufzudecken hofft – die Techniken zur unbegrenzten Verlängerung des Lebens. Dieser energische Schritt dürfte eine gesunde Wirkung insofern haben, als man nicht länger mit einer Weigerung der Anführer, sich den legitimen Ansprüchen der Gesellschaft zu beugen, rechnet. Sie dürften erkennen, daß die von anständigen Bürgern genossenen Rechte nicht als Schutz dienen können, von dem aus die Gesellschaft als Ganzes geschädigt werden kann.

Vermögen und Besitz der an dieser verbrecherischen Verschwörung Beteiligten ist dem Rechnungshof überstellt worden und soll durch seine Beauftragten verwaltet werden, solange die Haft –«

Lazarus schaltete das Gerät ab. »Verdammt!« dachte er. »Reg

dich nicht über Dinge auf, gegen die du nichts machen kannst.« Natürlich hatte auch er mit seiner Verhaftung gerechnet ... aber er war entkommen. Das war alles. Es würde den Familien gar nicht das Geringste nützen, wenn er sich stellte – und außerdem war er den Familien nichts schuldig, ganz bestimmt nicht.

Im übrigen war es für sie viel besser, mit einem Schlag verhaftet zu werden. Wenn man sie erst mühsam hätte aufspüren müssen, wäre das Schlimmste möglich geworden – Lynchjustiz, sogar Pogrome. Lazarus wußte aus eigener Erfahrung, wie knapp unter der Haut solche Tendenzen selbst bei den zivilisierten Menschen lagen; deshalb hatte er Zack geraten, so zu handeln, nur damit hatten die Familien eine Chance, ihren Plan auch wirklich auszuführen. Sie hatten es gut getroffen ... und ihn ging das Ganze nichts an.

Aber er fragte sich doch, wie Zack zurechtkam, und was er von Lazarus' Verschwinden halten würde. Und was Mary Sperling dachte – es mußte ein Schock für sie gewesen sein, als er im Gewand eines Proktors aufgetaucht war. Wenn er ihr das nur erklären könnte!

Aber es spielte keine Rolle, was diese Leute von ihm dachten. Sie würden entweder alle in Kürze viele Lichtjahre weit entfernt – oder tot sein. Ein abgeschlossenes Kapitel.

Er ging zum Telefon und rief das Postamt an. »Captain Aaron Sheffield«, meldete er sich und gab seine Postzahl an. »Zuletzt beim Postamt Goddard Field gemeldet. Würden Sie meine Post bitte nach –«, er beugte sich vor und las die Registernummer vom Postempfänger des Zimmers ab.

»Gerne«, sagte die Stimme des Postbeamten. »Sofort, Captain.«

Es würde ein paar Stunden dauern, dachte er, bis ihn seine Post einholte – eine halbe Stunde Raketenflug, dreimal so lange Bürokratismus. Ebensogut konnte er hier warten ... zweifellos war die Suche nach ihm im Sand verlaufen, aber in Waukegan hatte er schließlich nichts zu suchen. Sobald die Post eintraf, würde er sich ein Fahrzeug mieten und nach –

Wohin? Was hatte er jetzt eigentlich vor?

Er überlegte sich verschiedene Möglichkeiten und landete bei dem ernüchternden Gedanken, daß es im ganzen Sonnensystem tatsächlich nichts gab, was ihn interessierte.

Das machte ihm ein wenig Angst. Er hatte einmal gehört und glaubte das auch, daß ein Nachlassen des Interesses den Wendepunkt im Kampf zwichen Anabolismus und Katabolismus markierte – das Alter. Er beneidete plötzlich normale kurzlebige Menschen – wenigstens konnten sie ihren Kindern guten Gewissens auf die Nerven fallen. Kindliche Zuneigung war unter den Angehörigen der Familien nicht gebräuchlich; über hundert Jahre oder mehr hinweg ließen sich solche Bande kaum aufrechterhalten. Und Freundschaft galt als vorübergehende und seichte Angelegenheit, soweit sie nicht zwischen Mitgliedern selbst bestand. Es gab niemanden, den Lazarus zu sehen wünschte.

Einen Augenblick mal ... wie hieß doch dieser Pflanzer auf der Venus? Der so viele Volkslieder kannte und im Rausch so lustig war? Er würde ihn aufsuchen. Das war ein netter Flug, und er konnte sich gut unterhalten, wenn er auch die Venus nicht mochte.

Dann entsann er sich erschrocken der Tatsache, daß er den Mann seit – wann? schon nicht mehr gesehen hatte. Er war auf jeden Fall längst tot.

Libby hatte recht gehabt, dachte er bedrückt, als er von der Notwendigkeit einer neuen Art von Erinnerungsassoziation für die Langlebigen gesprochen hatte. Hoffentlich würde sich Libby der Forschung widmen und eine Antwort finden, bevor Lazarus so weit herabsank, daß er seine Finger zu zählen begann. Er brütete eine Weile darüber nach, daß er Libby wohl kaum jemals wiedersehen würde.

Die Post kam und brachte nichts von Bedeutung. Er war nicht überrascht; mit persönlichen Briefen rechnete er nicht. Die Werbespulen verschwanden im Müllschlucker; er las nur eine Mitteilung, einen Brief der Pan-Terra-Dock-Gesellschaft, die ihm kundtat, daß sein Raumkreuzer ›Spy‹ überholt und in ein Privatdock überführt worden sei, wofür er ab jetzt Miete zu zahlen habe; wie vereinbart, sei an den Astro Navigationsgeräten nichts verändert worden – bestehe der Captain immer noch darauf?

Er beschloß, das Schiff noch diesen Tag abzuholen und in den Weltraum hinauszufliegen. Alles war schließlich besser, als auf der Erde herumzusitzen und sich einzugestehen, daß er sich langweilte.

Seine Rechnung zu bezahlen und eine Düsenmaschine zu mieten, erforderte weniger als zwanzig Minuten. Er flog los und schlug die Richtung Goddard Field ein, wobei er die niedrige Ortsverkehrsflughöhe benützte, um nicht einen Kursplan an die Kontrolle durchgeben zu müssen. Er ging der Polizei nicht bewußt aus dem Wege, weil er nicht anzunehmen brauchte, daß man einen ›Captain Sheffield‹ suchen würde; das war einfach Gewohnheit und würde ihn früh genug nach Goddard Field bringen.

Aber lange bevor er dort ankam, beschloß er, in Ost-Kansas zu landen.

Er suchte sich das Landefeld einer so kleinen Stadt aus, da man dort sicherlich nicht über einen hauptberuflichen Proktor verfügen würde, und hastete zu einer Telefonzelle. Dort zögerte er. Wie stellte man es an, den Chef der gesamten Föderation zu erreichen – und ihn auch wirklich an den Apparat zu bekommen? Wenn er einfach den Novak-Turm anrief und Administrator Ford zu sprechen wünschte, würde man ihn nicht nur nicht verbinden, sondern auch zur Abteilung für öffentliche Sicherheit umschalten, wo ihn unliebsame Fragen erwarteten.

Nun, es gab nur einen Weg, das zu umgehen, und er bestand darin, diese Dienststelle direkt anzurufen und irgendwie den Chefproktor an das Gerät zu bekommen – danach mußte er sich auf seine Klugheit verlassen.

»Abteilung für öffentliche Sicherheit«, meldete sich eine Stimme. »Sie wünschen, Bürger?«

»Guten Tag«, sagte er schneidend. »Ich bin Captain Sheffield. Geben Sie mir den Chef.« Er gab sich nicht anmaßend; seine Art verlangte einfach Gehorsam.

Kurze Stille – »Worum handelt es sich, bitte?«

»Ich sagte, hier ist Captain Sheffield.« Diesmal klang in Lazarus' Stimme unterdrückte Gereiztheit mit.

Wieder eine Pause. »Ich verbinde Sie mit dem Büro des Chefproktors«, meinte die Stimme zweifelnd.

Diesmal wurde der Bildschirm hell. »Ja?« fragte der Stellvertreter des Chefproktors und besah sich Lazarus.

»Geben Sie mir den Chef – schnell! Mein Gott, Mann – geben Sie mir den Chef! Ich bin Captain Sheffield!«

Dem Stellvertreter mußte nachgesehen werden, daß er Long weiterverband; er hatte nicht geschlafen, und in den letzten vierundzwanzig Stunden waren weit mehr seltsame Dinge geschehen, als er verdauen konnte.

Als der Chefproktor auf dem Bildschirm erschien, sagte Lazarus sofort: »Ah, da sind Sie ja! Ich quäle mich die ganze Zeit, um Sie über Ihre Bürokraten zu erreichen. Geben Sie mir den Alten, aber schnell! Über die Geheimleitung!«

»Was soll das heißen? Wer sind Sie?«

»Hören Sie zu, Freundchen«, sagte Lazarus wütend, »ich hätte nicht den Weg über Ihren müden Laden gewählt, wenn ich nicht in der Tinte säße. Verbinden Sie mich mit dem Alten. Es handelt sich um die Howard-Familien.«

Der Polizeichef merkte auf. »Erstatten Sie Ihren Bericht.«

»Passen Sie auf«, meinte Lazarus müde, »ich weiß, daß Sie dem

Alten gerne über die Schulter gucken möchten, aber jetzt ist nicht die richtige Zeit dafür. Wenn Sie mir Schwierigkeiten machen und mich zwingen, zwei Stunden zu vergeuden, melde ich mich bei Ihnen persönlich. Aber der Alte wird wissen wollen warum, und dann können Sie sich auf etwas gefaßt machen. Also verbinden Sie mich schnellstens.«

Der Chefproktor beschloß, ein Risiko einzugehen – er gedachte, diesen Kerl in eine Dreifachleitung einzuschalten. Wenn der Alte diesen Burschen dann nicht binnen drei Sekunden vom Bildschirm fegte, hatte er richtig getippt. Wenn er es doch tat – nun, dann konnte man sich immer noch auf einen technischen Fehler berufen. Er drückte einige Tasten.

Administrator Ford machte ein entgeistertes Gesicht, als er Lazarus auf dem Bildschirm erkannte. »Sie?« rief er. »Wie, um alles in der Welt – hat Zaccur Barstow –«

»Isolieren Sie Ihre Leitung!« unterbrach ihn Lazarus.

Der Chefproktor riß die Augen auf, als sein Bildschirm dunkel wurde und der Ton abbrach. Der Alte hatte also Geheimagenten außerhalb der Dienststelle ... interessant – und bemerkenswert.

Lazarus erklärte Ford kurz und verhältnismäßig ehrlich, wie es kam, daß er sich in Freiheit befand, dann fügte er hinzu: »Sie sehen, ich hätte also ganz untertauchen können. Das ist mir sogar jetzt noch möglich. Aber was ich wissen will, ist folgendes: Gilt der Handel mit Zaccur Barstow, uns zur Emigration zu verhelfen, immer noch?«

»Ja.«

»Haben Sie sich überlegt, wie Sie hunderttausend Menschen an Bord der ›New Frontiers‹ bringen wollen, ohne Ihren Plan zu verraten? Sie können Ihren eigenen Leuten nicht trauen, wie Sie wissen.«

»Ich weiß. Die gegenwärtige Situation gilt nur vorübergehend, bis wir uns darüber klar werden.«

»Und ich bin der Mann für diese Aufgabe. Ich muß es sein, weil ich der einzige bin, der freie Hand hat, und dem beide Teile vertrauen können. Jetzt hören Sie zu –«

Acht Minuten später nickte Ford und meinte: »Das könnte klappen. Fangen Sie auf jeden Fall einmal an. Ich schicke Ihnen ein Akkreditiv nach Goddard Field.«

»Können Sie ihre Spuren dabei verwischen? Ich kann nicht gut mit einem Akkreditiv des Administrators herumwedeln; die Leute würden argwöhnisch werden.«

»Gestehen Sie mir wenigstens ein bißchen Intelligenz zu. Bis es

Sie erreicht, wird man nur eine normale Banktransaktion vermuten.«

»Entschuldigen Sie. Wie kann ich Sie im Notfall erreichen?«

»Ach ja – notieren Sie sich diese Codenummer.« Ford gab sie langsam und deutlich durch. »Damit erreichen Sie mich ohne Verzögerung. Nicht aufschreiben, nur merken.«

»Und wie kann ich mit Zaccur Barstow sprechen?«

»Rufen Sie mich an, ich verbinde Sie weiter. Sie können ihn nicht direkt sprechen, wenn Sie nicht einen Telepathen zur Verfügung haben.«

»Den könnte ich nicht die ganze Zeit mit mir herumschleppen. Na, dann viel Glück – bis später!«

»Viel Glück!«

Lazarus verließ die Telefonzelle und kehrte zu seinem gemieteten Flugzeug zurück. Er verstand nicht genug von den Polizeipraktiken, um zu erraten, ob der Chefproktor den Anruf bis zum Administrator verfolgt hatte; er nahm das einfach für gegeben an, weil er das anstelle des Chefproktors auch getan hätte. Demzufolge mußte der nächsterreichbare Proktor bereits hinter ihm her sein – es war an der Zeit, sich abzusetzen und die Spuren zu verwischen.

Er startete und flog nach Westen, blieb in unkontrollierter Höhe, bis er eine Wolkenbank erreichte, die am Horizont emporragte. Er kehrte um und schlug die Richtung nach Kansas City ein, wobei er darauf achtete, die Geschwindigkeitsbeschränkung nicht zu überschreiten und so niedrig zu fliegen, wie es die Vorschriften gerade noch erlaubten. In Kansas City gab er sein Flugzeug ab und winkte ein Taxi herbei, das ihn zur Fernlenkbahn nach Joplin brachte. Dort bestieg er einen Düsenbus nach St. Louis, ohne zuerst eine Flugkarte zu lösen, womit er erreichte, daß sein Flug nicht aufgezeichnet wurde, bis die Flugunterlagen an der Westküste abgeliefert werden mußten.

Statt sich Sorgen zu machen, verbrachte er die Zeit damit, Pläne zu schmieden.

Hunderttausend Menschen mit einer Durchschnittsmasse von hundertvierzig – nein, lieber hundertsechzig Pfund, korrigierte Lazarus – ergab eine Ladung von acht Millionen Kilogramm, achttausend Tonnen. Die ›Spy‹ konnte eine solche Ladung emportragen, aber nur unter größten Schwierigkeiten. Das kam sowieso nicht in Frage; man konnte Menschen nicht wie Weizen verstauen. Die ›Spy‹ vermochte das tote Gewicht zu schleppen, aber mehr würde es dann tatsächlich auch nicht sein.

Er brauchte ein Raumschiff.

Ein Passagierschiff von solcher Größe zu kaufen, daß die Familien von der Erde zum Sternschiff ›New Frontiers‹ emporgetragen werden konnten, war nicht schwierig. Der Vier-Planeten-Passagierdienst würde mit Vergnügen ein solches Fahrzeug verkaufen. Bei der herrschenden Konkurrenz schlug man gerne alte Schiffe los, die bei den Passagieren nicht mehr in hohem Kurs standen. Aber ein Passagierschiff war nicht geeignet. Nicht nur mußte er mit ungesunder Neugier rechnen, er konnte es auch nicht alleine steuern. Nach den Vorschriften mußten Passagierschiffe unter der Annahme gebaut werden, daß keine Automatik das menschliche Urteilsvermögen in Notfällen ersetzen konnte.

Ein Frachtschiff bot sich als einziger Ausweg an.

Lazarus wußte, wo er sich am günstigsten danach erkundigen konnte. Trotz der Bemühungen, die Mondkolonie ökologisch autonom zu machen, importierte Luna City immer noch weit mehr, als es exportierte. Auf der Erde hätte das zu ›Leerverkehr‹ geführt, aber beim Weltraumtransport war es manchmal billiger, die leeren Fahrzeuge anzusammeln, vor allem auf dem Mond, wo ein leeres Frachtschiff als Material mehr wert war, als es auf der Erde ursprünglich gekostet hatte.

Er verließ den Bus in Goddard City, fuhr zum Raumflughafen, bezahlte seine Rechnungen, nahm die ›Spy‹ wieder in Besitz und ersuchte um baldmöglichste Starterlaubnis für den Mond. Er bekam eine Genehmigung für zwei Tage später, aber Lazarus ließ sich dadurch nicht beunruhigen. Er ging zur Dockgesellschaft, wo er durchblicken ließ, daß er geneigt sei, für eine Vorverlegung des Starttermins zu bezahlen. Zwanzig Minuten später hatte er die mündliche Zusage, daß er noch diesen Abend zum Mond abfliegen könne.

Er verbrachte die restlichen Stunden im aufreibenden Bürokratismus der interplanetarischen Kontrollbehörde. Zuerst holte er das von Ford versprochene Akkreditiv ab und verwandelte es in Bargeld. Lazarus wäre ohne weiteres bereit gewesen, einen Teil dieses Geldes für eine Beschleunigung auszugeben, aber er fand keine Möglichkeit dazu. Zwei Jahrhunderte Kampf ums Überleben hatten ihn gelehrt, daß eine Bestechungssumme so zartfühlend und indirekt angeboten werden muß, wie ein weitgehender Wunsch an ein stolzes Mädchen. Wenige Minuten kam er zu dem bedauerlichen Schluß, daß den Beamten in Goddard Field jedes Gefühl für anständige Bestechlichkeit abzugehen schien. Er bewunderte sie, aber sie waren ihm nicht sympathisch, vor allem dann nicht, wenn die Ausfüllung von Formularen jene Zeit in Anspruch nahm, die er einem lukullischen Mahl vorbehalten hatte.

Er ließ sich sogar noch einmal impfen, statt zu seinem Raumkreuzer zu gehen und die Bescheinigung herauszusuchen, die nachwies, daß er erst wenige Wochen zuvor bei der Ankunft auf der Erde geimpft worden war.

Trotzdem lag er zwanzig Minuten vor der Genehmigung startbereit an der Steuerung seines Raumschiffes, die Tasche mit Urkunden voll, den Magen mit belegten Broten nur zum Teil gefüllt. Er hatte den Kurs errechnet und in den Autopiloten einprogrammiert. Alle Lampen an der Konsole leuchteten grün, bis auf eine, die erst grün aufblinken würde, sobald der Kontrollturm mit dem Countdown begann.

Ein Gedanke überfiel ihn, und er richtete sich auf, löste den Brustgurt und griff nach seinem Exemplar des Weltraumhandbuchs. Hmm ...

Das Sternschiff hing in einer Kreisbahn von genau vierundzwanzig Stunden, wodurch es stets über dem Meridian 106° West, Deklination Null, schwebte und vom Erdmittelpunkt etwa 42 000 Kilometer entfernt war.

Warum das Schiff nicht aufsuchen und sich dort einmal umsehen?

Die ›Spy‹ mit ihren vollgefüllten Tanks und leeren Laderäumen mußte den Hinweg schaffen. Gewiß, die Starterlaubnis war für Luna City erteilt worden, nicht für das Interstellarschiff ... aber bei der augenblicklichen Mondphase würde sein Kurs auf dem Radarschirm kaum auffallen, wahrscheinlich nicht einmal bemerkt werden, bis man die Unterlagen zu einem späteren Zeitpunkt einer Analyse unterzog. Und selbst dann konnte das höchstens zu einer Verwarnung oder zum Entzug des Pilotenscheins führen. Aber das scherte ihn wenig ... und es sollte sich doch lohnen, das Terrain erst einmal zu sondieren.

Er verschlüsselte das Problem in seinem Ballistikrechner. Abgesehen von der Überprüfung der Kreisbahnelemente der ›New Frontiers‹ im Handbuch hätte Lazarus das im Schlaf gekonnt; dergleichen war für jeden Piloten alltäglich, und eine Doppel-Tangenten-Flugbahn für einen Vierundzwanzig-Stunden-Orbit gehörte zu den primitivsten Grundbegriffen.

Er programmierte die Ergebnisse während des Countdowns in den Autopiloten ein, dann blieben ihm noch drei Minuten, während er sich wieder anschnallte und auf den Druck der Startbeschleunigung wartete. Als das Schiff schließlich im freien Fall war, überprüfte er mit Hilfe des Feldtransponders Position und Vektor. Zufrieden stellte er die Weckanlage für das Rendezvous ein und fiel in Schlaf.

6

Etwa vier Stunden später weckte ihn der Summer. Er schaltete ihn ab; trotzdem tönte er weiter – ein Blick auf den Bildschirm zeigte, warum. Der riesige zylindrische Leib der ›New Frontiers‹ schwebte vor ihm. Er schaltete auch die Radaranlagen ab und legte die restlichen Kilometer zurück, ohne den Ballistikrechner zu benützen. Bevor das Manöver abgeschlossen war, schrillte die Alarmglocke des Funkgeräts. Er legte einen Hebel um; die Anlage suchte die Frequenz ab, und der Bildschirm wurde hell. Ein Mann starrte ihn an. »Hier ist die ›New Frontiers‹. Wer sind Sie?«

»Privates Schiff ›Spy‹, Captain Sheffield. Ich begrüße den Kommandanten. Kann ich an Bord kommen?«

Man freute sich über diesen Besuch. Das Schiff war fertiggestellt, bis auf Inspektion, Versuchsflug und Übernahme; das riesige Heer von Arbeitern war zur Erde zurückgekehrt, und an Bord befanden sich nur noch die Vertreter der Jordan-Stiftung und ein halbes Dutzend Techniker, Angestellte des Unternehmens, das dieses Schiff für die Stiftung gebaut hatte. Diese wenigen Männer langweilten sich redlich, sie wünschten sich nichts anderes, als zu den Vergnügungen der Erde zurückkehren zu können. Jeder Besuch war eine willkommene Abwechslung.

Als man die Luftschleuse der ›Spy‹ an der des großen Schiffes befestigt hatte, wurde Lazarus vom leitenden Ingenieur empfangen – technisch gesehen vom ›Kapitän‹, da die ›New Frontiers‹ ein fliegendes Schiff war, wenn es sich auch noch nicht unter eigenem Antrieb bewegte. Er stellte sich vor und führte Lazarus durch das Schiff. Sie schwebten kilometerweit durch Korridore, besuchten Labors, Bibliotheken mit Hunderttausenden von Mikrofilmspulen, hektargroße Hydroponik-Tanks für Sauerstoffregeneration und Nahrung, sogar komfortable Quartiere für eine Mannschaftskolonie von zehntausend Personen. »Man hat festgestellt, daß die Vanguard-Expedition doch zu klein war«, erklärte der Kapitän-Ingenieur, »die Sozio-Dynamiker meinen, daß diese Kolonie in der Lage sein wird, die Grundlagen unseres derzeitigen Kulturniveaus zu bewahren.«

»Das dürfte aber doch nicht genügen«, meinte Lazarus. »Gibt es denn nicht mehr als zehntausend Spezialisierungstypen?«

»Oh, gewiß! Aber man will in erster Linie Experten in allen grundlegenden Künsten und Wissenszweigen zur Verfügung haben. Wenn die Kolonie sich dann auszubreiten beginnt, können mit Hilfe der Nachschlagebibliotheken zusätzliche Spezialisierungen erreicht werden – vom Steptanz bis zur Gobelinweberei. Das ist grob ausgedrückt, aber ich verstehe auch nicht allzuviel davon. Zweifellos ein recht interessantes Gebiet für Leute, die damit etwas anfangen können.«

»Freuen Sie sich schon auf den Start?« fragte Lazarus.

Der Mann sah ihn entgeistert an. »Ich? Glauben Sie etwa, daß ich mit diesem Ding da fliegen würde? Mein lieber Herr, ich bin Ingenieur, kein Trottel.«

»Verzeihung.«

»Ich habe nichts gegen Raumfahrt in vernünftigem Rahmen, solange noch Sinn dahintersteckt – ich war öfter in Luna City als ich zählen kann, und ich kenne auch die Venus. Aber Sie nehmen doch wohl nicht an, daß der Erbauer der ›Mayflower‹ mit seinem Schiff über den Atlantik gefahren ist? Für mein Gefühl ist das einzige, was diese Leute, die sich hier verpflichtet haben, vor dem Irrsinn bewahren kann, die Tatsache, daß sie alle schon verrückt sind!«

Lazarus wechselte das Thema. Sie hielten sich weder im Hauptantriebsraum noch in der armierten Zelle auf, die den riesigen Atomkonverter beherbergte, sobald Lazarus erfahren hatte, daß es sich um unbemannte, vollautomatische Modelle handelte. Das Fehlen beweglicher Teile in diesen Anlagen, durch die neuesten Forschungsergebnisse in der Parastatik ermöglicht, weckte an ihrem inneren Gefüge lediglich akademisches Interesse, und das hatte Zeit. Was Lazarus jedoch sehen wollte, war der Kontrollraum, und dort blieb er so lange wie möglich und stellte endlose Fragen, bis sein Gastgeber offene Langeweile zeigte.

Lazarus beherrschte sich schließlich, nicht, weil es ihm etwas ausmachte, seinen Gastgeber zu belästigen, sondern weil er zuversichtlich glaubte, daß er sich zutraute, das Schiff zu führen.

Bevor er das Schiff verließ, erfuhr er noch zwei wichtige Tatsachen. In neun Erdtagen gedachte die Restmannschaft ein Wochenende auf der Erde zu verbringen, anschließend sollten die Abnahmeprüfungen durchgeführt werden. Aber drei Tage lang würde das große Raumschiff leer sein, abgesehen vielleicht von einem Funker – Lazarus war zu vorsichtig, um sich danach zu erkundigen. Aber eine Wache gedachte man nicht zurückzulassen, weil eine Notwendigkeit dafür einfach nicht vorstellbar war. Ebensogut hätte man den Mississippi bewachen lassen können.

Was er noch erfuhr, war, wie das Schiff ohne Hilfe von innen betreten werden konnte; er kam dahinter, als er beim Verlassen des Schiffs das Eintreffen der Postrakete beobachtete.

In Luna City begrüßte Joseph McFee, Faktor für die Diana-Terminal-Gesellschaft, Tochterfirma der Diana-Frachtlinien, Lazarus mit großer Herzlichkeit. »Donnerwetter! Kommen Sie rein, Cap'n, und nehmen Sie Platz. Was möchten Sie trinken?« Während der letzten Worte goß er bereits ein – steuerfreien Lackentferner aus seiner eigenen Amateur-Brennerei. »Wir haben uns seit ... na, zu lange nicht mehr gesehen. Wo kommen Sie her und was gibt es Neues? Wissen Sie nicht ein paar gute Witze?«

»Von Goddard«, erwiderte Lazarus und erzählte ihm, was der Kapitän zum Minister gesagt hatte. McFee revanchierte sich mit der Geschichte von der alten Jungfer im freien Fall, die Lazarus nicht zu kennen vorgab. Von den Witzen kam man auf die Politik, und McFee erläuterte seine Ansicht über die ›einzig mögliche Lösung‹ der europäischen Frage, wonach die Verfassung auf Kulturen unter einem gewissen Industrieniveau nicht anzuwenden sei. Lazarus war das völlig gleichgültig, aber er drängte McFee nicht; er nickte an den richtigen Stellen, ließ sich noch ein paar Gläser Düsentreibstoff einschenken und wartete den geeigneten Moment ab, um aufs Thema zu kommen.

»Habt ihr zur Zeit Schiffe zu verkaufen, Joe?«

»Und ob! Da draußen liegt mehr Stahl herum, als wir je losschlagen können. Suchen Sie etwas? Ich kann Ihnen einen anständigen Preis machen.«

»Vielleicht, vielleicht auch nicht. Kommt darauf an, ob Sie haben, was ich möchte.«

»Ich habe alles. So schlecht war es noch nie. An manchen Tagen kann man keinen roten Heller verdienen.« McFee runzelte die Stirn. »Wissen Sie, woran das liegt? Ich will es Ihnen sagen – am Ärger mit den Howard-Familien. Kein Mensch will Geld riskieren, bis er weiß, worauf das Ganze hinausläuft. Wie soll man Pläne machen, wenn man nicht weiß, ob für zehn oder hundert Jahre. Wir werden sehen. Wenn es der Regierung gelingt, den Leuten ihr Geheimnis zu entlocken, wird es den größten Boom in langfristigen Anlagen geben, den Sie sich denken können. Wenn nicht ... dann sind solche Investitionen keinen Pfifferling wert, und man wird sein Geld mit beiden Händen zum Fenster hinauswerfen.«

Er runzelte wieder die Stirn. »Was für Metall brauchen Sie?«

»Ich will kein Metall, sondern ein Schiff.«

McFees Stirnfalten glätteten sich. »So? Welche Sorte?«

»Kann ich nicht genau sagen. Haben Sie Zeit, sie sich mit mir anzusehen?«

Sie legten Raumanzüge an und verließen die Kuppel durch den Nordtunnel, dann wanderten sie mit den langen, leichten Schritten niedriger Schwerkraft zwischen den abgestellten Schiffen umher, Lazarus sah bald, daß nur zwei Schiffe genug Tragkraft und Innenraum besaßen. Das eine war ein Tanker und das günstigere Geschäft, aber eine kurze Berechnung erwies, daß es an Deckraum fehlte, selbst wenn man die Bodenplatten des Tankers mitzählte. Das andere war ein älteres Schiff mit Kolben-Einspritz-Anlagen, aber für den Transport aller Waren eingerichtet und mit ausreichendem Deckraum. Die Frachtkapazität war größer, als Lazarus sie brauchte, da die Passagiere für den Raum, den sie einnehmen, wenig wiegen – und dadurch blieben Antriebsreserven, auf die es ankommen konnte.

Was die Einspritzer anging, so mußte er sie eben pflegen – er hatte schon ältere Kisten gesteuert.

Lazarus handelte mit McFee über den Preis, nicht, weil er sparen wollte, sondern um nicht aufzufallen. Sie schlossen endlich einen komplizierten Vertrag, wonach McFee die ›Spy‹ für sich selbst kaufte, Lazarus McFees ungesicherten Wechsel akzeptierte und dann den Frachter kaufte, wozu er McFees Wechsel wieder an diesen indossierte und Bargeld hinzufügte. McFee dagegen wollte die ›Spy‹ bei der Handelsbank in Luna City verpfänden und den Erlös zuzüglich Bargeld dazu benützen, sein Papier einzulösen – vermutlich vor der Überprüfung durch das Finanzamt, obwohl Lazarus das unerwähnt ließ.

Es handelte sich nicht ganz um eine Bestechung. Lazarus machte sich lediglich die Tatsache zunutze, daß McFee seit langem ein eigenes Schiff gewünscht hatte und die ›Spy‹ als ideales Junggesellenfahrzeug für Geschäft und Vergnügen betrachtete; Lazarus drückte den Preis so tief, daß McFee den Handel abschließen konnte. Aber die Vereinbarungen stellten sicher, daß McFee über das Geschäft nichts ausplaudern würde, zumindest so lange nicht, bis er Zeit gefunden hatte, sein Papier einzulösen. Lazarus verschleierte die Wahrheit weiter, indem er McFee bat, sich nach einem guten Angebot über Handelstabak umzusehen . . . was McFee die Überzeugung einflößte, Captain Sheffields Unternehmen betreffe die Venus, den einzigen Markt für solche Ware.

Lazarus erreichte mit großzügigen Prämien und Überstundenbezahlung, daß der Frachter binnen vier Tagen startklar war. Endlich ließ er Luna City hinter sich zurück, Eigentümer und Herr der ›City of Chillicothe‹. Er verkürzte den Namen innerlich auf ›Chili‹, zu Ehren einer Lieblingsspeise, die er lange schon nicht mehr gegessen hatte – dicke rote Bohnen, viel Chilipulver, Fleischstückchen – echtes Fleisch, nicht dieses synthetische Zeug, das die jungen Leute heutzutage ›Fleisch‹ nannten. Er dachte darüber nach, und das Wasser lief ihm im Mund zusammen.

Er hatte keine Sorgen auf dieser Welt.

Als er die Erde erreichte, meldete er sich bei der Flugkontrolle und verlangte eine Park-Kreisbahn, da er die ›Chili‹ nicht landen wollte; das würde Aufmerksamkeit erregen und Treibstoff kosten. Er hatte keine Skrupel, ohne Erlaubnis eine Kreisbahn anzufliegen, aber man mußte mit der Möglichkeit rechnen, daß die ›Chili‹ während seiner Abwesenheit entdeckt und als Wrack untersucht wurde. Es war sicherer, auf legalem Boden zu bleiben.

Man wies ihm eine Umlaufbahn zu; er stellte den Erkennungsleitstrahl der ›Chili‹ auf seine Kombination ein, vergewisserte sich, daß die Radaranlage des Gigbootes ihn auslösen konnte und flog mit dem Boot hinunter zum Landeplatz in Goddard. Er achtete darauf, diesmal alle erforderlichen Papiere mitzuführen; indem er das Boot unter Zollbeschluß nehmen ließ, konnte er den Zollbehörden ausweichen und den Raumflughafen schnell hinter sich bringen. Er hatte kein anderes Ziel als eine Telefonzelle zu finden und sich bei Zack und Ford zu melden – und dann, wenn noch Zeit blieb, sich über eine Chili-Mahlzeit herzumachen. Vom Weltraum aus hatte er den Administrator nicht angerufen, weil dabei Relaisstationen benutzt werden mußten und allzuleicht Gespräche abgehört werden konnten.

Der Administrator meldete sich sofort, obwohl im Längenbereich des Novak-Turms tiefe Nacht war. An den dunklen Schatten um die Augen Fords erkannte Lazarus, daß er seit Tagen von seinem Schreibtisch nicht mehr weggekommen war. »Wie geht's?« sagte Lazarus. »Rufen Sie Barstow an. Ich habe einiges zu melden.«

»Sie sind es endlich«, sagte Ford grimmig. »Ich dachte, Sie hätten uns im Stich gelassen. Wo sind Sie gewesen?«

»Ich habe ein Schiff gekauft«, erwiderte Lazarus, »wie Sie wußten. Rufen Sie Barstow.«

Ford runzelte die Stirn, wandte sich aber seinem Schreibtisch zu. Auf dem zweigeteilten Bildschirm tauchte Barstow auf. Er schien überrascht und nicht sehr erleichtert zu sein, als er Lazarus erkannte.

»Was ist denn los?« fragte Lazarus. »Hat Ford Ihnen nicht gesagt, was ich treibe?«

»Doch«, gab Barstow zu, »aber wir wußten weder, wo Sie waren, noch, was Sie unternahmen. Die Zeit verging, Sie rührten sich nicht ... also glaubten wir, Sie zum letztenmal gesehen zu haben.«

»Ach Quatsch«, meinte Lazarus, »Sie wissen, daß ich so etwas nie tun würde. Jedenfalls bin ich jetzt da, und getan habe ich folgendes –« Er erzählte von der ›Chili‹ und von seinem Besuch bei der ›New Frontiers‹. »Ich sehe die Lage so. Irgendwann an diesem Wochenende, wenn die ›New Frontiers‹ verlassen da oben schwebt, lande ich die ›Chili‹ im Internierungslager, wir laden sie voll, fliegen zur ›New Frontiers‹ hinauf, übernehmen sie und verschwinden. Mr. Administrator, dazu brauchen wir Ihre ganze Hilfe. Ihre Proktoren müssen wegsehen, während ich lande und die Leute einsteigen lasse. Dann müssen wir uns irgendwie an der Flugkontrolle vorbeischmuggeln. Danach wäre es sehr viel besser, wenn kein Fahrzeug der Raummarine in der Lage wäre, gegen die ›New Frontiers‹ etwas Drastisches zu unternehmen – falls ein Funker dort zurückbleibt, gelingt es ihm vielleicht, um Hilfe zu rufen, bevor wir ihn unschädlich gemacht haben.«

»Etwas Voraussicht können Sie auch mir zubilligen«, murrte Ford. »Ich weiß, daß Sie auf ein Ablenkungsmanöver angewiesen sind. Der Plan ist im besten Fall grotesk.«

»Halb so schlimm«, meinte Lazarus, »wenn Sie bereit sind, Ihre Vollmachten im letzten Augenblick voll auszuschöpfen.«

»Möglich. Aber wir können nicht mehr vier Tage warten.«

»Warum nicht?«

»So lange habe ich die Situation nicht mehr in der Hand.«

»Ich auch nicht«, sagte Barstow.

Lazarus sah von einem zum anderen. »Wie? Was ist denn eigentlich los?«

Sie erklärten es ihm:

Ford und Barstow hatten sich eine irrsinnige Aufgabe gestellt; sie gedachten, einen komplizierten und raffinierten Betrug, einen Dreifach-Betrug, auszuführen, bei dem sie den Familien, der Öffentlichkeit und dem Staatsrat jeweils in einem anderen Licht erscheinen mußten. Jeder Aspekt lieferte einmalige und anscheinend unüberwindliche Schwierigkeiten.

Ford hatte keinen Menschen, den er ins Vertrauen ziehen konnte, denn sogar die zuverlässigsten seiner Mitarbeiter mochten mit dem Wahnsinn des eingebildeten Jugendquells infiziert sein ... oder auch nicht, aber es gab keine Möglichkeit, das festzustellen, solange man die Verschwörung nicht aufs Spiel setzen wollte. Dessen ungeachtet mußte er den Rat davon überzeugen, daß die von ihm getroffenen Maßnahmen am besten geeignet waren, die Ziele des Rates zu fördern.

Außerdem mußte er täglich Bulletins herausgeben, um die Bürger davon zu überzeugen, daß ihre Regierung eben dabei sei, das ›Geheimnis‹ des ewigen Lebens zu erringen. Jeden Tag mußten die Erklärungen detaillierter, die Lügen raffinierter ausfallen. Die Bevölkerung wurde täglich unruhiger; sie warf die Tünche der Zivilisation ab und verwandelte sich in einen Mob.

Der Rat spürte den Druck der Bevölkerung. Zweimal war Ford zu einer Abstimmung gezwungen worden. Die zweite hatte er nur mit zwei Stimmen Mehrheit gewonnen. »Eine dritte überstehe ich nicht – wir müssen handeln.«

Barstows Schwierigkeiten waren anderer Natur, aber nicht weniger gefährlich. Er hatte Verbündete gebraucht, weil er alle hunderttausend Mitglieder auf den Exodus vorbereiten mußte. Trotzdem wagte er nicht, ihnen die Wahrheit zu früh zu sagen, weil es unter so vielen Menschen auch dumme und eigensinnige Leute geben mußte ... und es bedurfte nur eines einzigen Narren, den ganzen Plan zu zerstören; er brauchte nur die Proktoren zu unterrichten, von denen sie bewacht wurden.

Barstow war also gezwungen, Führer zu finden, denen er vertrauen konnte, sie zu überzeugen und sich darauf zu verlassen, daß sie andere überzeugten. Er brauchte nahezu tausend verläßliche Leute, um sichergehen zu können, daß ihm die Menschen folgen würden, sobald es Zeit war. Aber die Zahl der Verbündeten war so groß, daß sie mit Sicherheit auch Schwächlinge umfassen mußte.

Schlimmer noch, er brauchte andere Vertraute für ein noch schwierigeres Unternehmen. Ford und er hatten sich auf einen Plan zur Zeitgewinnung geeinigt. Sie gaben der Reihe nach die von den Familien zur Hinausschiebung der Alterssymptome angewandten Techniken preis, unter der Vorspiegelung, die Summe dieser Techniken sei das ›Geheimnis‹. Um diesen Betrug durchführen zu können, hatte Barstow die Unterstützung der Biochemiker, Drüsentherapeutiker, Symbiotik- und Metabolismus-Spezialisten und anderer

Fachleute benötigt, und diese Leute wiederum mußten durch die fähigsten Psychotechniker der Familien auf die Polizeiverhöre vorbereitet werden ... weil sie den Betrug auch unter dem Einfluß von Wahrheitsseren weiterzuführen hatten. Die Hypnose-Methoden dafür waren weitaus komplizierter als eine einfache Sperre. Bislang hatte es geklappt ... ziemlich gut geklappt. Aber die Ungereimtheiten waren mit jedem Tag schwerer zu erklären.

Barstow konnte diese Dinge nicht mehr lange auf sich beruhen lassen. Die große Masse der Familien, notwendigerweise in Unkenntnis gehalten, geriet noch schneller in Unruhe als die freie Bevölkerung. Man spürte berechtigten Zorn über das, was ihnen angetan worden war. Man verlangte von den Führern, daß etwas geschah – und zwar sofort!

Barstows Einfluß auf seine Leute schmolz ebenso schnell dahin wie Fords Gewalt über den Staatsrat.

»Keine vier Tage«, wiederholte Ford. »Eher zwölf Stunden ... vierundzwanzig im Höchstfall. Der Rat tritt morgen nachmittag wieder zusammen.«

Barstow machte ein besorgtes Gesicht. »Ich weiß nicht, ob ich meine Leute auf so kurze Frist vorbereiten kann. Vielleicht gibt es Schwierigkeiten, wenn ich sie an Bord bringen will.«

»Zerbrechen Sie sich nicht den Kopf darüber«, fauchte Ford.

»Warum nicht?«

»Weil jeder, der zurückbleibt, ein toter Mann ist«, sagte Ford. Barstow wandte den Blick ab und schwieg. Es war das erstemal, daß einer von ihnen ausdrücklich zugegeben hatte, daß es sich hier nicht um einen relativ harmlosen politischen Schachzug handelte, sondern um den verzweifelten, beinahe hoffnungslosen Versuch, ein Massaker zu verhindern ... und daß Ford auf beiden Seiten zugleich stand.

»Na schön«, meldete sich Lazarus zu Wort, »nachdem das entschieden wäre, können wir weitermachen. Ich bringe die ›Chili‹ bis –« Er unterbrach sich und überschlug kurz, wo in der Kreisbahn sie sich befinden mußte und wie lange es bis zum Rendezvous dauern würde, »– na, bis 22 Uhr Greenwichzeit herunter. Geben wir eine Stunde zu, um ganz sicherzugehen. Wie wär's mit siebzehn Uhr Oklahoma-Zeit morgen nachmittag? Das ist eigentlich schon heute.«

Die anderen beiden wirkten erleichtert. »Gut«, sagte Barstow. »Ich werde mir Mühe geben.«

»Einverstanden«, erwiderte Ford, »wenn es nicht schneller geht.« Er überlegte einen Augenblick. »Barstow, ich ziehe sofort alle Proktoren und Regierungsangestellten zurück, die sich im Lager befinden, und schließe euch ein. Sobald das Tor sich zusammenzieht, können Sie Ihren Leuten Bescheid sagen.«

»Gut. Hoffentlich klappt es.«

»Noch etwas, bevor wir uns an die Arbeit machen?« erkundigte sich Lazarus. »Ach ja – Zack, wir sollten einen Platz für die Landung bestimmen, sonst gibt es Tote.«

»Ah, ja. Fliegen Sie von Westen an. Ich stelle eine Markierung auf. Okay?«

»Okay!«

»Nicht okay«, sagte Ford. »Wir müssen einen Leitstrahl für ihn einsetzen.«

»Unsinn«, wandte Lazarus ein. »Ich setze das Schiff auf einer Nadelspitze ab, wenn es sein muß.«

»Diesmal nicht. Wundern Sie sich nicht über das Wetter.«

Als Lazarus die ›Chili‹ erreichte, gab er vom Boot aus das Signal; der Transponator der ›Chili‹ reagierte zu seiner Erleichterung sofort – er hatte wenig Zutrauen zu Anlagen, die er nicht persönlich überholt hatte, und eine längere Suche nach der ›Chili‹ wäre zu diesem Zeitpunkt eine Katastrophe gewesen.

Er errechnete den Relativ-Vektor, zündete die Brennkammern des Bootes und schaffte es mit drei Minuten Vorsprung. Er brachte das Boot unter, eilte ins Schiff und flog zur Erde hinunter.

Der Eintritt in die Stratosphäre und die Umrundung von zwei Dritteln des Globus erforderte nicht länger als angenommen. Er benützte einen Teil der zusätzlichen Stunde, um sehr vorsichtig zu manövrieren, damit die altmodischen Einspritzpumpen nicht überlastet wurden. Dann erreichte er die Troposphäre und setzte zum Annäherungsflug an; die Rumpftemperatur war hoch, aber nicht gefährlich. Kurz darauf sah er, was Ford gemeint hatte. Oklahoma und halb Texas waren von riesigen Wolken bedeckt; das erinnerte ihn an eine Zeit, als das Wetter noch nicht gesteuert worden war. Das Leben hatte etwas von seinem Sinn verloren, als die Wetteringenieure lernten, die Elemente zu zügeln. Hoffentlich verfügte ihr neuer Planet – wenn sie ihn fanden! – über richtiges Wetter.

Dann flog er hinein und war zu beschäftigt, um seinen Gedanken nachhängen zu können. Trotz seiner Größe begann das Frachtschiff bedenklich zu wackeln. Donnerwetter! Ford mußte dieses Sturmtief sofort nach ihrem Gespräch veranlaßt haben.

Von irgendwo brüllte ihn ein Beamter der Flugkontrolle an; er schaltete das Gerät ab und widmete seine ganze Aufmerksamkeit dem Radargerät und den geisterhaften Bildern auf dem Infrarot-Gleichrichter. Das Schiff überflog eine kilometerweite Narbe in der Landschaft – die Ruinen der Okla-Orleans-Straßenstadt. Reges Leben hatte dort geherrscht, als Lazarus zum letztenmal hier gewesen war. Von allen mechanischen Ungeheuern, mit denen sich die Menschheit beladen hatte, schlugen diese Dinosaurier sicherlich jeden Rekord, dachte er.

Dann schreckte ihn ein Signalzeichen hoch; das Schiff hatte den Leitstrahl aufgefangen.

Er setzte zur Landung an, schaltete die letzte Düse ab, als das Schiff aufsetzte und legte eine Reihe von Hebeln um; die großen Ladeschleusen öffneten sich dröhnend, und Regen fegte hinein.

Eleanor Johnson duckte sich im Sturm und versuchte, den Mantel fester um das Baby in ihrem Arm zu wickeln. Als der Sturm losgebrochen war, hatte das Kind unaufhörlich geweint und ihre Nerven zum Zerreißen gespannt. Jetzt war es still, aber das war nur ein Grund mehr zur Besorgnis.

Auch sie selbst hatte geweint, wenngleich sie versuchte, das zu verbergen. In all ihren siebenundzwanzig Jahren war sie nie solchem Wetter ausgesetzt gewesen; es war wie ein Symbol, daß der Sturm ihr Leben umwälzte, sie von ihrem geliebten Heim mit dem gemütlichen offenen Kamin, der schimmernden Robotkammer und dem Thermostaten wegriß, mit dem sie jede gewünschte Temperatur einstellen konnte, ohne andere zu fragen – ein Sturm, der sie zwischen zwei grimmigen Proktoren davongerissen und nach schrecklichen Erlebnissen im kalten, klebrigen roten Lehm dieses Ackers in Oklahoma deponiert hatte.

Konnte das tatsächlich wahr sein? Oder hatte sie ihr Baby noch gar nicht zur Welt gebracht und erlebte sie jetzt einen jener seltsamen Träume, denen sie während der Schwangerschaft ausgesetzt gewesen war?

Aber der Regen war zu kalt, der Donner zu laut; aus einem solchen Traum wäre sie sofort erwacht. Also mußte auch stimmen, was der Chefkurator ihnen erzählt hatte – es mußte wahr sein. Sie hatte das große Schiff mit eigenen Augen landen sehen, dessen Feuerstrahl vor dem Hintergrund der schwarzen Wolke glühte. Sie konnte es jetzt nicht mehr sehen, aber die Menge rings um sie drängte langsam vorwärts; es mußte vor ihnen stehen. Sie befand sich am Rand der Menge; sie würde als eine der letzten an Bord gehen.

Es war unbedingt notwendig, das Schiff zu besteigen – Zaccur Barstow hatte ihnen mit tiefem Ernst klargemacht, was sie erwartete, wenn sie ihm nicht gehorchten. Sie glaubte seinen Worten; trotzdem fragte sie sich, wie das möglich war – wie jemand so gemein, so entsetzlich gemein sein konnte, etwas so Hilfloses und Harmloses wie sie und ihr Kind zu töten.

Sie wurde von panischem Schrecken ergriffen – wenn nun kein Platz mehr blieb, bis sie das Schiff erreichte? Sie preßte das Baby fester an sich; es begann wieder zu weinen.

Eine Frau aus der Menge schob sich heran und sagte: »Sie sind sicher sehr müde. Darf ich das Kind eine Weile tragen?«

»Nein. Nein, danke. Es geht schon.« Ein aufzuckender Blitz zeigte das Gesicht der anderen. Eleanor Johnson erkannte sie – es war die Seniorin Mary Sperling.

Aber das freundliche Angebot gab ihr neuen Mut. Sie wußte jetzt, was zu tun war. Wenn das Schiff überfüllt sein sollte und niemanden mehr aufnehmen konnte, mußte sie ihr Baby weiterreichen, über die Köpfe der Menge hinweg. Man konnte einem so kleinen Wesen den Platz nicht verweigern.

In der Dunkelheit schob sich die Menge langsam vorwärts.

Als Barstow erkennen konnte, daß die Beladung in wenigen Minuten abgeschlossen sein würde, verließ er seinen Posten an einer der Frachtschleusen und rannte durch spritzenden Schlamm so schnell er konnte zur Funkbaracke. Ford hatte verlangt, daß man ihn kurz vor dem Start verständige; das war nötig, um die Ablenkungsmanöver einleiten zu können. Barstow mühte sich mit einer ungewohnt motorlosen Tür ab, riß sie auf und eilte hinein. Er wählte die Privatnummer, die ihn direkt mit Fords Schreibtisch verband, und drückte auf die Taste.

Er bekam sofort Antwort, aber auf dem Bildschirm tauchte nicht Fords Gesicht auf, Barstow platzte heraus: »Wo ist der Administrator? Ich muß ihn sprechen!« bevor er das Gesicht erkannte.

Es war der Öffentlichkeit gut bekannt – Bork Vanning, Führer der Minderheit im Staatsrat. »Sie sprechen mit dem Administrator«, sagte Vanning und lächelte kalt. »Mit dem neuen Administrator. Wer, zum Teufel, sind Sie, und warum rufen Sie an?«

Barstow bedankte sich bei allen Göttern, daß ihn der andere nicht kannte. Er schaltete ab und verließ fluchtartig die Baracke.

Zwei Frachtschleusen waren bereits geschlossen; einige Nachzügler betraten das Schiff noch durch die anderen beiden. Barstow trieb die letzten fluchend hinein, folgte ihnen und raste zum Kontrollraum. »Starten!« schrie er Lazarus zu. »Schnell!«

»Wozu denn die ganze Aufregung?« fragte Lazarus, aber er

schloß bereits die Schleusen und dichtete sie ab. Er drückte auf den Starthebel, wartete zehn Sekunden ... und ließ das Schiff emporschnellen.

»Na«, meinte er sechs Minuten später, »hoffentlich waren alle am Boden, sonst gibt es jetzt ein paar Knochenbrüche. Was wollten Sie vorhin sagen?«

Barstow berichtete von seinem Versuch, sich mit Ford in Verbindung zu setzen.

Lazarus pfiff durch die Zähne. »Das wird gefährlich werden.« Er verstummte und wandte sich den Instrumenten zu, ein Auge auf dem Ballistik-Kursgerät, das andere auf der Radarschirm-Hecksicht.

7

Lazarus hatte alle Hände voll zu tun, um die ›Chili‹ genau in die richtige Position an der Rumpfwand der ›New Frontiers‹ zu bringen; die überlasteten Meßinstrumente machten das kleinere Raumfahrzeug bockig wie ein junges Pferd. Aber er schaffte es. Die Magnet-Anker klirrten, die Abdichtungen klatschten gegen die Wände, und in ihren Ohren knackte es, als Druckausgleich hergestellt wurde. Lazarus sprang zum Falloch im Deck des Kontrollraums, zog sich Hand über Hand weiter und erreichte die Passagierschleuse der ›New Frontiers‹, wo ihn der Ingenieurkapitän erwartete.

Der Mann starrte ihn an und schnaubte: »Sie schon wieder? Warum, zum Teufel, haben Sie nicht geantwortet? Sie dürfen nicht ohne Erlaubnis anlegen; das ist Privatbesitz. Was haben Sie sich dabei gedacht?«

»Ich habe mir gedacht, daß Sie und Ihre Leute ein paar Tage früher auf die Erde zurückkehren«, meinte Lazarus, »und zwar mit meinem Schiff.«

»Machen Sie sich nicht lächerlich!«

»Freundchen«, sagte Lazarus sanft, während der Strahler urplötzlich in seiner linken Hand auftauchte, »ich möchte Ihnen nicht gerne wehtun, nachdem Sie so nett zu mir gewesen sind ... aber mir bleibt wirklich nichts anderes übrig, wenn Sie nicht sofort vernünftig sind.«

Der Ingenieur starrte ihn ungläubig an. Mehrere seiner Untergebenen hatten sich hinter ihm versammelt; einer davon drehte sich in der Luft und wollte davon. Lazarus schoß auf eines seiner Beine, mit geringem Strahldruck; der junge Mann griff ins Leere. »Ihr solltet euch um ihn kümmern«, meinte Lazarus.

Damit war alles entschieden. Der Ingenieur rief seine Leute über das Mikrofon an der Passagierschleuse zusammen. Lazarus zählte sie beim Eintreffen ab – neunundzwanzig. Für jeden einzelnen bestimmte er zwei Beamte. Dann schaute er sich den Angeschossenen an.

»Du bist doch gar nicht richtig verletzt«, meinte er und wandte sich an den Ingenieur. »Geben Sie ihm Strahlungssalbe auf die Verbrennung, sobald Sie in unserem Schiff sind. Der Apothekerkasten steht im Zwischenschott des Kontrollraums.«

»Das ist Piraterie! Sie werden es nie schaffen.«

»Vermutlich nicht«, meinte Lazarus nachdenklich. »Aber die Hoffnung geben wir nicht auf.« Er wandte sich wieder seiner eigentlichen Aufgabe zu. »Beeilt euch doch! Wir haben nicht den ganzen Tag Zeit.«

Die ›Chili‹ leerte sich langsam. Man konnte nur diese eine Schleuse benützen, aber der Druck der halb hysterischen Menge dahinter trieb die im Engpaß Steckenden mit gewaltiger Wucht ins Schiffsinnere; sie schossen wie die Bienen aus einem bedrohten Haus.

Die meisten waren vor diesem Flug nie im freien Fall gewesen; sie stürzten in das riesige Schiff und trieben hilflos, völlig desorientiert dahin. Lazarus versuchte Ordnung zu schaffen, indem er diejenigen Leute packte, denen er Vertrautheit mit Null-Schwerkraft ansah, und sie anwies, die Hilflosen weiterzuschieben, irgendwohin ins große Schiff, damit sie aus dem Weg waren und Platz für die Tausende machten, die noch hineinmußten. Als er ein gutes Dutzend solcher Helfer bestimmt hatte, entdeckte er Barstow in der herandrängenden Menge, ergriff ihn und übertrug ihm die Aufsicht. »Sorgen Sie dafür, daß keine Stockung eintritt. Ich muß in den Kontrollraum. Wenn Sie Andy Libby sehen, schicken Sie ihn mir nach.«

Ein Mann löste sich aus dem Sturm und kam auf Barstow zu. »Ein Schiff versucht, bei uns anzulegen. Ich habe es durch eine Pfortluke gesehen.«

»Wo?« fuhr Lazarus auf.

Der Mann war durch seine geringe Kenntnis maritimer Terminologie gehandicapt, aber es gelang ihm, sich verständlich zu machen. »Ich komme gleich zurück«, sagte Lazarus zu Barstow. »Sehen Sie zu, daß es hier weitergeht – und lassen Sie keinen von unseren Gästen da drüben entwischen.« Er steckte seinen Strahler in die

Tasche und kämpfte sich gegen die stoßende Menge im Engpaß durch.

Pfortluke drei schien der Mann gemeint zu haben. Ja, tatsächlich zeigte sich dort etwas. Die Luke war mit einem Bullauge aus armiertem Glas ausgestattet, aber statt der Sterne sah Lazarus einen erleuchteten Innenraum. Ein Schiff hatte tatsächlich dort festgemacht.

Die Mannschaft hatte entweder gar nicht versucht, die Luke der ›Chili‹ zu öffnen, oder man wußte nicht, wie man das anstellen sollte. Die Luke war von innen nicht verschlossen; man hatte keine Notwendigkeit dafür gesehen. Sie wäre von beiden Seiten leicht zu öffnen gewesen, sobald der Druckausgleich hergestellt war ... was die grüne Lampe neben dem Türgriff anzeigte.

Lazarus war betroffen.

Ob es sich nun um ein Kontrollfahrzeug, ein Schiff der Raummarine oder um etwas anderes handelte, sein Eintreffen war äußerst unangenehm. Aber warum öffnete man nicht die Tür? Er fühlte sich versucht, die Luke von innen abzuschließen, die Umladung durchzuführen und die Flucht zu ergreifen.

Aber seine Neugier gewann die Oberhand; er mußte wissen, was hier gespielt wurde. Er schloß einen Kompromiß, ließ den Riegel einschnappen, so daß von außen nicht geöffnet werden konnte, dann glitt er vorsichtig an der Wand entlang zum Bullauge und riskierte einen Blick.

Er starrte Slayton Ford ins Gesicht.

Er zog sich weiter, stieß den Riegel auf und drückte auf die Taste, mit der die Luke geöffnet werden konnte. Dann wartete er, den Strahler in der einen, das Messer in der anderen Hand.

Eine Gestalt schob sich herüber. Lazarus sah, daß es Ford war, schloß die Luke wieder und schob den Riegel vor, ohne jedoch den Strahler wegzustecken.

»Was soll das heißen?« fragte er. »Was tun Sie hier? Und wer ist noch dabei? Polizei?«

»Ich bin allein.«

»Was?«

»Ich möchte mit euch fliegen ... wenn ihr mich mitnehmt.«

Lazarus sah ihn an und erwiderte nichts. Dann ging er zum Bullauge zurück und nahm das Schiff in Augenschein. Ford schien die Wahrheit gesagt zu haben, denn kein Mensch war zu sehen. Aber daran lag es nicht, daß Lazarus wie gebannt auf das andere Raumfahrzeug starrte.

Es war nicht einmal ein richtiges, für Weltraumfahrten geeignetes Schiff. Es besaß keine Luftschleuse, sondern nur eine Abdichtung, womit es an einem größeren Schiff anlegen konnte; Lazarus sah unmittelbar ins Innere des Fahrzeuges. Es sah aus wie – ja, es war ein ›Junior-Sportboot‹. Eine kleine private Stratojacht, geeignet nur für kurze Flüge oder bestenfalls für die Begegnung mit einem Satelliten, vorausgesetzt, der Erdtrabant verfügte über Treibstoffreserven.

Treibstoff für dieses Boot gab es hier nicht. Ein genialer Pilot hätte dieses Spielzeug vielleicht ohne Antrieb landen und es lebend verlassen können ... falls er das Können besaß, das Boot wie einen flachen Stein auf der Atmosphäre dahinhüpfen zu lassen, um die Rumpftemperatur in erträglichen Grenzen zu halten – aber Lazarus hätte einen solchen Flug nicht riskiert. »No, Sir!« Er sah Ford an. »Angenommen, wir lehnten Sie ab. Wie wollten Sie zurückkommen?«

»Damit habe ich mich nicht beschäftigt«, sagte Ford schlicht.

»Hmm – erzählen Sie, aber beeilen Sie sich. Wir haben nicht mehr viel Zeit.«

Ford hatte alle Brücken hinter sich abgebrochen. Erst Stunden zuvor seines Amtes enthoben, hatte er klar erkannt, daß lebenslängliche Inhaftierung die mildeste Strafe war, die er zu erwarten hatte, sobald alle Tatsachen über sein Verhalten bekannt wurden – wenn es ihm überhaupt gelang, der Lynchjustiz oder den Folgen scharfer Verhöre zu entgehen.

Die Vorbereitung des Ablenkungsmanövers hatte den Krug schließlich zum Überlaufen gebracht. Seine Erklärungen vermochten den Staatsrat nicht mehr zu überzeugen. Er hatte den Sturm und den Rückzug der Proktoren aus dem Lager als einen drastischen Versuch, das Rückgrat der Familien zu brechen, bezeichnet – eine nicht sehr plausible Entschuldigung. Seine Anweisungen an die Raummarine, sich der ›New Frontiers‹ nicht zu nähern, wurden anscheinend von niemandem mit den Howard-Familien in Zusammenhang gebracht; trotzdem war das Fehlen vernünftiger Gründe für diesen Befehl von der Opposition als Waffe zu seinem Sturz benützt worden. Man beobachtete ihn scharf, um ihn bei einem Lapsus zu ertappen – eine vom Rat gestellte Frage betraf gewisse Gelder aus dem Geheimfonds des Administrators, die auf Umwegen einem Captain Aaron Sheffield ausbezahlt worden seien. Bestehe eine Gewähr dafür, daß diese Gelder im öffentlichen Interesse ausgegeben würden?

Lazarus riß die Augen auf. »Man ist mir auf der Spur gewesen?«

»Nicht ganz. Sonst wären Sie ja nicht hier. Aber viel scheint nicht gefehlt zu haben. Ich nehme doch an, daß eine ganze Anzahl von meinen Leuten dabei mitgeholfen hat!«

»Wahrscheinlich. Aber regen wir uns nicht auf, wir haben es ja geschafft. Los. Sobald alle das Schiff verlassen haben, starten wir.« Lazarus wandte sich zum Gehen.

»Ich darf mit?«

Lazarus blieb stehen und drehte sich um. »Was denn sonst?« Er hatte zuerst vorgehabt, Ford mit der ›Chili‹ auf die Erde zurückzuschicken. Nicht Dankbarkeit änderte seinen Sinn, sondern Respekt. Ford war nach dem Verlust seines Amtes sofort zum Huxley-Field nördlich des Novak-Turms gefahren, hatte sich eine Starterlaubnis für den Erholungssatelliten ›Monte Carlo‹ geben lassen und war statt dessen zur ›New Frontiers‹ geflogen. Das gefiel Lazarus. ›Alles oder nichts‹, das verlangte Mut und Charakter in einem Maße, wie sie den meisten Menschen nicht zu eigen waren. »Natürlich kommen Sie mit«, sagte er leichthin. »Sie gefallen mir, Slayton.«

Die ›Chili‹ war jetzt mehr als zur Hälfte geleert, aber die Korridore in der Nähe der Übergangsschleuse zeigten sich noch immer überfüllt.

Lazarus boxte sich durch, wobei er sich bemühte, Frauen und Kindern nicht wehzutun. Er zwängte sich durch den Engpaß, Ford hinter sich herziehend, trat beiseite, als er das Gewimmel hinter sich hatte, und blieb vor Barstow stehen.

Barstow sah starr an ihm vorbei. »Ja, er ist es«, bestätigte Lazarus. »Starren Sie ihn nicht so an – das ist unhöflich. Er fliegt mit uns. Haben Sie Libby gesehen?«

»Hier bin ich, Lazarus.« Libby löste sich aus der Menge und kam mit der Sicherheit eines an den freien Fall gewöhnten Veteranen näher. An einem Handgelenk war ein Paket befestigt.

»Gut. Bleiben Sie in der Nähe. Zack, wie lange wird es noch dauern?«

»Weiß der Himmel! Ich kann sie nicht zählen. Vielleicht noch eine Stunde.«

»Es muß schneller gehen. Stellen Sie ein paar kräftige Leute zu beiden Seiten des Durchgangs auf, damit die anderen einfach durchgerissen werden. Wir müssen hier früher weg als überhaupt menschenmöglich. Ich gehe jetzt zum Kontrollraum. Rufen Sie mich dort sofort an, wenn alle Leute da, unsere Gäste draußen sind, und die ›Chili‹ abgelegt hat. Andy! Slayton! Los.«

»Lazarus –«

»Später, Andy. Wir unterhalten uns im Kontrollraum.«

Lazarus nahm Slayton Ford mit sich, weil er nicht wußte, was er sonst mit ihm anfangen sollte; er hielt es für besser, ihn zunächst zu verbergen, bis eine plausible Erklärung für sein Hiersein gefunden war. Bislang schien ihn noch niemand näher angesehen zu haben, aber sobald einmal Ruhe eingetreten war, würde Fords Gesicht eine Erklärung nötig machen.

Der Kontrollraum befand sich etwa achthundert Meter bugwärts von der Stelle, wo sie das Schiff betreten hatten. Lazarus wußte, daß ein Passagier-Rollband dorthin führte, hatte aber keine Zeit, danach zu suchen; er benützte gleich den ersten nach vorne führenden Korridor. Als sie sich von den Menschenmassen entfernt hatten, kamen sie schnell vorwärts, obwohl Ford in den fischähnlichen Manövern des freien Falls nicht so bewandert war wie die beiden anderen.

Im Kontrollraum angelangt, benützte Lazarus die erzwungene Wartezeit dazu, Libby die außerordentlich einfallsreichen, aber ungebräuchlichen Steueranlagen des Sternschiffes zu erklären. Libby war fasziniert und unternahm Scheinstarts. Lazarus wandte sich an Ford. »Was ist mit Ihnen, Slayton? Ein zweiter Ersatzpilot könnte nicht schaden.«

Ford schüttelte den Kopf. »Ich habe zugehört, aber das lerne ich nie. Ich bin kein Pilot.«

»Was? Wie sind Sie denn heraufgekommen?«

»Oh, ich habe eine Lizenz, aber mir blieb keine Zeit zum Üben. Mein Chauffeur diente auch als Pilot. Ich habe seit vielen Jahren keine Flugbahn mehr errechnet.«

Lazarus sah ihn von unten bis oben an. »Und da haben Sie ein Kreisbahn-Rendezvous berechnet? Ohne Reservetreibstoff?«

»Ach, das. Ich mußte ja.«

»Aha. Wenn man muß, geht alles. Na ja, das ist auch ein Weg.« Er wollte zu Libby etwas sagen, als Barstows Stimme aus dem Lautsprecher drang. »Fünf Minuten, Lazarus.«

Lazarus entdeckte das Mikrofon, bedeckte das Lämpchen darunter mit der Hand und erwiderte: »Okay, Zack! Fünf Minuten.« Dann sagte er: »Mensch, ich habe nicht einmal einen Kurs ausgewählt. Was meinen Sie, Andy? Einfach einmal weg, um die Verfolger abzuschütteln? Dann erst ein Ziel aussuchen? Was sagen Sie, Slayton? Paßt das mit Ihren Anweisungen an die Raummarine zusammen?«

»Nein, Lazarus, nein!« protestierte Libby.

»Was? Wieso denn nicht?«

»Sie müssen Richtung Sonne fliegen.«

»Zur Sonne. Warum das?«

»Ich wollte es Ihnen vorne an der Schleuse schon sagen. Das betrifft den Antrieb, den ich für Sie entwickeln sollte.«

»Aber wir haben ihn doch nicht, Andy!«

»Doch. Hier ist er.« Libby hielt Lazarus das Paket hin, das er mitgebracht hatte.

Lazarus öffnete es.

Zusammengesetzt aus Teilen anderer Geräte glich die Anlage mehr dem Erzeugnis aus der Werkstatt eines Oberschülers als dem Produkt eines wissenschaftlichen Labors. Lazarus unterzog das Gerät einer kritischen Überprüfung. Angesichts der polierten, raffinierten Perfektion des Kontrollraums sah es plump, armselig, lächerlich ungenügend aus.

Lazarus berührte es vorsichtig. »Was ist das?« fragte er. »Ein Modell?« – »Nein, nein. Das ist der Antrieb selbst.«

Lazarus sah den Jüngeren nicht ohne Mitgefühl an. »Haben Sie den Verstand verloren?« fragte er.

»Nein, nein, nein!« rief Libby. »Ich bin genauso normal wie Sie. Das ist eine radikal neue Idee. Deswegen möchte ich ja, daß Sie zur Sonne fliegen. Wenn der Antrieb überhaupt funktioniert, dann dort, wo der Lichtdruck am stärksten ist.«

»Und wenn er nicht funktioniert?« fragte Lazarus. »Was wird dann aus uns? Sonnenflecken?«

»Nicht direkt in die Sonne. Aber schlagen Sie einmal die Richtung dorthin ein, und sobald ich die Daten errechnet habe, gebe ich Ihnen die Korrekturen für die Flugbahn. Ich möchte in einer ganz flachen Hyperbel an der Sonne vorbei, möglichst weit innerhalb der Merkurbahn, der Photosphäre so nahe, als es dieses Schiff ertragen kann. Ich weiß nicht, wie nah das ist, also konnte ich vorher nicht kalkulieren. Die Zahlen finden sich aber hier im Schiff, und wir können sie mit den anderen Ergebnissen in Übereinstimmung bringen.«

Lazarus starrte den kleinen Apparat wieder an. »Andy ... wenn Sie sicher sind, daß Sie noch alle Tassen im Schrank haben, lasse ich mich auf ein Risiko ein. Schnallt euch fester an.« Er schnallte sich in den Pilotensessel und rief Barstow. »Wie steht's, Zack?« – »Fertig!«

»Alles festhalten!« Mit einer Hand bedeckte Lazarus ein Licht an der linken Steuerkonsole; die Startwarnung schrillte durch das Schiff. Mit der anderen bedeckte er eine zweite Lampe; die Halbkugel vor ihnen war plötzlich vom sternenübersäten Himmel ausgefüllt, und Ford unterdrückte mit Mühe einen Ausruf.

Lazarus studierte den Himmel. Volle zwanzig Grad davon waren vom dunklen Kreis der nächtlichen Erde ausgefüllt. »Wir müssen um die Ecke spurten, Andy.« Er begann mit einviertel G, gerade genug, um seine Passagiere zur Vorsicht zu mahnen, während er das gewaltige Schiff langsam in die erforderliche Richtung bugsierte, um es aus dem Erdschatten zu holen. Er erhöhte die Beschleunigung auf $^{1}/_{2}$ G, dann auf 1 G.

Die Erde verwandelte sich plötzlich aus einer schwarzen Silhouette in einen schlanken Silberhalbmond, als die weiße Sonnenscheibe hinter ihr hervortrat. »Ich möchte in ungefähr Zweitausend mit zwei G erhöhen, Slipstick«, sagte Lazarus. »Geben Sie mir einen Temporär-Vektor.«

Libby zögerte nur kurz und teilte ihn mit. Lazarus löste wieder den Alarm aus und erhöhte auf das Doppelte der Erdschwerkraft. Er hätte am liebsten auf volle Beschleunigung geschaltet, wagte das aber bei einer Schiffsladung voll Landratten nicht; selbst zwei G über längere Zeit hinweg mochten für manche eine zu große Belastung darstellen. Jedes Marineschiff, das angewiesen wurde, sie abzufangen, konnte mit weit höherer Beschleunigung fliegen, und die ausgesuchten Mannschaften ertrugen das. Aber dieses Risiko mußten sie eben eingehen ... überdies, so erinnerte er sich, vermochte ein Marineschiff die Beschleunigung nicht lange durchzuhalten; die Kilometersekunden waren durch ihre Masse-Reaktions-Tanks begrenzt.

Die ›New Frontiers‹ unterlag keinen derart altmodischen Beschränkungen; sie besaß auch keine Tanks. Ihr Konverter nahm jede Art von Masse an und wandelte sie in reine Strahlungsenergie um. Alles war geeignet – Meteore, kosmischer Staub, einzelne, in ihrem Feld gefangene Atome, oder auch Produkte vom Schiff selbst, wie Mülle, tote Körper, Staub und so weiter. Masse war Energie. Jedes Gramm Materie lieferte der Umwandlung neunhundert-Millionen-Trillionen Erg Beschleunigungsdruck.

Die Erdsichel glitt zum linken Rand des halbkugelförmigen Bildschirms, während die Sonne genau im Mittelpunkt schwebte. Wenig mehr als zwanzig Minuten später, als die Sichel, jetzt in der Halbphase, den Bildschirm verließ, meldete sich der Schiff-zu-Schiff-Funk. »New Frontiers!« ertönte eine barsche Stimme. »Nehmen Sie eine Kreisbahn ein und warten Sie! Das ist ein amtlicher Kontrollbefehl!«

Lazarus schaltete ab. »Wenn sie uns fangen wollen«, meinte er fröhlich, »werden sie jedenfalls nicht viel Spaß haben, uns in die

Sonne nachzurasen! Andy, wir sollten die Bahn jetzt vielleicht korrigieren. Wollen Sie rechnen?«

»Ich mach das schon«, erwiderte Libby. Er war bereits dahintergekommen, daß die Eigenschaften des Schiffes bezüglich der Astrogation, einschließlich ihres »Schwarzekörperverhaltens«, in beiden Pilotstationen verfügbar waren. Damit und mit den laufenden Ergebnissen der Instrumente ausgerüstet, unternahm er es, das Hyperboloid zu errechnen, auf dem er an der Sonne vorbeizufliegen gedachte. Er versuchte halben Herzens, den Ballistikrechner des Schiffes zu benützen, aber er war diese neuartige Konstruktion nicht gewöhnt, die nicht einmal in den Außensteuerorganen bewegliche Teile vorsah. Er verzichtete darauf und verließ sich auf seine geniale Begabung für Zahlen. Sein Gehirn besaß ebenfalls keine beweglichen Teile, aber er kannte sich darin aus.

Lazarus beschloß, einmal nach der Popularitätskurve zu sehen. Er schaltete das Schiff-zu-Schiff-Funkgerät wieder ein, stellte fest, daß es immer noch ärgerlich quakte, wenn auch leiser. Man kannte jetzt seinen Namen – die Leute auf der ›Chili‹ mußten also sofort die Weltraumkontrolle gerufen haben. Er schnalzte bedauernd mit der Zunge, als er erfuhr, daß ›Captain Sheffield‹ die Pilotenlizenz entzogen worden war. Er schaltete ab und versuchte es mit den Frequenzbereichen der Raummarine . . . und hörte auch damit auf, als er nichts als Code empfing, abgesehen von einem einzigen ›New Frontiers‹ in Klartext.

Er versuchte etwas anderes. Sowohl mit Fernradar als auch durch den Para-Schwerkraft-Detektor konnte er feststellen, daß sich in der Nachbarschaft Schiffe befanden, aber damit allein ließ sich wenig anfangen. In Erdnähe hielten sich immer Schiffe auf, und es gab keine einfache Methode, ein unbewaffnetes Fracht- oder Linienschiff von einem Marinekreuzer zu unterscheiden.

Die ›New Frontiers‹ verfügte jedoch über beträchtlichere Reserven zur Analysierung dessen, was rings um sie vorging, als ein gewöhnliches Schiff. Der halbkugelförmige Kontrollraum, in dem sie sich befanden, war zugleich ein riesiger Vielschirm-Fernsehempfänger, der die Sternenhimmel nach Wahl des Piloten entweder in Heck- oder Bugsicht duplizieren konnte. Er besaß auch andere, raffiniertere Anlagen; gleichzeitig oder für sich konnte er ebensogut als gewaltiger Radarschirm dienen, auf dem jeder Körper in Radarweite als Lichtzeichen auftauchte.

Aber das war nur der Anfang. Die Sinneswerkzeuge des Schiffes vermochten die Dopplerdaten mit Hilfe der Analyse auszuwerten, sie in den sichtbaren Bereich zu transformieren. Lazarus betrachtete die linke Steuerkonsole, versuchte sich an alles zu erinnern, was man ihm erklärt hatte, und drückte einige Tasten.

Die simulierten Sterne, sogar die Sonne, verblaßten; etwa ein Dutzend Lichter glitzerten hell.

Er veranlaßte die Konsole, sie nach dem Winkelabstand zu überprüfen; die hellen Lichter wurden kirschrot, verwandelten sich in kleine Kometen mit rosafarbenen Schweifen – alle bis auf eines, das weiß blieb und keinen Schweif entwickelte. Er studierte einen Augenblick die anderen, entschied, daß ihre Vektoren sie als Fremdlinge auswiesen und ließ das unveränderte Licht der Doppleranlage orten.

Es verblaßte zu Violett, durchlief das halbe Spektrum und verharrte dann bei Blaugrün. Lazarus dachte kurz nach, zog dann von der Gleichung die eigenen zwei G ab, und das Licht wurde wieder weiß. Befriedigt wiederholte er diese Prüfung aus der Hecksicht.

»Lazarus?« – »Ja, Libby?«

»Stört es Sie bei der Arbeit, wenn ich Ihnen jetzt die Korrekturen durchgebe?«

»Keineswegs. Ich habe mich nur einmal umgesehen. Wenn diese Laterna Magica weiß, was sie tut, ist es ihnen nicht gelungen, uns rechtzeitig einen Verfolger nachzuhetzen.«

»Gut. Also, hier sind die Zahlen –«

»Programmieren Sie sie doch bitte selbst ein, ja? Setzen Sie sich ans Steuer. Ich kümmere mich um Kaffee und Brote. Wie ist es mit Ihnen, haben Sie Hunger?«

Libby nickte geistesabwesend, während er begann, die Flugbahn des Schiffes zu revidieren. Ford meldete sich seit langer Zeit wieder einmal zu Wort. »Lassen Sie mich doch das machen. Ich tue es gerne.« Es schien, daß er sich um jeden Preis nützlich machen wollte.

»Hmm ... Sie könnten in Schwierigkeiten geraten, Slayton. Gleichgültig, wie sehr sich Zack auch für Sie eingesetzt hat, die meisten Leute dürften Sie nicht gerade verehren. Ich rufe nach hinten und wecke jemanden auf.«

»Wahrscheinlich wird mich unter diesen Umständen kein Mensch erkennen«, wandte Ford ein. »Außerdem ist das ein ehrlicher Auftrag – das könnte ich erklären.«

Lazarus sah an seinem Gesicht, daß Ford diese Aufgabe brauchte. »Na schön ... wenn Sie bis zwei G vorwärtskommen.«

Ford stemmte sich mühsam aus dem Akzelerationssofa hoch. »Ich schaffe es schon. Was für Brote?«

»Ich wäre für Corned Beef, aber da gibt es sicher nur Ersatz. Ich nehme lieber Schwarzbrot mit Käse, wenn wir das haben, und viel Senf. Und ein paar Liter Kaffee. Was wollen Sie, Andy?«

»Ich? Ach, irgendwas.«

Ford machte sich auf den Weg und fragte noch: »Übrigens – wir könnten Zeit sparen, wenn Sie mir sagen, wohin ich gehen soll.«

»Mein lieber Freund«, sagte Lazarus, »wenn dieses Schiff nicht mit Nahrungsmitteln vollgestopft ist, haben wir uns schön in die Nesseln gesetzt. Schauen Sie sich um. Sie finden schon etwas.«

Hinab, hinab, hinab zur Sonne, mit einer unheimlichen Geschwindigkeit, die in jeder Sekunde um zwanzig Sekundenmeter wuchs. Hinab, und immer hinab, fünfzehn endlose Stunden doppelten Gewichts. In dieser Zeit legten sie 27 Millionen Kilometer zurück und erreichten die unvorstellbare Geschwindigkeit von 1024 Kilometern pro Sekunde. Diese Zahl an sich besagt sehr wenig – man denke aber daran, daß die Strecke von New York nach Chikago – selbst Strato-Postraketen benötigten dazu dreißig Minuten – in einem einzigen Herzschlag zurückgelegt würde.

Barstow mußte in der Zeit doppelter Schwerkraft viel durchmachen. Alle anderen konnten sich hinlegen, vergeblich zu schlafen versuchen, gequält atmen und immer wieder eine andere Lage ausprobieren, die sie von der Last ihrer eigenen Leiber befreien sollte. Aber Zaccur Barstow wurde von seinem Verantwortungsgefühl vorwärtsgetrieben; er hetzte sich weiter, obwohl sein Gewicht jetzt dreihundertdreißig Pfund betrug.

Dabei konnte er nichts für seine Leute tun, als erschöpft von einem Abteil zum anderen zu kriechen und sich nach ihrem Befinden zu erkundigen. Nichts konnte unternommen werden, solange die hohe Beschleunigung anhielt. Sie lagen, wo es möglich war, Männer, Frauen, Kinder, zusammengepfercht wie Tiere, ohne Platz zum Ausstrecken, in Räumen, die für eine solche Überfüllung nie gedacht waren.

Das einzig Gute daran war, dachte Barstow müde, daß sie alle zu erschöpft waren, um sich über etwas anderes als die trostlos langsam verfließende Zeit Gedanken zu machen. Sie waren zu niedergeschlagen, um ihm Schwierigkeiten zu bereiten. Später würden Zweifel laut werden, ob es klug gewesen war, die Flucht zu ergreifen; man würde peinliche Fragen über Ford stellen, über Lazarus' seltsame und manchmal zwielichtige Aktionen, über seine eigene Rolle. Aber jetzt nicht.

Er mußte sich bemühen, eine Propagandaaktion ins Leben zu rufen, bevor sich ernsthafte Unruhen ergaben.

Er besah sich die Leiter, biß die Zähne zusammen und zwang

sich zum nächsten Deck empor. Als er seinen Weg zwischen den Leibern suchte, trat er beinahe auf eine Frau, die ein Baby an sich preßte. Barstow bemerkte, daß das Kind sich beschmutzt hatte und er überlegte, ob er die Frau darauf aufmerksam machen sollte, weil sie wach zu sein schien. Aber er ließ sie in Ruhe – er hatte keine Ahnung, ob es in diesem Schiff auch nur eine einzige frische Windel gab. Im Deck darüber konnten auch Zehntausende liegen ...

Er stapfte weiter, ohne sie angesprochen zu haben. Eleanor Johnson hatte ihn nicht bemerkt. Nach der ersten großen Erleichterung darüber, daß sie und ihr Kind das Schiff erreicht hatten, fühlte sie nichts als die Apathie der seelischen Reaktion und ihr unentrinnbares Gewicht. Das Kind hatte geweint, als jene furchtbare Gewalt sie packte, war aber dann still, zu still geworden. Sie hatte sich aufgerafft und nach seinem Herzschlag gehorcht. Als sie sicher war, daß es noch lebte, war sie wieder in die Betäubung zurückgesunken.

Nach fünfzehn Stunden Flug, als die Venusbahn nur noch vier Stunden entfernt war, schaltete Libby den Antrieb ab. Das Schiff raste im freien Fall weiter, die Geschwindigkeit unter der ständig zunehmenden Anziehung der Sonne immer noch steigernd. Lazarus wurde durch die Schwerelosigkeit geweckt. Er sah zum Kopilotensessel hinüber und sagte: »In der Kurve?«

»Wie berechnet.«

Lazarus sah ihn scharf an. »Okay, ich bin wieder fit. Verschwinden Sie und schlafen Sie sich aus. Sie sehen aus wie ein gebrauchtes Handtuch.«

»Ich ruhe mich hier ein bißchen aus.«

»Nichts da, Sie haben nicht einmal geschlafen, als ich am Steuer saß. Wenn Sie bleiben, starren Sie nur die Instrumente an und rechnen nach. Verschwinden Sie! Slayton, werfen Sie ihn hinaus!«

Libby lächelte schüchtern und ging. In den Räumen hinter der Kontrollkabine wimmelte es von schwebenden Leibern, aber es gelang ihm, eine unbenützte Ecke zu finden. Er zog seinen Kiltgürtel durch einen Handgriff auf und schlief sofort ein.

Der freie Fall hätte auch für alle anderen eine ebenso große Erleichterung bringen sollen; er tat es nicht, außer für den Bruchteil eines Prozents, der Raumfahrterfahrung hatte. Freifall-Schwindel ist, wie die Seekrankheit, nur für solche Leute lustig, die nicht davon befallen werden; es hätte eines Dante bedurft, hunderttausend Fälle davon zu beschreiben. An Bord gab es Gegenmittel, aber man fand sie nicht sofort. In den Familien gab es viele Ärzte, aber sie waren ebenfalls krank.

Barstow, der längst an den freien Fall gewöhnt war, schwebte zum Kontrollraum, um Erleichterung für die weniger Glücklichen zu erbitten. »Sie sind in miserablem Zustand«, sagte er zu Lazarus. »Können Sie das Schiff nicht rotieren lassen, damit sie sich etwas erholen? Das würde sehr viel nützen.«

»Und die Manövrierfähigkeit wäre stark behindert. Tut mir leid. Hören Sie, Zack, im Notfall ist es wichtiger, daß das Schiff schnell reagiert. Niemand stirbt an Seekrankheit ... man wünscht es sich nur.«

Das Schiff stürzte hinab, immer schneller werdend. Die wenigen Passagiere, die dazu in der Lage waren, kümmerten sich um die große Mehrheit der Kranken.

Libby schlief unberührt von diesen Szenen. Er hatte seit dem Tag, als die Familien verhaftet worden waren, kaum ein Auge zugetan; sein übermäßig aktives Gehirn hatte sich unablässig mit dem Problem eines neuen Weltraumantriebs beschäftigt.

Das große Schiff veränderte die Richtung; er regte sich, erwachte aber nicht. Der Startalarm trieb ihn in die Höhe. Er orientierte sich, preßte sich flach an das Schott und wartete; der Druck erfaßte ihn beinahe sofort – drei G diesmal, und er wußte, daß etwas schiefgegangen war. Er raffte sich mühsam auf und versuchte, mit dreifachem Gewicht den Rückweg anzutreten, während er sich vorwarf, Lazarus nachgegeben zu haben.

Er schaffte nur einen Bruchteil der Strecke ... einen heroischen Teil, vergleichbar dem Aufstieg über die Treppen eines zehnstöckigen Hauses, einen Erwachsenen auf jeder Schulter ... als ihm die Rückkehr des freien Falles Erleichterung brachte. Er legte den Rest des Weges in kurzer Zeit zurück und erreichte schnell den Kontrollraum. »Was war los?«

»Ich mußte den Vektor verändern, Andy«, sagte Lazarus bedauernd. Slayton Ford schwieg, machte aber ein bedrücktes Gesicht.

»Ja, ich weiß. Aber warum?« Libby schnallte sich bereits in den Kopilotensessel, während er die Astrogations-Lage prüfte.

»Rote Lichter auf dem Schirm.« Lazarus beschrieb das Bild, gab Koordinaten und relative Vektoren an.

Libby nickte nachdenklich. »Marineschiffe. Kein Handelsschiff würde eine solche Flugbahn einnehmen. Minenleger.«

»Das habe ich mir auch gedacht. Mir blieb keine Zeit, Sie zu verständigen. Ich mußte so viele Kilometerstunden nehmen, um sicherzustellen, daß den anderen nicht Beschleunigungskraft genug blieb, uns einzuholen.«

»Ja, das war nötig.« Libby runzelte die Stirn. »Ich dachte, wir hätten die Raummarine längst hinter uns gelassen.«

»Das sind nicht unsere Schiffe«, warf Slayton Ford ein. »Gleichgültig, welche Befehle man gegeben hat, seit ich – äh – seit ich wegging. Es muß sich um Venus-Schiffe handeln.«

»Ja«, stimmte Lazarus zu, »das glaube ich auch. Ihr Freund, der neue Administrator, rief die Venus um Hilfe an und bekam sie – eine Geste interplanetarischer Freundschaft.«

Libby hörte kaum zu. Er prüfte die Berechnungen. »Lazarus ... diese neue Bahn ist nicht besonders gut.«

»Ich weiß«, sagte Lazarus bedrückt. »Ich mußte ausweichen ... also wählte ich die einzige Richtung, die mir noch blieb – näher zur Sonne.«

»Zu nah, vielleicht.«

Die Sonne ist weder ein großer noch ein besonders heißer Stern. Aber sie ist heiß in Beziehung zum Menschen, heiß genug, ihn tot niederzustrecken, wenn er unvorsichtig genug ist. 149 Millionen Kilometer davon entfernt ungeschützt in die Tropenhitze hinauszutreten, heiß genug, daß wir, die wir unter ihren Strahlen aufwachsen, sie dennoch nicht unmittelbar anzublicken wagen.

In einer Entfernung von vier Millionen Kilometern stößt die Sonne eine Flammenkugel aus, die vierzehnhundertmal heller ist als die schlimmste Sonnenstrahlung im Todestal, in der Sahara oder in Aden. Diese Strahlung würde nicht mehr als Hitze oder Licht empfunden werden, sie brächte den Tod schneller mit sich, als die volle Wucht einer Strahlenpistole. Die Sonne ist eine Wasserstoffbombe, eine der Natur entsprungene Bombe; die ›New Frontiers‹ näherte sich den Grenzen des Zirkels totaler Vernichtung.

Es war heiß im Schiff. Die Familien wurden durch die armierten Wände vor augenblicklichem Strahlentod geschützt, aber die Lufttemperatur begann unaufhörlich zu steigen. Man hatte das Elend des freien Falles hinter sich, war aber doppelt betroffen, von der Hitze und von der Tatsache, daß die Schotts in absurden Winkeln standen; es gab kein gerades Plätzchen, wo man sich setzen oder hinlegen konnte. Das Schiff rotierte jetzt um seine Achse und beschleunigte; für beides zugleich war es nie gedacht gewesen, und die Summe beider Beschleunigungen, winkelig und linear, ließ ›unten‹ als Richtung erscheinen, wo sich Außen- und Heckschotts trafen. Das Schiff mußte rotieren, damit ein Teil der auftreffenden Strahlungsenergie auf der ›kalten‹ Seite wieder abgestrahlt werden konnte. Die Vorwärts-Beschleunigung war ebenso aus der Notwendigkeit geboren, ein hoffnungsloses Unterfangen, die Sonne so weit entfernt wie möglich zu passieren und auch so schnell wie möglich, um die geringste Zeit im Perihel zu verbringen, an der Stelle größter Annäherung.

Es war heiß im Kontrollraum. Selbst Lazarus hatte freiwillig seinen Kilt ausgezogen. Das Metall war so heiß, daß man es kaum berühren konnte. Auf dem großen Stellarium-Schirm zeigte ein riesiger schwarzer Kreis, wo sich die Sonnenscheibe befand; die Empfangsanlagen waren dieser Belastung nicht mehr gewachsen gewesen.

Lazarus wiederholte Libbys letzte Worte: »›37 Minuten zum Perihel‹. Das schaffen wir nicht, Andy. Das Schiff hält das nicht aus.« – »Ich weiß. Ich hatte nie vor, so nahe heranzugehen.«

»Natürlich nicht. Vielleicht hätte ich nicht manövrieren sollen. Vielleicht wären wir den Minen trotzdem entkommen. Ach –« Lazarus reckte die Schultern und wies den Gedanken von sich. »Ich habe das Gefühl, daß es jetzt an der Zeit wäre, Ihr Gerät auszuprobieren.« Er deutete auf Libbys primitiv wirkenden ›Antrieb‹. »Sie sagen, daß man ihn nur an dieser einen Stelle anzuschließen braucht?«

»Ja. Schließen Sie dieses Kabel an irgendeiner Stelle der betreffenden Masse an. Natürlich weiß ich nicht genau, ob es funktioniert«, gab Libby zu. »Es gibt keine Möglichkeit, den Apparat auszuprobieren.«

»Und wenn es nicht klappt?«

»Es gibt drei Möglichkeiten«, erwiderte Libby pedantisch. »Erstens: es kann überhaupt nichts geschehen.«

»In diesem Fall werden wir gebraten.«

»Zweitens mag es sein, daß wir und das Schiff aufhören, als Materie, wie wir sie kennen, zu existieren.«

»Daß wir tot sind, meinen Sie. Wahrscheinlich wäre das angenehmer.«

»Vermutlich. Ich weiß nicht, was der Tod ist. Im dritten Fall müßten wir uns, falls meine Hypothesen stimmen, mit einer knapp unter der Lichtgeschwindigkeit liegenden Beschleunigung von der Sonne entfernen.«

Lazarus betrachtete das Gerät und wischte sich den Schweiß von den Schultern. »Es wird heißer, Andy. Schließen Sie es an – hoffentlich taugt es etwas.«

Andy schloß es an.

»Los«, drängte Lazarus. »Drücken Sie auf den Knopf, drehen Sie den Schalter, machen Sie doch etwas.«

»Ist doch schon geschehen«, erwiderte Libby. »Sehen Sie sich die Sonne an.« – »Was? Oh!«

Der große schwarze Kreis, der die Position der Sonne auf dem sternbesetzten Stellarium markierte, schrumpfte schnell zusammen. In zehn Sekunden hatte er sich um die Hälfte seines Durchmessers verkleinert; zwanzig Sekunden später zeigte er noch ein Viertel seiner ursprünglichen Größe.

»Es hat geklappt«, flüsterte Lazarus. »Sehen Sie sich das an, Slayton! Mich laust der Affe – es hat funktioniert!«

»Ich hatte es mir eigentlich gedacht«, gab Libby ernsthaft zur Antwort. »So muß es auch sein.«

»Hmm – das meinen Sie, Andy. Ich verstehe nichts davon. Wie schnell fliegen wir?«

»Relativ zu welchem Bezugskörper?«

»Äh – relativ zur Sonne.«

»Ich hatte noch keine Gelegenheit, nachzumessen, aber die Beschleunigung dürfte knapp unter der Lichtgeschwindigkeit liegen. Größer kann sie nicht sein.«

»Warum nicht? Lassen wir einmal theoretische Erwägungen beiseite.«

»Wir sehen immer noch.« Libby deutete auf die Stellarium-Halbkugel.

»Ja, das stimmt«, meinte Lazarus. »He! Das darf doch gar nicht sein. Ich müßte ausdopplern.«

Libby sah ihn verständnislos an und lächelte dann. »Aber es dopplert sich sofort wieder ein. Drüben auf dieser Seite, Richtung Sonne, sehen wir die kurzwellige Strahlung, die bis zur Sichtbarkeit gedehnt ist. Auf der anderen Seite empfangen wir etwas Ähnliches wie Radiowellen, die zu Lichtwellen hinabgedopplert sind.«

»Und dazwischen?«

»Nehmen Sie mich nicht auf den Arm, Lazarus. Ich bin sicher, daß Sie ebensogut Vektorsummen ausrechnen können wie ich.«

»Rechnen nur Sie«, sagte Lazarus nachdrücklich. »Ich bleibe sitzen und bewundere. Was, Slayton?«

»Ja, ja.«

Libby lächelte höflich. »Wir können ruhig aufhören, durch den Hauptantrieb Masse zu vergeuden.« Er ließ den Alarm ertönen, dann schaltete er den Antrieb ab. »Jetzt können wir zu normalen Umständen zurückkehren.« Er begann seinen Apparat zu demontieren.

»Halt! Andy!« sagte Lazarus hastig. »Wir sind noch nicht einmal außerhalb der Merkurbahn. Warum jetzt schon bremsen?«

»Damit werden wir doch nicht aufgehalten. Wir haben eine Beschleunigung erreicht und behalten sie.«

Lazarus blies die Backen auf und starrte ihn an. »Normalerweise würde ich Ihnen recht geben. Erstes Bewegungsgesetz. Aber bei dieser Pseudo-Geschwindigkeit bin ich mir nicht genau sicher. Wir haben sie für nichts erhalten und nicht dafür bezahlt – in Energie, meine ich. Sie scheinen bezüglich der Trägheit einen Feiertag erklärt zu haben. Wenn der Feiertag vorbei ist, kehrt dann nicht diese ganze Beschleunigung dorthin zurück, woher sie gekommen ist?«

»Ich glaube nicht«, gab Libby zurück. »Unsere Beschleunigung ist keinesfalls ›pseudo‹, sie ist so real, wie sie nur sein kann. Sie versuchen, verbale anthromorphische Logik auf ein Feld anzuwenden, in dem sie nichts zu suchen hat. Sie erwarten doch auch nicht, daß wir augenblicklich zu dem niedrigeren Schwerkraftpotential zurückgebracht werden, mit dem wir angefangen haben, oder?«

»Dorthin zurück, als Sie Ihr Gerät einschalteten? Nein, wir haben uns ja bewegt.«

»Und wir bewegen uns weiter. Unsere neu erworbene Schwerkraftenergie größerer Höhe über der Sonne ist nicht realer als unsere gegenwärtige kinetische Bewegungsenergie. Sie existieren beide.«

Lazarus sah ihn erstaunt an. »Ich glaube, da kann ich nicht mehr mit, Andy. Gleichgültig, wie ich es ansehe, wir scheinen doch von irgendwoher Energie aufgenommen zu haben. Aber wo? Als ich zur Schule ging, brachte man mir bei, die Fahne zu ehren und an das Gesetz der Erhaltung der Energie zu glauben. Mir kommt es vor, als hätten Sie dagegen verstoßen.«

»Zerbrechen Sie sich nicht den Kopf darüber«, riet Libby. »Das sogenannte Gesetz der Erhaltung der Energie war nur eine Arbeitshypothese, unbewiesen und unbeweisbar, dazu benützt, um grobe Phänomene zu beschreiben. Seine Symbole passen nur auf das alte, dynamische Weltbild. In einer Welt, die nichts mehr ist als ein statistisches System von Beziehungen, ist ein ›Verstoß‹ gegen dieses Gesetz nichts Aufregenderes als eine unstetige Funktion, dazu da, festgestellt und beschrieben zu werden. Das habe ich getan. Ich sah eine Unstetigkeitsstelle in jener Konsequenz der Entsprechung von Masse und Energie, die wir Trägheit nennen. Ich wandte sie an. Das mathematische Modell erwies sich als der realen Welt entsprechend. Das war eigentlich die einzige Gefahr – man weiß nie, ob ein mathematisches Modell in der realen Welt realisiert ist, bis man es ausprobiert hat.«

»Ja, ja, sicher, man weiß nicht, wie etwas schmeckt, bis man hineingebissen hat – aber, Andy, ich begreife immer noch nicht, was die Ursache ist!« Er wandte sich an Ford. »Sie, Slayton?«

Ford schüttelte den Kopf. »Nein. Ich möchte wissen ... aber ich bezweifle, ob ich es verstehen könnte.«

»Da geht es Ihnen wie mir. Nun, Andy?«

Nun machte Libby ein erstauntes Gesicht. »Aber die Kausalität hat doch nichts mit der Realwelt zu tun. Eine Tatsache besteht einfach. Kausalität ist nur ein altmodisches Postulat einer vorwissenschaftlichen Philosophie.«

»Da bin ich wohl auch altmodisch«, meinte Lazarus gedehnt.

Libby sagte nichts. Er montierte sein Gerät ab.

Die schwarze Scheibe verkleinerte sich immer mehr. Als sie ungefähr ein Sechstel ihrer ursprünglichen Größe erreicht hatte, wandelte sie sich plötzlich von Schwarz zu schimmerndem Weiß, als die Entfernung des Schiffes von der Sonne wieder groß genug war, den Empfangsanlagen die Belastung erträglich zu machen.

Lazarus versuchte, im Kopf die kinetische Energie des Schiffes zu errechnen – das halbe Quadrat der Lichtgeschwindigkeit – abzüglich eines geringen Betrages, korrigierte er sich – mal der mächtigen Tonnage der ›New Frontiers‹. Die Antwort beruhigte ihn nicht, ob er sie nun in Ergs oder in Äpfeln ausdrückte.

8

»Alles schön der Reihe nach«, unterbrach Barstow. »Ich bin von den verblüffenden wissenschaftlichen Aspekten unserer Situation genauso fasziniert wie Sie, aber wir haben viel Arbeit vor uns. Wir müssen auf der Stelle das Alltagsleben organisieren. Also jetzt mal Schluß mit der Mathematik.«

Er sprach nicht mit den Kuratoren, sondern mit seinen eigenen Mitarbeitern, den Menschen, die ihm geholfen hatten, das Unmögliche möglich zu machen, die Flucht: Ralph Schultz, Eve Barstow, Mary Sperling, Justin Foote, Clive Johnson, noch ein Dutzend andere.

Lazarus und Libby waren anwesend. Lazarus hatte Slayton Ford als Wache im Kontrollraum mit der Anweisung zurückgelassen, alle Besucher abzuweisen und vor allem niemanden an die

Steuerung heranzulassen. Lazarus reihte dieses Amt unter das Stichwort ›Beschäftigungstherapie‹ ein. Er hatte in Ford eine seelische Einstellung entdeckt, die ihm nicht gefiel. Ford schien sich in sich selbst zurückgezogen zu haben. Er gab Antwort, wenn man ihn ansprach, aber das war auch alles. Lazarus machte dieses Benehmen große Sorgen.

»Wir brauchen eine Verwaltungsspitze« fuhr Barstow fort, »jemanden, der zunächst weitreichende Vollmachten für die Erteilung von Befehlen hat und sie auch durchzusetzen vermag. Er wird entscheiden, uns organisieren, Pflichten und Verantwortung verteilen, das innere Gefüge des Schiffes zum Funktionieren bringen müssen. Eine schwere Aufgabe, und ich möchte am liebsten eine Wahl durchführen und völlig demokratisch verfahren. Damit müssen wir aber noch warten; wir brauchen jemanden, der Befehle erteilt. Wir vergeuden Nahrung, und das Schiff ist – na, Sie hätten den Erfrischer sehen sollen, den ich heute benützen wollte.«

»Zaccur ...«

»Ja, Eve?«

»Ich habe den Eindruck, daß wir das Ganze den Kuratoren überlassen sollten. Wir besitzen keinerlei Autorität; wir sind nichts anderes als ein Notbehelf für eine Situation, die nicht mehr besteht.«

»Hmm –« Justin Foote räusperte sich und sagte mit unbewegtem Gesicht: »Ich bin nicht ganz dieser Meinung. Die Kuratoren sind mit den Verhältnissen nicht recht vertraut. Das aufzuholen, würde Zeit erfordern, die uns nicht zur Verfügung steht. Außerdem kann ich als Kurator ohne Vorurteil sagen, daß die Kuratoren als Gruppe keine Jurisdiktion mehr besitzen, weil es sie, gesetzlich gesehen, überhaupt nicht mehr gibt.«

Lazarus merkte auf: »Wie kommen Sie darauf, Justin?«

»Folgendermaßen: Das Kuratorium war die Verwaltungsspitze einer Stiftung, die als Teil einer Gesellschaft und in Beziehung auf sie wirkte. Die Kuratoren haben nie eine Regierung dargestellt. Ihre einzigen Pflichten hingen mit den Beziehungen zwischen den Familien und zum Rest der Gesellschaft zusammen. Mit der Beendigung der Beziehungen zwischen den Familien und der menschlichen Gesellschaft hörte auch das Kuratorium von selbst auf zu bestehen. Es gehörte der Geschichte an. Wir in diesem Schiff sind nun noch keine Gesellschaft, sondern eine anarchistische Gruppe. Diese Versammlung hat ebensoviel oder ebensowenig Autorität, eine Gesellschaft ins Leben zu rufen, wie irgendeine andere Teilgruppe.«

Lazarus klatschte beifallsfreudig in die Hände. »Justin«, lobte er, »das ist der klügste Trick, den ich seit hundert Jahren erlebt habe.«

Justin Foote verzog den Mund. »Es ist doch klar –«, begann er.

»Nein, nein! Kein Wort mehr! Sie haben mich ja überzeugt. Wenn die Sache so steht, sollten wir uns einen Anführer suchen. Wie steht es mit Ihnen, Zack? Ich finde, daß Sie genau der richtige Kandidat sind.«

Barstow schüttelte den Kopf. »Ich kenne meine Grenzen. Ich bin Ingenieur, kein Politiker oder Verwaltungsbeamter; die Familien habe ich immer nur als Hobby betrachtet. Wir brauchen einen Experten für Sozialverwaltung.«

Als Barstow sie davon überzeugt hatte, daß er es ernst meinte, wurden andere Namen vorgeschlagen und die Qualifikationen dieser Leute gründlich besprochen. In einer derart großen Gemeinschaft wie den Familien gab es viele, die sich auf die politischen Wissenschaften spezialisiert hatten, viele, die mit Erfolg öffentliche Ämter bekleidet hatten.

Lazarus hörte zu; vier von den Kandidaten kannte er persönlich. Endlich zog er Eve Barstow beiseite und wisperte längere Zeit mit ihr. Sie machte zuerst ein erstauntes Gesicht, wurde dann nachdenklich und nickte schließlich.

Sie bat ums Wort. »Ich habe einen Kandidaten vorzuschlagen«, begann sie, ruhig wie immer, »auf den Sie normalerweise nicht verfallen würden, der aber durch Charakter, Ausbildung und Erfahrung unvergleichlich geeignet erscheint, diese Aufgabe wahrzunehmen. Ich nominiere für den Posten eines Verwaltungschefs dieses Schiffes Slayton Ford.«

Lange Zeit herrschte erschrockenes Schweigen, dann sprach alles durcheinander. »Hat Eve den Verstand verloren? Ford ist doch unten auf der Erde!« – »Nein, nein, das ist er nicht. Ich habe ihn gesehen – hier auf dem Schiff.« – »Aber das ist doch ausgeschlossen!« – »Ihn? Die Familien würden ihn nie akzeptieren! – »Trotzdem, er ist nicht einer von uns.«

Eve wartete geduldig, bis sich der Aufruhr gelegt hatte. »Ich weiß, daß mein Vorschlag albern klingt, und ich sehe durchaus die Schwierigkeiten. Wir alle kennen Fords Ruf und Leistung. Jedes Mitglied der Familien weiß doch, daß Ford außerdem auf seinem Gebiet ein Genie ist. Es wird schwer genug werden, in diesem überfüllten Schiff Pläne für das Zusammenleben auszuarbeiten. Der Beste, den wir finden können, wird gerade gut genug sein.«

Ihre Worte machten Eindruck, weil Ford jenes seltene Geschöpf war, ein Staatsmann, dessen Leistung schon zu Lebzeiten nahezu allgemein anerkannt wurde. Lebende Historiker anerkannten, daß er die westliche Föderation aus mindestens zwei großen Entwicklungskrisen gerettet hatte; es war sein Pech, daß seine Laufbahn durch eine Krise zugrunde gerichtet wurde, die mit normalen Mitteln nicht zu lösen war.

»Eve«, sagte Zaccur Barstow, »ich teile Ihre Ansicht über Ford, und persönlich würde ich ihn sehr gerne in diesem Amt sehen. Aber wie steht es mit allen anderen? Für die Familien – für alle bis auf uns hier – symbolisiert Administrator Ford die Verfolgung, unter der sie gelitten haben. Ich finde, daß das allein seine Kandidatur unmöglich macht.«

Eve ließ sich nicht beirren. »Ich bin anderer Meinung. Wir sind bereits darüber einig, daß wir einen Propagandafeldzug unternehmen müssen, um eine Menge von peinlichen Einzelheiten der letzten Tage zu erklären. Warum tun wir das nicht gleich gründlich und überzeugen die Leute, daß Ford ein Märtyrer ist, der sich geopfert hat, um sie zu retten? So ist es nämlich, wenn wir ehrlich sind.«

»Hmm ... ja, das stimmt. Er hat sich nicht in erster Linie unseretwegen geopfert, aber ich hege nicht den geringsten Zweifel, daß sein persönliches Opfer uns gerettet hat. Ob wir nun aber die anderen überzeugen können – sie soweit überzeugen können, daß sie ihn akzeptieren und Befehle von ihm entgegennehmen ... da sie ihn doch als eine Art von persönlichem Feind ansehen –, na, ich weiß nicht recht. Ich glaube, wir brauchen fachmännischen Rat. Wie steht's, Ralph? Läßt sich das machen?«

Ralph Schultz zögerte. »Die Wahrheit eines Satzes hat mit seiner Psychodynamik nichts oder sehr wenig zu tun. Die Annahme, daß die ›Wahrheit sich durchsetzen‹ wird, ist nichts anderes als ein frommer Wunsch; in der Geschichte zeigte sich oft das Gegenteil. Die Tatsache, daß Ford wirklich ein Märtyrer ist, dem wir Dankbarkeit schulden, hat mit der rein technischen Frage, die man mir jetzt vorlegt, nicht das geringste zu tun.« Er machte eine Pause und dachte nach. »Aber der Vorschlag an sich hat gewisse sentimentgeladene, dramatische Züge, die sich für eine Propagandamanipulation eignen, auch angesichts starker Widerstände. Ja ... ja, ich glaube, daß man diese Idee an den Mann bringen könnte.«

»Wie lange würde das etwa dauern?«

»Tja ... das Gesellschaftsgefüge ist recht kompliziert. Ich müßte in der Lage sein, eine Art Kettenreaktion mit einem hohen, positiven ›k‹-Faktor zu erzielen – wenn es überhaupt klappt. Aber dieses

Gebiet ist noch recht unerforscht, und ich weiß nicht, welche Gerüchte sich im Schiff verbreitet haben und noch verbreiten. Falls Sie sich für den Plan entscheiden, möchte ich Gerüchte präparieren, bevor wir uns vertagen, Gerüchte zur Wiederherstellung von Fords Ruf – und in ungefähr zwölf Stunden werde ich dann verlauten lassen, daß Ford tatsächlich an Bord ist ... weil er von Anfang an vorgehabt hat, sein Schicksal mit dem unsrigen zu verbinden.«

»Äh – das dürfte aber doch nicht ganz stimmen, Ralph.«

»Wissen Sie das so genau, Zaccur?« – »Nein, aber – na, ja ...«

»Sehen Sie? Die Wahrheit über seine ursprünglichen Absichten ist sein Geheimnis zwischen ihm und seinem Gott. Sie wissen es nicht und ich auch nicht. Aber die Dynamik des Vorschlags hat damit überhaupt nichts zu tun. Zaccur, bis mein Gerücht drei- oder viermal zu uns zurückgekehrt ist, werden sogar Sie staunen.« Der Psychometriker machte eine Pause und starrte ins Leere, während er angestrengt überlegte. »Ja, es wird klappen. Wenn ihr alle einverstanden seid, könnt ihr in vierundzwanzig Stunden eine Erklärung abgeben.«

»Ich bin dafür!« rief jemand.

Wenige Minuten später ließ Barstow Ford von Lazarus in den Konferenzraum holen. Lazarus erklärte ihm, warum man ihn zu sprechen wünsche. Ford betrat die Kabine wie ein Mann vor der Verurteilung, voll der bitteren Gewißheit, daß gegen ihn entschieden worden sei. Sein Benehmen zeigte Mut, aber Hoffnungslosigkeit. Sein Blick war unglücklich.

Lazarus hatte diese Augen in den langen Stunden, die sie zusammen im Kontrollraum verbracht hatten, studieren können. Sie zeigten einen Ausdruck, dem Lazarus in seinem Leben schon oft begegnet war. Der Verurteilte, dessen Gnadengesuch abschlägig beschieden worden ist, der zum Selbstmord Entschlossene, kleine Tiere, erschöpft und besiegt vom Widerstand gegen die gnadenlosen Kiefer einer Stahlfalle – die Augen all dieser Wesen zeigen einen einzigen Ausdruck, geboren aus der hoffnungslosen Überzeugung, daß ihre Zeit abgelaufen sei.

Fords Augen zeigten dasselbe.

Lazarus hatte das kommen sehen und sich den Kopf darüber zerbrochen. Gewiß, sie waren alle in Gefahr, aber Ford nicht mehr als die anderen. Außerdem bringt das Bewußtsein der Gefahr einen lebendigen Ausdruck mit sich; warum bargen Fords Augen das Signal des Todes?

Lazarus war zu dem Schluß gekommen, es könne nur daran liegen, daß Ford jenen Endzustand des Geistes erreicht hatte, der Selbstmord notwendig erscheinen ließ. Aber aus welchem Grund? Lazarus dachte während der langen Wachen im Kontrollraum darüber nach und entwickelte das Problem zu seiner eigenen Befriedigung mit unabweisbarer Logik. Daheim auf der Erde war Ford unter seinen Mitmenschen, den Kurzlebigen, von Bedeutung gewesen. Seine überragende Stellung hatte ihn für das Gefühl besiegter Minderwertigkeit, das die Langlebigen in normalen Menschen weckten, beinahe immun werden lassen. Aber jetzt war er der einzige Vergängliche in einer Rasse von Methusalems.

Ford besaß weder die Erfahrung der Älteren noch die Zukunft der Jungen; er fühlte sich beiden gegenüber minderwertig, hoffnungslos deklassiert. Ob das nun richtig war oder nicht, er kam sich vor wie ein nutzloser Pensionär, ein machtloses Objekt für Wohltätigkeit.

Für eine Person von Fords geschäftiger, nutzbringender Vergangenheit war das eine unerträgliche Situation. Gerade sein Stolz, gerade sein starker Charakter trieben ihn zum Selbstmord.

Als er den Konferenzraum betrat, suchte Fords Blick Zaccur Barstow. »Sie haben nach mir verlangt, Sir?«

»Ja, Mr. Administrator.« Barstow erklärte kurz die Lage und die Verantwortung, die man ihm übertragen wolle. »Sie stehen nicht unter Zwang«, schloß er, »aber wir brauchen Ihre Dienste, wenn Sie mittun wollen. Wollen Sie?«

Lazarus genoß es, die Wandlung in Fords Gesicht zu beobachten. »Ist das wirklich Ihr Ernst?« sagte Ford langsam. »Sie haben mich nicht zum besten?«

»Wir meinen es vollkommen ernst!«

Ford reagierte nicht sofort, und als er es tat, schien seine Antwort völlig neben der Sache zu liegen. »Darf ich mich setzen?«

Man gab ihm einen Sessel. Er sackte schwerfällig hinein und bedeckte das Gesicht mit den Händen. Niemand sagte etwas. Nach einer Weile hob er den Kopf und sagte mit fester Stimme: »Wenn das Ihr Wunsch ist, will ich mein Bestes tun.«

Das Schiff bedurfte ebensosehr eines Kapitäns wie eines Verwaltungschefs. Lazarus war bislang in einem äußerst praktischen, piratenhaften Sinn Kapitän gewesen, aber er leistete Widerstand, als Barstow vorschlug, ihm formell diesen Titel zu übertragen. »Nein! Nicht mir. Ich will vielleicht die ganze Reise hindurch nichts als Schach spielen. Libby ist der Richtige. Ernst, gewissenhaft, früherer Offizier der Raummarine – genau der richtige Typ für diese Aufgabe.«

Libby wurde rot, als sich alle Blicke auf ihn richteten. »Moment mal«, protestierte er, »es stimmt zwar, daß ich im Verlauf meiner Pflichten auch Schiffe führen mußte, aber das hat mir nie Spaß gemacht. Ich bin vom Charakter her Stabsoffizier. Ich habe nicht die richtige geistige Einstellung für den Kommandeur.«

»Ich wüßte nicht, wie Sie sich da herauswinden wollen«, meinte Lazarus hartnäckig. »Sie haben den Superantrieb erfunden, und Sie als einziger verstehen, wie er funktioniert. Sie haben einen Posten, mein Junge.«

»Aber das ist doch gar nicht wahr«, wandte Libby ein. »Ich bin wirklich bereit, als Astrogator zu dienen, denn das entspricht meinem Können. Aber ich ziehe es vor, unter einem kommandierenden Offizier zu arbeiten!«

Lazarus sah mit innerer Genugtuung, wie Slayton Ford sofort eingriff. Der kranke Mann war verschwunden, jetzt machte sich der Chef geltend. »Es geht nicht um Ihre persönliche Vorliebe, Kommodore Libby; jeder muß leisten, was er kann. Ich habe mich bereit erklärt, die gesellschaftliche und politische Organisation zu leiten; das entspricht meiner Ausbildung. Aber ich kann das Schiff als solches nicht kommandieren, ich verstehe nichts davon. Sie müssen es tun.«

Libby wurde noch roter und begann zu stottern. »Ich würde es ja tun, wenn ich der einzige wäre. Aber unter den Familien gibt es Hunderte von Raumfahrern, und Dutzende davon haben sicherlich mehr Erfahrung und Talent für das Kommando als ich. Sie finden den richtigen Mann, wenn Sie ihn suchen.«

»Was meinen Sie, Lazarus?« fragte Ford.

»Hm. Andy hat nicht ganz unrecht. Ein Kapitän bringt Rückgrat in sein Schiff ... oder auch nicht, je nachdem. Wenn Libby auf das Kommando nicht neugierig ist, sollten wir uns vielleicht lieber anderswo umsehen.«

Justin Foote hatte eine Mikroliste bei sich, aber es war kein Abtaster für die Sortierung zur Hand. Trotzdem lieferte das Gedächtnis von über einem Dutzend der Anwesenden zahlreiche Namen.

Man einigte sich schließlich auf Captain Rufus King.

Libby erklärte seinem neuen Vorgesetzten die Konsequenzen seines Lichtdruckantriebs. »Der geometrische Ort der von uns erreichbaren Ziele ist in einem Bündel von Paraboloiden enthalten, deren Scheitelflächen tangential zu unserem augenblicklichen Kurs liegen. Die mit Hilfe des Normalantriebs erreichte Beschleunigung muß stets so zur Wirkung kommen, daß die Größe des gegenwärtigen, knapp unter Lichtgeschwindigkeit liegenden Vektors konstant bleibt. Wir werden also die Richtung des Schiffs während der gesamten Manövrierbeschleunigung langsam verändern. Aber das wird nicht allzu problematisch sein wegen der gewaltigen Größenunterschiede zwischen unserem derzeitigen Vektor und den korrigierend einwirkenden Manövriervektoren. Man kann es, grob gesprochen, so ansehen, als beschleunigten wir in rechtem Winkel zu unserem Kurs.«

»Ja, ja, das sehe ich schon ein«, unterbrach ihn Captain King, »aber warum unterstellen Sie, daß die daraus resultierenden Vektoren dem derzeitigen Vektor immer gleich sein müssen?«

»Nun, das muß nicht so sein, wenn der Kapitän anders entscheidet«, erwiderte Libby erstaunt, »aber eine Komponente anzuwenden, die den resultierenden Vektor unter unsere gegenwärtige Geschwindigkeit drückt, würde lediglich dazu führen, daß wir langsamer werden, ohne die Zahl der geometrischen Orte möglicher Ziele zu erweitern. Die Wirkung würde nur unsere Flugzeit erhöhen, auf Generationen, vielleicht auf Jahrhunderte, wenn die resultierende –«

»Gewiß, gewiß! Ich kenne die Grundzüge der Ballistik, Mister. Aber warum weisen Sie die andere Alternative zurück? Warum nicht unsere Geschwindigkeit steigern? Warum kann ich nicht direkt in Richtung meines gegenwärtigen Kurses beschleunigen, wenn es mir so paßt?«

Libby machte ein besorgtes Gesicht. »Das kann der Captain natürlich befehlen. Aber dann ginge es um den Versuch, die Lichtgeschwindigkeit zu überschreiten. Man hat das als unmöglich angenommen –«

»Genau darauf will ich ja hinaus. ›Angenommen‹. Ich habe mich immer gefragt, ob diese Annahme gerechtfertigt war. Jetzt scheint mir der richtige Augenblick gekommen, das herauszufinden.«

Libby zögerte, während sein Pflichtgefühl gegen die ekstatischen Versuchungen der wissenschaftlichen Neugierde kämpfte. »Hätten wir es hier mit einem Forschungsschiff zu tun, Captain, dann würde ich es auf jeden Fall versuchen. Ich kann mir nicht ausmalen, welche Bedingungen wir antreffen, wenn wir die Lichtgeschwindigkeit überschreiten, aber ich glaube, daß wir vom elektromagnetischen Spektrum, soweit andere Körper betroffen sind, völlig abgeschnitten wären. Wie sollten wir sehen und damit navigieren?« Libby machte nicht nur die Theorie Sorgen. Man ›sah‹ auch jetzt nur elektronisch. Dem menschlichen Auge erschien die Halbkugel im Kontrollraum pechschwarz; die kürzesten Strahlungen waren zu Wellenlängen gedopplert worden, die für das Auge zu lang waren. Voraus konnte man noch Sterne sehen, aber ihr sichtbares ›Licht‹ bestand aus den längsten Hertzschen Wellen, von der unvorstellbaren Geschwindigkeit des Schiffes hereingedrängt. Dunkle ›Radiosterne‹ leuchteten wie Sterne erster Größe; Sterne mit schwacher Radiostrahlung waren verblaßt. Die vertrauten Sternbilder hatten sich bis zur Unkenntlichkeit verändert. Die Tatsache, daß man sie sehen konnte, daß man sie mit einem durch den Dopplereffekt verzerrten Sehvermögen sah, wurde durch die Spektralanalyse bestätigt; die Frauenhoferschen Linien hatten sich nicht nur zum Violett verschoben, sondern waren weitergeglitten, aus dem Sichtbereich, und bislang unbekannte Muster ersetzten sie.

»Mhm ...«, meinte King, »ich sehe, worauf Sie hinauswollen. Aber ich würde es wirklich gerne ausprobieren, verflucht noch mal! Ich gebe allerdings zu, daß das der Passagiere wegen nicht in Frage kommt. Na schön, bereiten Sie grob errechnete Kurse für Sterne vom Typ ›G‹ innerhalb Ihrer Kelchblume vor, aber nicht zu weit entfernt. Für die erste Suchaktion zehn Lichtjahre.«

»Ja, Sir, das habe ich schon gemacht. Ich kann den Typ ›G‹ in diesem Bereich nicht anbieten.«

»So? Ziemlich einsam hier draußen, was? Und?«

»Wir haben Tau Ceti bei elf Lichtjahren in diesem Bereich.«

»G5, nicht wahr? Nicht besonders gut.«

»Nein, Sir. Aber es gibt einen echten Sonnentyp, G2 – Katalogbezeichnung ZD 9817. Er ist allerdings mehr als doppelt so weit entfernt.«

Captain King begann an einem Fingerknöchel zu nagen. »Da werde ich wohl zuerst mit den Senioren sprechen müssen. Welchen Vorteil subjektiver Zeit genießen wir augenblicklich?«

»Ich weiß es nicht, Sir.«

»So? Na, dann rechnen Sie's aus! Oder geben Sie mir die Zahlen, und ich mache es selbst. Ich kann mich als Mathematiker ja nicht mit Ihnen messen, aber das schafft jeder Kadett. Die Gleichungen sind einfach genug.«

»Das sind sie, Sir. Aber ich verfüge nicht über die Zahlen, die man in die Zeitkontraktionsgleichung einsetzen müßte ... weil es keinen Weg gibt, die Geschwindigkeit des Schiffes zu messen. Die Violettverschiebung hilft uns nicht weiter; wir wissen nicht, was die Linien zu bedeuten haben. Ich fürchte, daß wir warten müssen, bis wir eine wesentlich längere Basislinie zur Verfügung haben!«

King seufzte. »Mister, manchmal frage ich mich, warum ich mich auf diese Sache eingelassen habe. Na, wollen Sie wenigstens eine Schätzung versuchen? Wird es lange dauern? Oder nicht so lange?«

»Äh ... lange, Sir, Jahre.«

»So? Ich habe schon Schlimmeres durchgemacht. Jahre, wie? Spielen Sie Schach?«

»Ja, früher, Sir.« Libby erwähnte nicht, daß er wegen krassem Mangel an Gegnern das Spiel schon vor vielen Jahren aufgegeben hatte.

»Wir werden viel Zeit dafür haben, scheint mir. Königsläufer nach a4.«

»Königsspringer nach d3.«

»Ein unorthodoxer Spieler, was? Na, wir sprechen uns später noch. Ich werde den anderen wohl lieber den G2-Stern verkaufen, obwohl das länger dauert ... und Ford muß ich darauf hinweisen, daß er Wettkämpfe und derlei Sachen organisiert, damit uns die Leute nicht verrückt werden.«

»Ja, Sir. Habe ich schon die Verzögerungszeit erwähnt? Wir brauchen nicht ganz ein Erdjahr Eigenzeit, wenn wir ein negatives G anwenden, um uns auf Stellargeschwindigkeit zurückzuführen.«

»So? Wir bremsen eben genau, wie wir beschleunigt haben – mit Ihrem Lichtdruck-Antrieb.«

Libby schüttelte den Kopf. »Tut mir leid, Sir. Der Nachteil des Lichtdruck-Antriebs besteht darin, daß es keine Rolle spielt, welchen Kurs und welche Geschwindigkeit man vorher hatte. Geht man in der nahen Nachbarschaft eines Sterns in die Trägheitslosigkeit über, so wird man vom Lichtdruck weggestoßen, wie ein Korken von einem Wasserstrahl. Die vorherige Schwungkraft wird aufgehoben, sobald man die Trägheit aufhebt.«

»Unterstellen wir einmal, daß wir uns an Ihren Fahrplan halten«, gestand King zu. »Ich kann da nicht mit Ihnen streiten. Es gibt noch einiges an Ihrem Apparat, das ich nicht verstehe.«

»Es gibt sehr vieles daran«, gab Libby ernst zurück, »was ich auch nicht begreife.«

Das Raumschiff war in nicht ganz zehn Minuten, nachdem Libby seinen Raumantrieb angeschaltet hatte, durch die Erdbahn gezuckt. Lazarus hatte mit ihm die esoterischen physikalischen Aspekte auf dem Weg zur Marsbahn besprochen – was nicht ganz eine Viertelstunde dauerte. Jupiters Weg lag weit hinter ihnen, als Barstow die Organisationskonferenz einberief. Aber eine Stunde verging, bis man alle Teilnehmer in dem überfüllten Schiff gefunden hatte; als er die Sitzung eröffnete, waren sie eineinhalb Milliarden Kilometer hinausgerast, jenseits der Saturnbahn – abgelaufene Zeit bis dahin: nicht ganz eineinhalb Stunden.

Aber nach dem Saturn werden die Strecken länger. Uranus fand sie noch in der Besprechung. Trotzdem war Ford akzeptiert, und er hatte das Amt angenommen, bevor das Schiff so weit von der Sonne entfernt war wie der Neptun. King war zum Kapitän ernannt, hatte sein neues Reich mit Lazarus als Führer durchmessen und besprach sich bereits mit seinem Astrogator, als das Schiff nahezu sechseinhalb Milliarden Kilometer tief im Weltraum die Plutobahn passierte; aber seit der Zeit, als das Licht der Sonne sie hinweggefegt hatte, waren noch nicht einmal ganz sechs Stunden vergangen.

Selbst dann hatten sie das Sonnensystem noch nicht verlassen, aber zwischen ihnen und den Sternen lagen nichts als die Winterquartiere der Sonnenkometen und die Verstecke hypothetischer Transpluto-Planeten – der Raum, auf den die Sonne noch ein Anrecht hat, ohne ihn effektiv zu verwalten. Aber selbst die naheliegendsten Sterne lagen noch Lichtjahre entfernt. Die ›New Frontiers‹ war mit einer Geschwindigkeit zu ihnen unterwegs, die dem Licht auf den Fersen blieb – Wetter kühl, Rennbahn schnell.

Hinaus, hinaus, und immer weiter hinaus . . . hinaus in die einsamen Tiefen, wo die Weltlinien beinahe gerade verlaufen, unverzerrt von der Gravitation. Jeden Tag, jeden Monat . . . jedes Jahr . . . trug ihr Schiff sie weiter von der Menschheit fort.

Zweiter Teil

I

Das Schiff stürmte vorwärts, allein in der Nachtwüste, jedes Lichtjahr so leer wie das letzte. Die Familien bauten sich im Inneren ein Leben auf.

Die ›New Frontiers‹ war annähernd zylindrisch. Wenn sie nicht beschleunigte, ließ man sie um ihre Längsachse rotieren, um den nahe der Außenwand wohnenden Passagieren ein Pseudogewicht zu verleihen; die äußeren oder ›unteren‹ Abteile waren Wohnquartiere, während die innersten und ›oberen‹ Räume als Lagerräume und ähnliches dienten. Dazwischen lagen Läden, Hydroponikfarmen und so weiter. Entlang der Achse, Bug bis Heck, befanden sich Kontrollraum, Konverter und Hauptantrieb.

Die Konstruktion entsprach den heute gebräuchlichen größeren, interplanetarischen Raumschiffen, aber man muß sich stets die ungeheure Größe vor Augen halten. Das Raumschiff war eine Großstadt mit reichlich Platz für eine Kolonie von zwanzigtausend Menschen, die der vorgesehenen Belegschaft von zehntausend Personen erlaubt hätten, sich während der langen Reise zum Proxima Centauri zahlenmäßig zu verdoppeln.

So groß das Schiff also auch sein mochte, die hunterttausend oder mehr Familienmitglider fanden den Raum fünffach überbelegt.

Man fand sich lange genug damit ab, um Vorbereitungen für den Kaltschlaf zu treffen. Durch Umwandlung von Erholungsstätten der unteren Stockwerke in Lagerräume holte man Platz dafür heraus. Kaltschläfer benötigten etwa ein Prozent des Lebensraums, den aktive, wache Menschen brauchen; zur rechten Zeit war das Schiff geräumig genug für die Wachenden. Freiwillige für den Kaltschlaf traten zuerst nicht allzu zahlreich auf – diese Menschen waren sich ihres einmaligen Erbes wegen des Todes mehr als üblich bewußt; der Kaltschlaf schien dem Letzten Schlaf allzusehr zu gleichen. Aber die großen Unannehmlichkeiten der ungeheuren Überfüllung zusammen mit der ebenso extremen Monotonie des endlosen Fluges brachte sie rasch genug auf andere Gedanken, so daß ständig Nachschub für den ›kleinen Tod‹ zu finden war und man sich dem Ansturm kaum gewachsen zeigte.

Die Wachbleibenden waren mehr als beschäftigt, wenn sie alle

Arbeiten schaffen wollten – Haushaltsführung im Schiff, Besorgung der Hydroponikfarmen, der Hilfsmaschinerien des Schiffes und vor allem der Pflege der Schlafenden. Die Biomechaniker hatten komplizierte empirische Regeln ausgearbeitet, die Körperverfall und Gegenmittel unter verschiedenen Bedingungen verstärkter Beschleunigung genau beschrieben, Mitteltemperaturen, erforderliche Drogen und andere Faktoren angaben, wie metabolisches Alter, Körpermasse, Geschlecht und so fort. Durch die Verwendung der oberen Abteile, wo niedrigere Schwerkraft herrschte, ließ sich der durch Beschleunigung verursachte Verfall auf ein Minimum beschränken. Aber die Pflege der Kaltschläfer hatte von Hand zu erfolgen – man mußte sie umdrehen, massieren, Blutzucker und Herzaktion messen und alle jene Untersuchungen und Dienste leisten, die sicherstellten, daß der extrem reduzierte Metabolismus nicht in den Tod überging. Abgesehen von einem Dutzend Kabinen im Krankenhaus des Schiffes war es nicht für Kaltschlafpassagiere gedacht gewesen; automatische Maschinen für diese Zwecke fehlten daher völlig. Die mühsame Pflege von Zehntausenden von Schläfern mußte von Hand geleistet werden.

Eleanor Johnson traf im Refektorium 9-D – von den Geselligen ›Club‹, von anderen, die es mieden, Schlimmeres genannt – ihre Freundin Nancy Weatheral. Die meisten der Stammgäste waren jung und laut. Lazarus aß als einziger Senior dort. Ihm machte Lärm nichts aus; er genoß ihn.

Eleanor stürzte sich auf ihre Freundin und küßte sie auf die Wange. »Nancy! Du bist also wieder wach! Na, ich bin froh, dich wiederzusehen!«

Nancy löste sich aus der Umarmung. »Na, Kleine? Schütte mir den Kaffee nicht aus.«

»Hör mal! Freust du dich denn gar nicht?«

»Natürlich freue ich mich. Aber du vergißt, daß, was für dich ein Jahr war, für mich erst gestern gewesen ist. Und ich bin immer noch schläfrig.«

»Seit wann bist du wach, Nancy?«

»Ein paar Stunden. Wie geht es deinem Sprößling?«

»Oh, sehr gut!« Eleanor Johnsons Gesicht hellte sich auf. »Du erkennst ihn nicht wieder – er ist mächtig in die Höhe geschossen. Er reicht mir beinahe bis zur Schulter, und jeden Tag wird er seinem Vater ähnlicher.«

Nancy wechselte das Thema. Eleanors Freunde machten es sich zur Pflicht, ihren Mann aus den Gesprächen herauszuhalten. »Was hast du getrieben, während ich schlief? Bist du immer noch Volksschullehrerin?«

»Ja. Oder vielleicht ›nein‹. Ich bleibe bei der Altersgruppe, in der Herbert ist. Er geht jetzt in die Oberschule, zweite Klasse.«

»Warum schläfst du nicht einmal ein paar Monate und ersparst dir diese Mühe für einige Zeit, Eleanor? Du machst noch eine alte Frau aus dir.«

»Nein, erst wenn Herbert so alt ist, daß er mich nicht mehr braucht.«

»Ach, sei nicht sentimental. Die Hälfte der weiblichen Freiwilligen haben kleine Kinder. Ich nehme es ihnen gar nicht übel. Schau mich an – von meinem Standpunkt aus hat der Flug erst sieben Monate gedauert. Ich könnte den Rest im Kopfstand ertragen.«

Eleanor war nicht umzustimmen. »Nein, danke. Das mag für dich ganz richtig sein, aber ich fühle mich recht wohl so.«

Lazarus saß an derselben Theke und dezimierte ein Ersatz-Rumpsteak. »Sie befürchtet, daß ihr etwas entgeht«, warf er ein. »Das verstehe ich. Mir geht es genauso.«

Nancy änderte ihre Taktik. »Dann bring doch noch ein Kind zur Welt, Eleanor. Das wird dich von den Routinepflichten befreien.«

»Dazu gehören aber zwei«, meinte Eleanor.

»Keine Angst. Da ist Lazarus, zum Beispiel. Er wäre ein erstklassiger Vater.«

Eleanor zeigte Grübchen. Lazarus wurde unter seiner Dauerbräunung rot.

»Ich habe schon um seine Hand angehalten«, erklärte Eleanor gleichmütig, »und einen Korb erhalten.«

Nancy verschluckte sich und sah hastig von Lazarus zu Eleanor. »Entschuldigung, das wußte ich nicht.«

»Macht nichts«, sagte Eleanor. »Es liegt nur daran, daß ich eine seiner Enkeltöchter bin, und zwar vierten Grades.«

»Aber ...« Nancy versuchte vergeblich, die Tradition der unverletzlichen Privatsphäre zu achten. »Ach, du meine Güte, das liegt doch noch weit innerhalb der zulässigen Grenzen. Woran hapert es? Oder sollte ich den Mund halten?«

»Lieber schon«, meinte Eleanor.

Lazarus rutschte unruhig hin und her. »Ich weiß, daß ich altmodisch bin«, gab er zu, »aber meine Ansichten habe ich mir schon vor sehr langer Zeit gebildet. Genetik hin, Genetik her, ich finde es einfach nicht richtig, daß man seine Enkelin heiratet.«

Nancy machte ein verblüfftes Gesicht. »Und ob Sie altmodisch sind!« Sie fügte hinzu: »Oder vielleicht ist das nur Schüchternheit. Ich habe gute Lust, das genauer zu erforschen.«

Lazarus funkelte sie an. »Sie werden schon sehen, was dabei herauskommt!«

Nancy betrachtete ihn gelassen von oben bis unten. »Hmmm . . .«, machte sie nachdenklich.

Lazarus bemühte sich, ihrem Blick standzuhalten, gab aber bald auf. »Ich muß mich entschuldigen«, sagte er nervös. »Viel Arbeit.«

Eleanor legte ihm die Hand auf den Arm. »Gehen Sie nicht weg, Lazarus. Nancy macht das doch absichtlich. Erzählen Sie ihr von den Plänen für die Landung.«

»Was ist das? Wir landen? Wann? Wo?«

Lazarus zeigte sich besänftigt und erstattete Bericht. Der Stern Typ G2, oder Typ Sonne, auf den seit Jahren ihr Kurs gerichtet war, befand sich jetzt kein ganzes Lichtjahr mehr entfernt – etwas über sieben Lichtmonate – und mit para-inferometrischen Methoden war es jetzt möglich, festzustellen, daß der Stern – ZD 9817, oder ganz einfach ›unser‹ Stern – über Planeten verfügte.

In einem weiteren Monat, sobald der Stern nur noch ein halbes Lichtjahr entfernt war, würde die Verzögerung beginnen. Man würde die Rotation des Schiffes abschalten, dann mußte es ein ganzes Jahr bei einem G rückwärts hinabsinken, um in der Nähe des Sterns interplanetarische statt interstellare Geschwindigkeit erreicht zu haben. Man gedachte dann die Suche nach einem zur Aufnahme menschlichen Lebens geeigneten Planeten durchzuführen. Diese Aufgabe würde leicht zu lösen sein, da die einzigen Planeten, an denen sie interessiert sein konnten, hell leuchten mußten, wie die Venus von der Erde aus; sie konnten nichts mit kalten Planeten vom Typ Neptun oder Pluto anfangen, die in fernen Schatten lauerten, noch mit versengten Aschenklumpen der Art Merkurs, der sich in den flammenden Röcken der Muttersonne verbarg.

Falls kein erdähnlicher Planet zu finden war, mußten sie nahe an die fremde Sonne heranfliegen und sich wieder vom Lichtdruck hinausschießen lassen, um anderswo die Suche nach einem Heim fortzusetzen, mit dem Unterschied, daß sie diesmal in Ruhe den neuen Kurs würden festlegen können.

Lazarus erklärte, daß die ›New Frontiers‹ in keinem dieser Fälle landen würde; sie war zu groß dafür und müßte sich durch ihr Gewicht selbst zerstören. Statt dessen würde man sie, falls ein Planet gefunden wurde, in eine Parkbahn um den Planeten bringen und mit Raumbooten Suchteams hinunterschicken.

Sobald es ohne Peinlichkeit möglich war, verließ Lazarus die beiden jungen Frauen und ging zum Labor, wo die Familien ihre Forschungen in Metabolismus und Gerontologie fortführten. Er hoffte, dort Mary Sperling zu finden; der Vorfall mit Nancy Weatheral ließ ihn ihre Gesellschaft suchen. Falls er jemals wieder heiraten sollte, dachte er bei sich, entsprach ihm Mary weit mehr. Nicht, daß er ernstlich daran dachte; er fühlte, daß eine Verbindung zwischen ihm und Mary den lächerlichen Beigeschmack von Lavendel und alten Spitzen haben würde.

Mary Sperling, die sich im Schiff eingesperrt vorkam und den symbolischen Tod des Kaltschlafs nicht akzeptieren konnte, hatte ihre Todesfurcht durch freiwillige Meldung als Laborassistentin in der Forschung über Langlebigkeit in vernünftige Bahnen gelenkt. Sie war keine ausgebildete Biologin, besaß aber geschickte Finger und einen lebhaften Verstand. Die geduldigen Jahre des Fluges hatten sie für Dr. Gordon Hardy, den wissenschaftlichen Leiter, zu einer wertvollen Gehilfin werden lassen.

Lazarus fand sie bei dem unsterblichen Hühnerherzgewebe, das beim Laborteam ›Mrs. Hawkins‹ hieß. Mrs. Hawkins war älter als alle Mitglieder der Familien, mit Ausnahme vielleicht von Lazarus; es handelte sich dabei um ein wachsendes Gewebestück, das die Familien im zwanzigsten Jahrhundert von der Rockefeller-Stiftung erworben hatten, und schon damals waren die Gewebe seit Anfang des zwanzigsten Jahrhunderts am Leben gewesen. Dr. Hardy und seine Vorgänger hatten ihr Teil davon jetzt über zwei Jahrhunderte am Leben erhalten, mit Hilfe der Carrell-Lindbergh-O'Shaugschen Techniken – und Mrs. Hawkins gedieh vorzüglich.

Gordon Hardy hatte darauf bestanden, das Gewebe und die Apparaturen mit in das Lager zu nehmen, als man ihn verhaftete. Er war ebenso hartnäckig geblieben, als es um die Flucht mit der ›Chili‹ ging. Jetzt lebte Mrs. Hawkins immer noch und gedieh in der ›New Frontiers‹, fünfzig oder sechzig Pfund stark – blind, taub und gehirnlos, aber am Leben.

Mary Sperling nahm einen Probeschnitt daran vor. »Guten Tag, Lazarus«, begrüßte sie ihn. »Bleiben Sie stehen. Der Tank ist offen.«

Er sah ihr bei der Arbeit zu. »Mary, was erhält dieses alberne Ding am Leben?« meinte er.

»Sie haben die Frage verkehrt gestellt«, erwiderte sie, ohne aufzusehen. »Richtig muß es heißen: Warum sollte es sterben? Warum sollte es nicht ewig leben?«

»Ich wäre froh, wenn es endlich stürbe!« tönte die Stimme Dr.

Hardys hinter ihnen. »Dann könnten wir nachsehen, warum das alles so ist.«

»Von Mrs. Hawkins erfahren Sie das nie, Chef«, sagte Mary. »Der Schlüssel zur Materie steckt in den Gonaden – sie hat keine.«

»Hmpff! Was verstehen Sie davon?«

»Weibliche Intuition. Was wissen Sie davon?«

»Nichts, absolut gar nichts – und damit bin ich Ihnen samt Ihrer Intuition voraus.«

»Vielleicht. Jedenfalls habe ich Sie gekannt, als Sie noch nicht stubenrein waren«, meinte Mary hämisch.

»Ein typisch weibliches Argument; Mary, dieser Muskelklumpen hat gegackert und Eier gelegt, bevor wir beide auf der Welt waren, und trotzdem weiß es nichts.« Er starrte es grimmig an. »Lazarus, ich würde das Ding mit Freuden gegen ein Karpfenpaar, Männchen und Weibchen, austauschen.«

»Warum Karpfen?« fragte Lazarus.

»Weil Karpfen nicht zu sterben scheinen, Sie werden getötet oder gefressen, sie verhungern oder gehen an einer Infektion zugrunde, aber soviel wir bis jetzt wissen, sterben sie nicht aus natürlichen Gründen.«

»Warum nicht?«

»Das wollte ich ja eben feststellen, als wir auf diese verdammte Safari gelockt wurden. Sie verfügen über eine ungewöhnliche Darmflora, und das hat vielleicht etwas damit zu tun. Aber ich glaube eher, es hängt damit zusammen, daß sie nie zu wachsen aufhören.«

Mary sagte etwas Unverständliches. Hardy meinte: »Was murmeln Sie da? Schon wieder eine Intuition?«

»Ich habe gesagt: ›Amöben sterben nicht‹. Sie behaupten selbst, daß jede jetzt lebende Amöbe seit, nun, fünfzig Millionen Jahren existiert. Und trotzdem werden sie nicht größer, und eine Darmflora haben sie ganz sicher auch nicht.«

»Keinen Mumm in den Knochen«, sagte Lazarus blinzelnd.

»Kein guter Witz, Lazarus. Aber was ich gesagt habe, stimmt. Sie sterben nicht. Sie teilen sich nur und leben weiter.«

»Eine strukturelle Parallele mag es da schon geben«, meinte Hardy ungeduldig. »Aber ich werde noch verrückt, weil ich keine Experimentierexemplare habe. Da fällt mir übrigens ein, Lazarus: gut, daß Sie gekommen sind. Tun Sie mir einen Gefallen?«

»Reden Sie. Vielleicht bin ich gut aufgelegt.«

»Sie sind selbst ein interessanter Fall, wissen Sie. Sie folgten nicht den genetischen Gegebenheiten, Sie haben sie vorausgeahnt.

Ich will Ihren Körper nicht in den Konverter stecken, nur untersuchen.«

Lazarus schnaubte verächtlich. »Ich habe nichts dagegen, Freundchen. Aber sagen Sie wenigstens Ihrem Nachfolger Bescheid, wonach er suchen soll – Sie leben sicher nicht so lange. Und ich wette, was Sie wollen, daß niemand es findet, wenn er in meinem Kadaver herumstochert.«

Der Planet, den sie erhofft hatten, lag vor ihnen, grün, blühend und jung, der Erde so ähnlich, wie ein Planet das nur sein konnte. Nicht nur war er erdähnlich, auch der Rest des Sternsystems entsprach im wesentlichen dem Gefüge des Sonnensystems – kleine, erdverwandte Planeten nahe dieser Sonne, große Jupiter-Planeten weit draußen. Die Kosmologen hatten das Sonnensystem nie richtig erklären können; sie schwankten zwischen Entstehungstheorien, die nicht haltbar waren, und ›soliden‹ theoretisch-physikalischen ›Beweisen‹, daß ein solches System überhaupt nie hätte entstehen können. Trotzdem gab es hier ein weiteres System von solcher Ähnlichkeit mit dem ersten, daß die Paradoxe nicht einmalig waren, ja sogar allgemein sein konnten.

Aber erstaunlicher noch, erregender und zweifellos beunruhigender war eine andere Tatsache, die man beim Näherkommen durch teleskopische Beobachtungen machen konnte. Der Planet trug Leben ... intelligentes Leben ... zivilisiertes Leben.

Man konnte die Städte sehen. Die technischen Anlagen, eigenartig in Form und Zweckbestimmung, waren groß genug, um vom Weltraum aus erkannt zu werden, wie man die unsrigen sehen kann.

Trotzdem, obwohl das heißen mochte, daß sie sich wieder auf den mühsamen Weg zu machen hatten, schien die beherrschende Rasse den zur Verfügung stehenden Lebensraum nicht ausgefüllt zu haben. Es mochte auf diesem weiten Kontinent Platz für ihre kleine Kolonie geben. Wenn eine Kolonie willkommen war ...

»Um ehrlich zu sein«, erregte sich Captain King, »ich hatte so etwas nicht erwartet. Primitive Eingeborene vielleicht, und sicherlich gefährliche Tiere, aber unbewußt ging ich wohl davon aus, daß der Mensch die einzige zivilisierte Spezies ist. Wir werden sehr vorsichtig sein müssen.«

King stellte eine Spähabteilung zusammen, die von Lazarus geführt wurde. Er hatte Zutrauen zu Lazarus' praktischem Sinn und Überlebenstrieb gefaßt. King wollte die Gruppe selbst anführen, aber sein Begriff von der Pflicht eines Schiffskapitäns zwang ihn, darauf zu verzichten. Dafür konnte Slayton Ford mitgehen. Lazarus wählte ihn, Ralph Schultz und seine Mitarbeiter. Die übrigen Mitglieder der Vorausabteilung waren Spezialisten – Biochemiker, Geologen, Ökologen, Stereographen, verschiedene Sorten von Psychologen und Soziologen für das Studium der Eingeborenen, einschließlich einer Autorität für McKellvys Strukturtheorie der Nachrichtenübermittlung, dessen Aufgabe es sein sollte, einen Weg zur Verständigung mit den Eingeborenen zu finden.

Keine Waffen –

King weigerte sich rundheraus, sie zu bewaffnen. »Euer Team kann abgeschrieben werden«, sagte er, ohne sich ein Blatt vor den Mund zu nehmen, »denn wir dürfen nicht riskieren, sie durch einen Kampf zu beleidigen, auch nicht zur Selbstverteidigung zwingen. Ihr seid Botschafter, nicht Soldaten. Vergeßt das nicht.«

Lazarus kehrte in seine Kabine zurück, kam wieder und überreichte King mit ernster Miene einen Strahler. Die unter seinem Kilt verborgene Waffe vergaß er zu erwähnen.

Als King sie in die Boote schicken wollte, wurden sie von Janice Schmidt gestört, der Oberschwester für die geistig kranken Angehörigen der Familien. Sie marschierte herein und verlangte King zu sprechen.

Nur eine Krankenschwester konnte das in diesem Augenblick erzwingen; ihr Eigensinn übertraf seine Bissigkeit bei weitem. Er starrte sie grimmig an. »Was soll das heißen?«

»Captain, ich muß Sie wegen eines von meinen Kindern sprechen.«

»Sie haben hier nichts zu suchen. Verschwinden Sie. Kommen Sie in mein Büro – nachdem Sie mit dem Chefarzt gesprochen haben.«

Sie stemmte die Arme in die Hüften. »Sie werden jetzt mit mir reden. Das ist das Landungsteam, nicht wahr? Ich habe etwas für Sie, das Sie sich anhören müssen, bevor die Leute abfliegen.«

King machte den Mund auf, besann sich eines Besseren, und sagte nur: »Machen Sie's kurz.«

Sie tat es. Hans Weatheral, ein Jugendlicher von ungefähr neunzig Jahren und in seiner Erscheinung immer noch ein Heranwachsender, verursacht durch eine überaktive Thymusdrüse, gehörte zu ihren Pfleglingen. Er verfügte über eine minderwertige, aber nicht schwachsinnige Mentalität, war von chronischer Apathie befallen und litt an einer neuro-muskulären Erkrankung, so daß er sich nicht selbst ernähren konnte – und er war hochgradig telepathisch begabt.

Er hatte Janice erklärt, daß er alles über den Planeten wisse, den sie jetzt umkreisten. Seine Freunde auf dem Planeten hätten ihm darüber berichtet ... und sie erwarteten ihn.

Der Abflug des Landungsbootes wurde hinausgeschoben; King und Lazarus stellten eine Untersuchung an. Hans gab seine Informationen sachlich wieder, und das Wenige, was davon überprüft werden konnte, traf zu. Nur hinsichtlich seiner ›Freunde‹ erwies er sich als nicht besonders ergiebig. »Oh, einfach Leute«, sagte er und schüttelte den Kopf über ihre Dummheit. »So ähnlich wie zu Hause. Nette Leute. Gehen zur Arbeit, zur Schule, zur Kirche. Sie haben Kinder und genießen das Leben. Sie werden euch gefallen.«

Aber in einem Punkt drückte er sich ganz klar aus. Seine Freunde erwarteten ihn, deshalb mußte er mitfliegen.

Gegen seinen Wunsch und gegen besseres Wissen sah Lazarus Hans Weatheral, Janice Schmidt und eine Tragbahre seiner Expedition zugeteilt.

Als das Team drei Tage später zurückkehrte, erstattete Lazarus dem Kapitän unter vier Augen Bericht, während die Feststellungen der Spezialisten analysiert und miteinander verglichen wurden. »Die Ähnlichkeit mit der Erde ist so frappant, King, daß man krank vor Heimweh werden könnte. Aber die Unterschiede andererseits so groß, daß man erstickt – es ist, als sähe man in den Spiegel und fände ein Gesicht mit drei Augen und ohne Nase. Unheimlich.«

»Und was ist mit den Eingeborenen?«

»Ich komme noch darauf. Wir überflogen kurz einmal die Tagseite, um uns alles anzusehen. Alles ist so, wie wir es durch die Teleskope beobachten konnten. Dann landete ich dort, wo Hans es mir empfahl, in einer Lichtung nahe dem Zentrum einer Stadt. Ich selbst hätte mir diese Stelle nicht ausgesucht; ich wäre lieber im Busch niedergegangen, um mich zuerst einmal umzusehen. Aber Sie hatten ja empfohlen, auf die Einfälle von Hans einzugehen.«

»Sie konnten frei entscheiden«, korrigierte ihn King.

»Ja, ja. Jedenfalls wurde es so gemacht. Bis die Techniker die Luft geprüft und auf ihre Gefährlichkeit untersucht hatten, fanden sich zahlreiche Leute ein. Sie – na ja, Sie haben die Bilder ja gesehen.«

»Ja. Unglaublich androidisch!«

»Von wegen androidisch! Sie sind Menschen. Nicht wie wir, aber Menschen.« Lazarus sah den Kapitän unsicher an. »Mir gefällt das nicht.«

King konnte nichts entgegnen. Die Bilder hatten Zweifüßler von zwei Meter zehn bis zwei Meter vierzig Größe gezeigt, bilaterale Symmetrie, Knochenskelett, ausgeprägte Schädel und Linsenaugen. Die Augen waren ihr menschlichstes und angenehmstes Attribut; groß, feucht und traurig, wie die eines Bernhardiners.

Man tat gut daran, sich auf die Augen zu konzentrieren; die anderen Züge waren nicht so erträglich. King wandte den Blick von den schlaffen, zahnlosen Mündern, den gespaltenen Oberlippen ab. Er begriff, daß es lange Zeit dauern würde, bis man diese Wesen liebgewinnen konnte. »Weiter«, sagte er zu Lazarus.

»Wir machten auf, und ich trat allein hinaus, mit leeren Händen und friedlicher, liebenswürdiger Miene. Drei von ihnen traten vor – eifrig, würde ich sagen. Aber sie zeigten nicht lange Interesse an mir; sie schienen darauf zu warten, daß ein anderer herauskam. Ich gab also den Befehl, Hans herauszutragen.

King, Sie werden es nicht glauben! Sie behandelten Hans wie einen lange vermißten Bruder. Nein, das ist nicht der richtige Ausdruck. Eher, als sei er ein im Triumphzug heimkehrender König. Sie waren zu uns anderen höflich, so nebenbei, aber mit Hans gebärdeten sie sich beinahe wie Verrückte.« Lazarus zögerte. »Glauben Sie an Reinkarnation, King?«

»Nicht direkt. Ich habe keine starren Ansichten. Den Bericht des Frawling-Komitees kenne ich natürlich.«

»Ich habe mit diesen Dingen nie etwas anfangen können. Aber wie soll man den Empfang für Hans sonst erklären?«

»Ich will ihn nicht erklären. Fahren Sie fort. Halten Sie es für möglich, hier eine Kolonie zu errichten?«

»Oh, da haben unsere Gastgeber keine Zweifel gelassen«, erwiderte Lazarus. »Hans kann sich nämlich wirklich mit ihnen verständigen, telepathisch. Hans erklärte uns, ihre Götter hätten gestattet, daß wir hier leben, und die Eingeborenen schmiedeten bereits Pläne für unseren Empfang.«

»Was?«

»Ja. Sie wollen uns nehmen.«

»Na! Das ist eine Erleichterung.«

»Wirklich?«

King sah Lazarus an. »Sie haben in jeder Beziehung Günstiges berichtet. Warum diese saure Miene?«

»Ich weiß nicht. Mir wäre es lieber gewesen, wenn wir einen Planeten nur für uns gefunden hätten. Was einem in den Schoß fällt, kann nicht in Ordnung sein.«

2

Die Jockaira – oder Zhacheira, wie manche sie nannten – übergaben den Kolonisten eine ganze Stadt.

Diese erstaunliche Bereitwilligkeit, zusammen mit der plötzlichen Feststellung beinahe aller Familienmitglieder, daß sie Boden unter den Füßen und frische Luft in den Lungen spüren müßten, beschleunigte den Übergang vom Schiff zum Planeten. Man hatte damit gerechnet, wenigstens ein Erdjahr dafür zu benötigen, und wollte die Kaltschläfer nur so schnell wecken, wie sie auf einem Planeten Platz finden konnten. Aber der einzige Hemmschuh war jetzt das begrenzte Aufnahmevermögen der Boote, die praktisch mit einem Schlag hunderttausend Menschen hinabbefördern sollten.

Die Jockaira-Stadt war nicht auf die Bedürfnisse von Menschen abgestimmt. Die Jockaira waren keine menschlichen Wesen, physisch unterschieden sie sich doch in mancher Beziehung von den Familien, und ihre kulturellen Ansprüche, ausgedrückt in der Technik, zeigten sich von gänzlich anderer Art. Aber eine Stadt, jede Stadt, ist eine Maschine zur Erreichung bestimmter praktischer Zwecke; Behausung, Nahrungsmittelversorgung, Nachrichtenübermittlung; die innere Logik dieser Grunderfordernisse, von verschiedenen Wesen auf verschiedene Umweltbedingungen angewandt, erzeugt eine unbegrenzte Zahl von Lösungen. Aber angewandt von einer beliebigen Rasse warmblütiger, sauerstoffatmender, androider Wesen auf eine bestimmte Umwelt, zeigten sich Resultate, die seltsam anmuten mochten, notwendigerweise aber auch für Menschen geeignet sein mußten. In mancher Beziehung wirkte die Jockaira-Stadt so ausgefallen wie ein surrealistisches Gemälde, aber die Menschen haben in Iglus, Grashütten, sogar in Höhlen unter der Antarktis gelebt, die mit den Mitteln der Kybernetik automatisiert waren. Diese Menschen konnten auch die Jockaira-Stadt beziehen, und sie taten es – worauf sie natürlich sofort darangingen, sie nach ihrem Geschmack umzumodeln.

Es war nicht schwierig, obwohl es viel zu tun gab. Gebäude standen bereits – Behausungen mit Dächern darüber, die künstlichen Höhlen, wie sie dem Grundtrieb des Menschen entsprechen. Es spielte keine Rolle, wofür die Jockaira ein solches Gebäude verwendet hatten; die Menschen konnten es beinahe für alles gebrauchen: zum Schlafen, für die Erholung, für Lager- und Produktionszwecke. Es gab auch echte ›Höhlen‹, denn die Jockaira graben sich häufiger ein als wir. Aber der Mensch wird bei Gelegenheit gern zum Höhlenbewohner, in New York ebenso wie in der Antarktis.

Frisches, genießbares Wasser wurde zum Trinken und für Waschzwecke herangeleitet. Ein wesentlicher Nachteil war im Fehlen von Kanalisations- und Wasserleitungen zu erblicken; die Stadt besaß keine umfassende Drainage-Anlage. Die ›Jocks‹ badeten nicht in Wasser, und ihre sanitären Bedürfnisse unterschieden sich von den unsrigen und wurden auch anders ausgeführt. Man mußte die Erfrischer des Schiffes nachbauen und sie ummodeln, so daß sie sich an die Abwasseranlagen der Jockairas anschließen ließen. Zunächst blieben Bäder ein rationierter Luxus, bis man entsprechende Einrichtungen schaffen konnte. Bäder sind keine Notwendigkeit.

Solche Modifizierungsbestrebungen waren kaum von Bedeutung im Vergleich zu dem Sofortprogramm hinsichtlich der Hydroponikfarmen, da die meisten Kaltschläfer nicht geweckt werden konnten, bis die Nahrungsmittelversorgung gesichert war. Die Ungeduldigen wollten alle Hydroponikanlagen des Schiffes herausreißen, sie auf den Planeten schaffen und dort in Betrieb nehmen; in der Übergangszeit sollte man sich auf Lagervorräte beschränken; eine vorsichtigere Minderheit gedachte nur eine Probeanlage herunterzuholen und die Nahrung weiterhin im Schiff zu züchten. Ihre Anhänger wiesen darauf hin, daß unvermutete Viren des fremden Planeten zu einer Katastrophe führen konnten ... zum Verhungern.

Die Minderheit, mit Nachdruck geführt von Ford und Barstow, unterstützt von King, behielt die Oberhand. Eine der Hydroponikfarmen des Schiffes wurde abgelassen und außer Dienst gestellt. Man zerlegte sie in so kleine Teile, daß sie in die Boote verladen werden konnten.

Aber selbst diese Fracht erreichte den Planeten nicht. Die eigenen Produkte des Planeten erwiesen sich für den menschlichen Verzehr als brauchbar, und die Jockaira waren geradezu darauf versessen, sie zu verschenken. Man bemühte sich statt dessen, Gewächse der Erde im fremden Boden heimisch zu machen, um die Jockairanahrung mit den Sorten anzureichern, an die der Mensch gewöhnt war. Die Jockaira traten auf den Plan und bemächtigten sich beinahe ganz dieses Unternehmens; sie waren großartige ›Farmer‹ und schienen mit Vergnügen alles heranzüchten zu wollen, was ihre Gäste wünschten.

Ford verlegte sein Hauptquartier in die Stadt, als die Versorgung für mehr als eine Versuchsgruppe sichergestellt war, während

King im Schiff blieb. Man weckte die Schläfer und schaffte sie auf den Planeten, wo schnell Unterkunft für sie bereitgestellt werden konnte. Trotz der Sicherstellung von Nahrung, Behausung und Trinkwasser blieb noch viel zu tun, um ein Minimum an Bequemlichkeit zu erreichen. Die beiden Kulturen unterschieden sich grundlegend voneinander. Die Jockaira schienen ängstlich bemüht, überall hilfreich mitzutun, aber sie kamen oft mit den Dingen nicht zurecht, die diese Menschen vorhatten. Die Jockaira-Kultur schien eine Privatsphäre nicht zu kennen; die Gebäude der Stadt hatten keine Zwischenwände, die nicht statische Aufgaben erfüllten. Man benutzte vorwiegend Säulen und Pfosten. Man konnte nicht verstehen, warum die Menschen diese weiten Räume in Zimmerchen und Korridore aufteilten; man begriff einfach nicht, warum jemand den Wunsch haben konnte, zu irgendeinem Zweck allein zu sein.

Anscheinend – es steht nicht fest, da die abstrakte Verständigung nie eine höhere Ebene erreichte – entschied man schließlich, daß das Alleinsein für die Wesen von der Erde von religiöser Bedeutung war. Jedenfalls bot man wieder jegliche Hilfe an. Man lieferte dünne Platten aus einem Material, das zu Zwischenwänden geformt werden konnte – mit ihren Werkzeugen, und nur mit diesen. Der Stoff brachte die Ingenieure beinahe zur Verzweiflung. Kein unserer Technik bekanntes Korrosionsmittel vermochte ihm etwas anzuhaben; sogar die Reaktionen, unter denen die stabilen Fluorin-Kunststoffe für die Aufbewahrung von Uranverbindungen zerfielen, zeigten keinerlei Wirkung. Diamantsägen zerbrachen daran, Hitze schmolz den Stoff nicht, die Kälte ließ ihn nicht erstarren. Er hielt Licht, Schall und alle Strahlungen ab, die man zu erzeugen vermochte. Die Zugfestigkeit ließ sich nicht definieren, weil man das Material nicht zerbrechen konnte. Dabei war es mit den Werkzeugen der Jockairas sehr leicht möglich, ihn zu schneiden, zu formen, wieder zusammenzuschweißen, auch wenn diese von Menschenhand bedient wurden.

Die menschlichen Techniker mußten sich an solche Dinge einfach gewöhnen. Nach dem Kriterium der Kontrolle über die Umwelt durch Technologie waren die Jockairas zweifellos so zivilisiert wie die Menschen. Aber ihre Entwicklung war auf anderen Bahnen erfolgt.

Die wesentlichen Unterschiede zwischen den beiden Kulturen lagen weit tiefer als nur in der Technologie. Obwohl stets freundlich und hilfsbereit, waren die Jockaira nicht menschlich. Sie dachten anders, sie hatten andere Maßstäbe, ihre Gesellschafts- und

Sprachenstruktur spiegelte ihre un-menschliche Art wider, und beide waren menschlichen Wesen unverständlich.

Oliver Johnson, der Semantiker, der es übernahm, eine gemeinsame Sprache zu entwickeln, hatte es zunächst nicht schwer, da er die Verständigung über Hans Weatheral benützen konnte.

»Natürlich ist Hans nicht gerade ein Genie«, erklärte er Slayton Ford und Lazarus, »eher ein Schwachsinniger. Das beschränkt die Anzahl der Wörter, die ich durch ihn übersetzen kann, auf Ideen, die er begreift. Aber das verschafft mir einen Grund-Wortschatz, mit dem sich etwas anfangen läßt.«

»Genügt denn das nicht?« fragte Ford. »Soviel ich gehört habe, sollen achthundert Wörter genügen, jede Idee auszudrücken.«

»Daran ist etwas Wahres«, gab Johnson zu. »Weniger als tausend Wörter genügen für alle normalen Ereignisse. Ich habe nicht ganz siebenhundert von ihren Ausdrücken ausgewählt, um uns eine funktionierende lingua franca zu schaffen. Feinere Unterscheidungen und Ausdrucksdifferenzen müssen warten, bis wir sie besser kennen und verstehen. Ein kleiner Wortschatz ist nicht für Abstraktionen schwierigerer Art geeignet.«

»Quatsch«, sagte Lazarus, »siebenhundert Wörter müßten doch genügen. Ich habe weder vor, mich in diese Wesen zu verlieben noch mit ihnen über Gedichte zu sprechen.«

Seine Meinung schien gerechtfertigt. Die meisten Familienangehörigen lernten die Jockaira-Sprache in zwei bis vier Wochen nach der Ankunft, und sie unterhielten sich mit ihren Gastgebern, als hätten sie ihr Leben lang nichts anderes gekannt. Alle Menschen waren in den Grundlagen von Mnemotechnik und Semantik geschult; eine Hilfssprache mit kleinem Wortschatz ließ sich unter dem Anreiz der Notwendigkeit und den ständigen Gelegenheiten praktischer Übung schnell erlernen – abgesehen natürlich von dem üblichen Prozentsatz unerschütterlicher Provinztypen, die davon ausgingen, daß die ›Eingeborenen‹ Englisch zu lernen hatten.

Die Jockaira lernten nicht Englisch. Erstens zeigte nicht einer von ihnen auch nur das leiseste Interesse. Man durfte auch nicht erwarten, daß Millionen die Sprache von einigen Tausend erlernten. Im übrigen kam die gespaltene Oberlippe eines Jockaira mit ›m‹, ›p‹ und ›b‹ nicht zurecht, während die Guttural-, Zisch-, Zahn- und Zungenlaute, die bei ihnen gebräuchlich waren, von der menschlichen Kehle nachgeahmt werden konnten.

Lazarus sah sich gezwungen, seinen ersten schlechten Eindruck von den Jockaira zu revidieren. Es war unmöglich, sie nicht gernzuhaben, sobald sich einmal die Fremdartigkeit ihrer Erscheinung gemildert hatte. Sie waren so gastfreundlich, so großzügig, so liebenswürdig, so bemüht zu gefallen. Er schloß sich ganz besonders an Kreel Sarloo an, der als eine Art Verbindungsmann zwischen den Familien und den Jockaira fungierte. Sarloo bekleidete unter seinen Leuten eine Stellung, die sich grob als ›Häuptling‹, ›Vater‹, ›Priester‹ oder ›Anführer‹ der Kreel-Familie oder des Kreel-Stammes übersetzen ließ. Er lud Lazarus ein, ihn in der ihrer Kolonie benachbarten Jockaira-Stadt zu besuchen. »Meine Leute möchten Sie sehen und Ihre Haut riechen«, sagte er. »Das wird eine glücklichmachende Sache sein. Die Götter freuen sich.«

Sarloo schien keinen Satz formulieren zu können, in dem ein Hinweis auf seine Götter fehlte. Lazarus machte das nichts aus. Den Glaubensüberzeugungen anderer begegnete er mit toleranter Gleichgültigkeit. »Ich komme, Sarloo, alter Knabe. Auch für mich wird das eine glücklichmachende Sache sein.«

Sarloo holte ihn mit dem üblichen Fahrzeug der Jockaira ab, einem räderlosen Wagen von der ungefähren Form einer Suppenschüssel, die lautlos und schnell über dem Boden dahinhuschte. Lazarus kauerte im Fahrzeug, während Sarloo es mit einer Geschwindigkeit dahinrasen ließ, die Lazarus das Wasser in die Augen trieb.

»Sarloo«, sagte Lazarus laut, um den Wind zu übertönen, »wie funktioniert denn dieses Ding? Was treibt es an?«

»Die Götter atmen auf die –« Sarloo benützte ein Wort, das in ihrer gemeinsamen Sprache fehlte – »und verursachen seinen Ortswechsel.«

Lazarus wollte um eine genauere Erklärung bitten, beherrschte sich aber. An dieser Antwort war ihm etwas bekannt vorgekommen, und er sah auch bald, warum. Er hatte einem der Wasserwesen der Venus einmal eine ganz ähnliche Antwort gegeben, als man ihn bat, den in einem frühen Modell der Moortraktoren verwendeten Dieselmotor zu erklären. Lazarus hatte nicht geheimnisvoll erscheinen wollen; die unzureichende gemeinsame Sprache lähmte einfach seine Zunge.

»Sarloo, ich möchte Bilder von den inneren Vorgängen sehen«, meinte er und deutete auf den Boden des Fahrzeugs. »Habt ihr Bilder?«

»Die Bilder sind im Tempel«, erklärte Sarloo. »Ihr dürft den Tempel nicht betreten.« Seine großen Augen starrten Lazarus traurig an und weckten den Eindruck in ihm, daß der Jockaira-Anführer die Taktlosigkeit seines Freundes bedauerte. Lazarus ließ das Thema hastig fallen.

Aber der Gedanke an die Venusier brachte ihn auf etwas anderes. Die Wasserwesen, durch die unvergänglichen Wolken der Venus für immer von der Außenwelt abgeschnitten, glaubten einfach nicht an Astronomie. Die Ankunft der Erdbewohner hatte sie gezwungen, ihre Vorstellung vom Kosmos etwas zu revidieren, aber man hatte Grund zu der Annahme, daß ihre korrigierte Anschauung der Wahrheit um nichts näherkam. Lazarus fragte sich, was die Jockaira über Besucher aus dem All dachten. Sie hatten keinerlei Überraschung gezeigt – oder doch?

»Sarloo«, fragte er, »wissen Sie, woher ich und meine Brüder kommen?«

»Ich weiß es«, erwiderte Sarloo. »Ihr kommt von einer fernen Sonne – so fern, daß viele Jahreszeiten kommen und gehen würden, während das Licht diese lange Reise macht.«

Lazarus war erstaunt. »Wer hat euch das gesagt?«

»Die Götter. Ihr Bruder Libby sprach darüber.«

Lazarus war bereit, jede Wette einzugehen, daß die Götter nichts davon erwähnt hatten, nachdem Libby Kreel Sarloo aufgeklärt hatte. Aber er blieb freundlich. Er wollte Sarloo doch noch fragen, ob er erstaunt gewesen sei, Besucher vom Himmel herabschweben zu sehen, aber ihm fiel kein Jockaira-Begriff für Überraschung oder wundern ein. Er versuchte die Frage noch zu formulieren, als Sarloo wieder zu sprechen begann: »Die Väter meines Volkes flogen durch den Himmel wie ihr, aber das war vor der Ankunft der Götter. Die Götter geboten uns in ihrer Weisheit, damit aufzuhören.«

Und das ist nichts anderes als eine faustdicke Lüge, dachte Lazarus. Es gab nicht den geringsten Hinweis darauf, daß die Jockaira jemals ihren Planeten verlassen hatten.

In Sarloos Heim stand Lazarus an diesem Abend eine lange Sitzung durch, die er als Unterhaltung für den Ehrengast, also für sich selbst, ansah. Er hockte neben Sarloo auf einem erhöhten Podest in dem riesigen Aufenthaltsraum des Stammes Kreel und hörte sich zwei Stunden lang ein Geheul an, das vielleicht als Gesang empfunden wurde. Lazarus war zwar der Ansicht, daß man bessere Musik erzeugen konnte, wenn man fünfzig diversen Hunden gleichzeitig auf die Schwänze trat, aber er versuchte, das Ganze im dargebotenen Sinn zu akzeptieren.

Libby behauptete tatsächlich, wie Lazarus einfiel, daß dieses Massengeheule der Jockaira Musik sei, und daß man sie genießen könne, sobald man gelernt habe, die Intervall-Beziehungen zu begreifen.

Lazarus bezweifelte das.

Aber er mußte zugeben, daß Libby die Jockaira in mancher Beziehung besser verstand als er. Libby hatte erfreut festgestellt, daß die Jockaira ausgezeichnete Mathematiker waren. Vor allem besaßen sie ein Gefühl für die Zahlen, das seiner eigenen Begabung entsprach. Ihre Arithmetik war für normale Menschen viel zu kompliziert. Eine Zahl, jede Zahl, ob groß oder klein, galt ihnen als einmalige Einheit, dazu da, um in sich erkannt und begriffen zu werden, nicht nur als Gruppierung kleinerer Zahlen. Demzufolge benützten sie jeden beliebigen Stellenwert oder Exponenten mit jeder Grundzahl, rational, irrational oder variabel – oder auch ohne diese.

Es war unwahrscheinliches Glück, dachte Lazarus, daß Libby als mathematischer Übersetzer zwischen den Jockaira und den Familien zur Verfügung stand, sonst wäre es praktisch unmöglich gewesen, die neuen technischen Methoden zu verstehen, die von den Jockairas gezeigt wurden.

Er fragte sich, warum die Jockaira kein Interesse an der Erlernung menschlicher Technologie zeigten, die man ihnen im Gegenzug anbot.

Die gräßlichen Dissonanzen verklangen, und Lazarus konzentrierte sich wieder auf den Schauplatz. Man brachte Nahrung, und die Kreel-Familie fiel mit jener grenzenlosen Begeisterung darüber her, mit der die Jockaira alles anpackten. Von Würde hält man hier nicht viel, dachte Lazarus. Eine große Schüssel, einen halben Meter im Durchmesser und bis an den Rand mit einer amorphen Masse gefüllt, wurde vor Kreel Sarloo niedergesetzt. Ein Dutzend Kreels drängten heran und griffen hinein, ohne ihrem Senior den Vortritt zu lassen. Aber Sarloo schlug gelassen ein paar Verwandte in die Flucht, steckte eine Hand in die Nahrung, holte einen Klumpen heraus und knetete ihn in der Fläche seiner Doppel-Daumenhand zu einer Kugel. Diese Kugel schob er dann auf Lazarus' Mund zu.

Lazarus war nicht empfindlich, aber er mußte sich erstens daran erinnern, daß Jockaira-Nahrung für Menschen eßbar war, und zweitens, daß er sich sowieso keine Krankheit von ihnen holen konnte, bevor er es über sich brachte, den angebotenen Leckerbissen zu probieren.

Er biß hinein. Hmmm ... nicht allzu schlecht – ziemlich mild und klebrig, ohne besonderen Geschmack. Auch nicht gerade gut, aber man brachte es hinunter. Grimmig entschlossen, die Ehre seiner Rasse hochzuhalten, aß er weiter, wobei er sich für die allernächste Zeit eine ordentliche Mahlzeit versprach. Als er einsah, daß ein Bissen mehr physischen und gesellschaftlichen Ruin bedeuten mußte, verfiel er auf einen Ausweg. Er griff in die Gemeinschaftsschüssel, holte eine Handvoll heraus, formte sie zu einer Kugel und bot sie Sarloo an.

Er hatte ein Meisterstück der Diplomatie geliefert. Den Rest der Mahlzeit hindurch fütterte Lazarus den anderen, fütterte ihn, bis seine Arme schwer wurden, bis er über die Aufnahmefähigkeit seines Gastgebers nur noch staunen konnte.

Nach dem Essen schliefen sie, und Lazarus schlief buchstäblich mit der Familie. Sie schliefen, wo sie gegessen hatten, ohne Betten, und verteilten sich so zufällig wie Laub auf einem Pfad oder junge Hunde in einem Zwinger. Zu seiner Überraschung schlief Lazarus gut. Er erwachte erst, als künstliche Sonnen in der Höhlendecke in geheimnisvollem Takt mit der neuen Dämmerung aufleuchteten. In seiner Nähe schlief Sarloo immer noch, schnarchend. Lazarus stellte fest, daß ein Jockaira-Kind im Löffelchen-Stil an seinem Bauch schlummerte.

Er spürte eine Bewegung an seinem Rücken, ein Scharren an seinem Oberschenkel. Er drehte sich vorsichtig um und entdeckte, daß ein anderer Jockaira – nach menschlicher Zeitrechnung sechs Jahre alt – seine Strahlerpistole aus dem Halfter gezogen hatte und neugierig in den Lauf starrte.

Mit hastiger Vorsicht nahm Lazarus das tödliche Spielzeug aus den widerstrebenden Fingern des Kindes, bemerkte erleichtert, daß die Sicherung nicht gelöst war, und steckte die Pistole wieder ein. Lazarus erntete einen vorwurfsvollen Blick; das Kind schien in Tränen ausbrechen zu wollen. »Pst«, flüsterte Lazarus, »du weckst doch deinen Alten auf. Komm –«, er legte den linken Arm um das Kind und drückte es an sich. Der kleine Jockaira schmiegte sich an ihn, legte einen weichen, feuchten Mund an seine Haut und schlief sofort ein.

Lazarus sah auf ihn hinunter. »Du bist ein netter kleiner Kerl«, sagte er leise. »Ich könnte dich gernhaben, wenn ich mich jemals an deinen Geruch gewöhnen würde.«

Einige der Vorfälle zwischen den beiden Rassen wären komisch gewesen, hätten sie nicht großen Ärger mit sich gebracht. Zum Beispiel der Fall von Eleanor Johnsons Sohn Herbert. Er war die personifizierte Neugierde. Eines Tages sah er zwei Technikern, einem Menschen und einem Jockaira, zu, als sie eine Energiequelle den Bedürfnissen menschlicher Maschinen anpaßten. Der Jockaira amüsierte sich offensichtlich über den Jungen und hob ihn hoch, unzweifelhaft ohne Hintergedanken.

Herbert begann zu brüllen.

Seine Mutter, nie weit von ihm entfernt, warf sich in den Kampf. Sie hatte weder die Kraft noch die Geschicklichkeit, die erstrebte Totalvernichtung zu erreichen; der große Jockaira blieb unverletzt, aber dieser Zwischenfall führte zu einer unangenehmen Situation.

Administrator Ford und Oliver Johnson bemühten sich, den verblüfften Jockaira den Vorfall zu erklären. Zum Glück wirkten sie eher beleidigt als rachsüchtig.

Ford ließ Eleanor Johnson zu sich rufen. »Sie haben durch Ihre Dummheit die ganze Kolonie in Gefahr gebracht –«

»Aber ich –«

»Ruhe! Wenn Sie den Jungen nicht verzogen hätten, würde er sich anständig aufführen. Wenn Sie nicht schon halb den Verstand verloren hätten, wären Sie wenigstens vernünftig geblieben. Der Junge geht ab sofort in die regulären Entwicklungsklassen, und Sie lassen ihn in Ruhe. Beim geringsten Zeichen von Feindschaft gegenüber den Eingeborenen bekommen Sie ein paar Jahre Kaltschlaf aufgebrummt. Verschwinden Sie!«

Ford sah sich bei Janice Schmidt zu beinahe ebenso massiven Maßnahmen gezwungen. Das Hans Weatheral von den Jockaira bezeugte Interesse erstreckte sich auf alle telepathischen Kranken. Die Eingeborenen schienen durch die bloße Tatsache in zitternde Anbetung zu verfallen, daß diese Leute sich mit ihnen direkt verständigen konnten. Kreel Sarloo teilte Ford mit, daß er die Telepathen im evakuierten Tempel der von den Menschen bewohnten Stadt untergebracht sehen wolle und daß die Jockaira ihre Bedienung selbst zu übernehmen gedächten. Es handelte sich mehr um einen Befehl als um eine Bitte.

Janice Schmidt gab Fords Drängen widerwillig nach, und Jockaira-Pflegerinnen nahmen unter ihrem eifersüchtigen Blick die Arbeit auf.

Jeder Telepath von höherer Intelligenz als der halb schwachsinnige Hans Weatheral entwickelte sofort spontane und extreme Psychosen.

Ford hatte also auch dieses Problem zu lösen. Janice Schmidt war bestimmter, allerdings auch weit intelligenter als Eleanor Johnson. Ford mußte Janice mit der Drohung, ihr die ›geliebten Kinder‹ ganz wegzunehmen, zum Friedensschluß zwingen. Kreel Sarloo akzeptierte erschrocken einen Kompromiß, wonach Janice und ihre Hilfsschwestern die Pflege der armen Psychopathen wieder übernähmen, während die Jockaira sich um die schwachsinnigen Telepathen kümmern durften.

Die größten Schwierigkeiten ergaben sich aus den – Zunamen.

Jeder Jockaira hatte einen Einzelnamen und einen Zunamen. Die Zunamen waren, ähnlich wie bei den Familien, zahlenmäßig begrenzt. Der Zuname eines Eingeborenen bezog sich gleichermaßen auf seinen Stamm wie auf den Tempel, in dem er betete.

Kreel Sarloo brachte das Thema bei Ford zur Sprache. »Hoher Vater der fremden Brüder«, sagte er, »die Zeit, eure Zunamen zu wählen, ist gekommen.« (Die Übertragung von Sarloos Ansprache ins Englische enthält unvermeidbare Fehler.)

Ford war in der Verständigung mit den Jockairas an Schwierigkeiten gewöhnt. »Sarloo, Bruder und Freund«, erwiderte er, »ich höre Ihre Worte, aber ich verstehe nicht. Sprechen Sie deutlicher.«

Sarloo begann von neuem. »Fremder Bruder, die Jahreszeiten kommen, die Jahreszeiten gehen, und es gibt eine Zeit der Reife. Die Götter sagen uns, daß ihr, die fremden Brüder, jene Zeit in eurer Erziehung (?) erreicht habt, da ihr euren Stamm und euren Tempel wählen müßt. Ich bin gekommen, um mit euch die Vorbereitungen (Zeremonien?) zu besprechen, mit denen jeder seinen Zunamen bestimmen wird. Ich spreche darin für die Götter. Aber lassen Sie mich persönlich sagen, daß ich mich sehr glücklich schätzen würde, wenn Sie, mein Bruder Ford, den Tempel Kreel wählen würden.«

Ford suchte ihn hinzuhalten, während er sich bemühte, hinter den Sinn der Worte zu kommen. »Ich bin glücklich, daß Sie mir Ihren Zunamen geben wollen. Aber meine Leute haben bereits ihre eigenen Zunamen.«

Sarloo machte eine wegwerfende Geste. »Ihre gegenwärtigen Zunamen sind Worte und sonst nichts. Jetzt müssen Sie ihre wirklichen Zunamen wählen, jeder den Namen seines Tempels und des Gottes, den er verehren will, Kinder werden erwachsen.«

Ford sah ein, daß er Rat brauchte. »Muß das sofort erfolgen?«

»Nicht heute, aber in naher Zukunft. Die Götter sind geduldig.«

Ford berief Zaccur Barstow, Oliver Johnson, Lazarus Long und Ralph Schultz zu sich und berichtete von dem Gespräch. Johnson ließ die Aufzeichnung ablaufen und bemühte sich, den Sinn der Worte zu erfassen. Er bereitete mehrere mögliche Übersetzungen vor, vermochte aber keine neuen Gesichtspunkte zu entdecken.

»Es sieht so aus, als müßten wir uns der herrschenden Kirche anschließen oder verschwinden«, meinte Lazarus.

»Ja«, stimmte Zaccur Barstow zu, »soviel scheint festzustehen. Nun, ich glaube, wir können es uns leisten, diesem Glauben Lippendienste zu leisten. Wenige von uns haben religiöse Vorurteile von solcher Stärke, daß sie sich weigern würden, im Interesse der Allgemeinheit diese Förmlichkeiten über sich ergehen zu lassen.«

»Sicher«, meinte Ford. »Ich persönlich habe nichts dagegen, meinem Namen das ›Kreel‹ hinzuzufügen und an ihren Riten teilzunehmen, wenn es hilft, in Frieden zu leben.« Er runzelte die Stirn. »Aber ich möchte nicht unsere Kultur in der ihrigen untergehen sehen.«

»Darüber brauchen Sie sich keine Sorgen zu machen«, versicherte ihm Ralph Schultz. »Gleichgültig, was wir zu tun haben, um ihnen zu Gefallen zu sein, für eine echte kulturelle Assimilation besteht keine Gefahr. Unsere Gehirne sind nicht wie die ihren – ich komme erst langsam dahinter, wie verschieden wir voneinander sind.«

»Ja«, sagte Lazarus, »und ob!«

»Was meinen Sie damit?« erkundigte sich Ford bei Lazarus. »Was haben Sie denn?«

»Nichts. Nur war ich von diesem Planeten nie so begeistert wie alle anderen.«

Sie einigten sich darauf, daß ein Mann zuerst den Versuch wagen und dann Bericht erstatten solle. Lazarus bemühte sich um die Nominierung aufgrund seines Alters; Schultz verlangte sie als Fachmann, aber Ford überstimmte sie und benannte sich selbst, wobei er behauptete, als verantwortlicher Leiter seine Pflicht tun zu müssen.

Lazarus begleitete ihn zu den Toren des Tempels, wo die Einführung stattfinden sollte. Ford trug ebensowenig Kleidung wie die Jockaira, aber Lazarus durfte seinen Kilt anbehalten, da er den Tempel nicht betrat. Viele von den Kolonisten waren nach den im Schiff verbrachten Jahren sonnenhungrig und gingen unbekleidet, wenn es ihnen paßte, wie die Jockaira. Lazarus tat das nie. Das lief nicht nur seinen Ansichten zuwider, ein Strahler wäre an einem nackten Oberschenkel auch allzusehr aufgefallen.

Kreel Sarloo begrüßte sie und führte Ford hinein. Lazarus rief ihm nach: »Kopf hoch!«

Er wartete. Er zündete sich eine Zigarette an und rauchte sie. Er ging hin und her. Er hatte keine Ahnung, wie lange es dauern würde. Es schien jedenfalls mehr Zeit in Anspruch zu nehmen als das tatsächlich der Fall war.

Endlich glitten die Tore zur Seite, und die Eingeborenen strömten heraus. Sie wirkten aufgeregt, und nicht einer von ihnen näherte sich Lazarus. Die Massen am Ausgang teilten sich, formten eine Gasse, eine Gestalt rannte hindurch ins Freie.

Lazarus erkannte Ford.

Ford blieb nicht stehen, sondern rannte blindlings weiter. Er stolperte und fiel zu Boden. Lazarus eilte auf ihn zu.

Ford bemühte sich nicht, aufzustehen. Er lag ausgestreckt, mit dem Gesicht nach unten; seine Schultern zuckten heftig, der ganze Körper wurde von hartem Schluchzen geschüttelt.

Lazarus kniete neben ihm nieder und schüttelte ihn. »Slayton«, rief er, »was ist geschehen? Was fehlt Ihnen denn?« Ford wandte ihm nasse und entsetzte Augen zu. Er sagte nichts, schien Lazarus aber zu erkennen. Er warf sich auf Lazarus, klammerte sich an ihn und begann noch heftiger zu weinen.

Lazarus machte sich los und schlug Ford ins Gesicht. »Hören Sie auf!« schrie er ihn an. »Sagen Sie mir, was los ist.«

Fords Kopf zuckte zur Seite, sein Schluchzen hörte auf, aber er sagte nichts. Seine Augen wirkten glasig. Ein Schatten fiel über ihn; Lazarus fuhr herum und riß den Strahler aus dem Kilt. Kreel Sarloo stand in einiger Entfernung, ohne näherzukommen – nicht der Waffe wegen; er hatte in seinem ganzen Leben noch keine Pistole gesehen.

»Sie!« sagte Lazarus. »Zum – was haben Sie ihm angetan?«

Er beherrschte sich und schaltete auf die Sprache um, die Sarloo verstehen konnte. »Was ist mit meinem Bruder Ford geschehen?«

»Bringt ihn fort«, sagte Sarloo mit zuckenden Lippen. »Das ist schlimm. Das ist sehr schlimm.«

»Wem sagen Sie das!« murmelte Lazarus. Er gab sich keine Mühe, seine Worte zu übersetzen.

3

Die gleiche Gruppe wie vorher trat zusammen; nur der Vorsitzende fehlte. Lazarus erstattete Bericht, Schultz beschrieb Fords Zustand. »Die Ärzte finden nichts. Ich kann mit Sicherheit nur sagen, daß der Administrator an einer undiagnostizierten extremen Psychose leidet. Wir können uns nicht mit ihm verständigen.«

»Spricht er überhaupt nicht?« fragte Barstow.

»Ein paar Worte, über so einfache Dinge wie Essen und Trinken.

Bei jedem Versuch, die Ursache seines Leidens zu erforschen, verfällt er in Hysterie.«

»Keine Diagnose?«

»Nun, wenn Sie eine laienhafte Vermutung hören wollen, würde ich sagen, daß er zu Tode erschrocken ist. Aber ich habe schon oft Angstsyndrome gesehen. Fords Zustand läßt sich damit nicht vergleichen!«

»Aber ich kenne das«, sagte Lazarus plötzlich.

»Sie? Woher?«

»Als ich noch klein war, vor mehr als zweihundert Jahren, fing ich einen erwachsenen Coyoten und sperrte ihn ein. Ich glaubte, ihn zum Jagdhund erziehen zu können. Es ging nicht. Ford benimmt sich genau wie dieser Coyote.«

Lange blieb er still. Schultz sagte schließlich: »Ich verstehe nicht ganz, was Sie meinen. Wo liegt die Parallele?«

»Nun ja«, erwiderte Lazarus zögernd, »es handelt sich natürlich nur um eine Vermutung. Slayton kennt als einziger die Wahrheit, und er kann nicht reden. Aber ich glaube folgendes: Wir haben diese Jockaira von Anfang an falsch beurteilt. Wir gingen davon aus, daß sie Leute seien, weil sie uns ähneln und etwa so zivilisiert sind wie wir. Aber sie sind keine Leute. Sie sind . . . Haustiere.

Einen Augenblick mal!« fügte er hinzu. »Nur nicht aufregen. Es gibt wirkliche Leute auf diesem Planeten. Sie leben in den Tempeln, und die Jockaira bezeichnen sie als Götter. Sie sind Götter!«

Bevor jemand unterbrechen konnte, fuhr Lazarus fort: »Ich weiß, was ihr denkt. Laßt es. Das hat nichts mit Metaphysik zu tun; ich versuche nur, mich so einfach wie möglich auszudrücken. Ich meine, etwas lebt in diesen Tempeln, und es ist, was immer es sein mag, von solcher Bedeutung, daß es die Stelle von Göttern vertreten kann, also sollte man sie ruhig bei diesem Namen nennen. Was immer sie sein mögen, sie sind die wirklich dominierende Rasse auf diesem Planeten – seine eigentlichen Bewohner! Für sie sind alle anderen, Jocks und wir, nur Tiere, wild oder gezähmt. Wir haben zu Unrecht angenommen, eine lokale Religion sei reiner Aberglaube. Sie ist es nicht.«

Barstow sagte langsam: »Und Sie glauben, daß das den Zustand Fords erklärt?«

»Allerdings. Er stieß auf eines dieser Wesen, das den Namen Kreel trägt, und es brachte ihn um den Verstand.«

»Sie gehen also davon aus, jeder diesen . . . Wesen . . . ausgesetzte Mensch müsse wahnsinnig werden?« fragte Schultz.

»Nicht ganz«, erwiderte Lazarus. »Was mich viel mehr ängstigt, ist die Gefahr, daß ich nicht verrückt werden könnte.«

Noch am selben Tag brachen die Jockairas alle Beziehungen zu den Erdbewohnern ab. Das war gut so, sonst hätte es Gewalttätigkeiten gegeben. Angst hing über der Stadt, Angst vor Schlimmerem als dem Tod, Angst vor dem Namenlosen, vor einem Wissen, das den Menschen in ein gebrochenes, gehirnloses Tier verwandeln konnte. Die Jockaira erschienen nicht länger als harmlose Freunde, clownhaft trotz ihrer wissenschaftlichen Leistungen, sondern als Marionetten, als Lockvögel der unsichtbaren, mächtigen Wesen, die sich in den ›Tempeln‹ verbargen.

Man brauchte nicht abzustimmen; mit der Einstimmigkeit einer in panischer Angst aus brennenden Gebäuden stürzenden Menge wollten die Menschen diesen furchtbaren Planeten verlassen. Zaccur Barstow übernahm das Kommando. »Holen Sie King auf den Bildschirm. Sagen Sie ihm, daß er sofort alle Boote herunterschikken soll. Wir verschwinden so schnell wir können.« Nervös fuhr er sich mit der Hand durchs Haar. »Wieviel können wir im besten Fall pro Flug laden, Lazarus? Wie lange wird die Evakuierung dauern?«

Lazarus murmelte etwas vor sich hin.

»Was haben Sie gesagt?«

»Ich sagte: ›Es ist nicht die Frage, wie lange, sondern ob man uns läßt‹. Diese Wesen in den Tempeln wollen sich vielleicht eine neue Sorte von Haustieren zulegen – uns!«

Lazarus wurde als Bootpilot benötigt, aber man brauchte ihn dringender seines Talents wegen, erregte Massen zu bändigen. Zaccur Barstow bat ihn gerade, eine Sonderpolizei aufzustellen, als Lazarus an Barstow vorbeiblickte. »Oh, oh! Halt, Zack – schon passiert.«

Zaccur drehte sich hastig um und sah Kreel Sarloo in würdevoller Haltung heranschreiten. Niemand stellte sich ihm in den Weg.

Den Grund sah man bald. Zaccur trat vor, um ihn zu begrüßen, prallte aber in etwa drei Meter Entfernung wie gegen eine unsichtbare Mauer. Es gab keine ersichtliche Ursache dafür. Er konnte ganz einfach nicht weiter.

»Ich grüße dich, unglücklicher Bruder«, begann Sarloo.

»Ich grüße dich, Kreel Sarloo.«

»Die Götter haben gesprochen. Eure Art läßt sich nie zivilisieren. Ihr habt diese Welt zu verlassen.«

Lazarus seufzte erleichtert.

»Wir gehen, Kreel Sarloo«, erwiderte Zaccur ernst.

»Die Götter verlangen es. Schicke mir deinen Bruder Libby!«

Zaccur ließ Libby holen und wandte sich wieder Sarloo zu. Der Jockaira hatte ihnen aber nicht mehr mitzuteilen; er tat so, als existierten sie nicht für ihn. Sie warteten.

Libby erschien. Sarloo führte ein langes Gespräch mit ihm. Barstow und Lazarus waren beide in Hörweite und konnten die Lippenbewegungen beobachten, aber sie hörten nichts. Lazarus war empört. Verflucht und zugenäht, dachte er, ich könnte mir verschiedene Möglichkeiten vorstellen, wie das zu machen wäre, aber keine davon dürfte die richtige Lösung sein – und ich sehe keine Geräte.

Die stumme Diskussion ging zu Ende. Sarloo stakte ohne Abschiedsgruß davon. Libby drehte sich um und begann zu sprechen; seine Stimme war zu hören. »Sarloo erklärt mir, daß wir einen Planeten aufsuchen sollen, der, äh, über 32 Lichtjahre von hier entfernt ist«, sagte er mit gerunzelter Stirn. »Die Götter haben so entschieden.« Er verstummte und biß sich auf die Unterlippe.

»Regen Sie sich nicht auf«, empfahl Lazarus. »Seien wir froh, daß sie uns loshaben wollen. Ich glaube, sie könnten uns ebensogut plattdrücken wie ein paar Wanzen. Wenn wir im Weltraum sind, suchen wir uns selbst ein Ziel aus.«

»Na ja. Was mich stört, ist nur, daß er den Start binnen der nächsten drei Stunden bestimmt hat.«

»Aber das ist doch Wahnsinn«, fuhr Barstow auf. »Ausgeschlossen. Wir haben nicht die Boote dafür.«

Lazarus schwieg. Er verzichtete auf eine eigene Meinung.

Zaccur änderte seine schnell. Lazarus gewann eine neue, geboren aus Erfahrung. Als Libby die Leute zum Startplatz trieb, wo man mit der Verschiffung begonnen hatte, fühlte er sich plötzlich emporgehoben. Er wehrte sich, Arme und Beine fanden keinen Widerstand, aber der Boden entfernte sich immer schneller. Er schloß die Augen, zählte bis zehn, öffnete sie wieder. Er schwebte schon mindestens drei Kilometer hoch.

Unter ihm, von der Stadt emporquellend wie Fledermäuse aus einer Höhle, zeigten sich unzählige Punkte und Formen, dunkel gegen den sonnenüberglänzten Boden abgehoben. Einige waren ihm nahe genug, daß er sie als Menschen erkennen konnte, als Erdbewohner, Angehörige der Familien.

Der Horizont verschob sich, der Planet wurde zu einer Kugel, der Himmel verfärbte sich schwärzlich. Aber seine Atmung schien normal zu sein, seine Blutgefäße platzten nicht.

Sie wurden an die offenen Schleusen der ›New Frontiers‹ gesaugt, wie Bienen, die ihre Königin umschwärmen.

Libby suchte Captain King sofort auf, nachdem er an Bod getragen worden war und sich von seinem Schrecken erholt hatte. Er überbrachte Sarloos Botschaft.

King wirkte unentschlossen. »Ich weiß nicht recht«, sagte er. »Sie verstehen mehr von den Eingeborenen als ich, zumal ich kaum hinuntergekommen bin. Aber ganz unter uns, Mister, die Art, in der man mir meine Passagiere zurückgeschickt hat, bringt mich fast um den Verstand. So etwas ist mir in meinem ganzen Leben noch nicht begegnet.«

»Es war noch viel unheimlicher, das am eigenen Leib zu erfahren«, erwiderte Libby, ohne zu lächeln. »Ich persönlich würde lieber mit dem Skispringen anfangen. Zum Glück hatten Sie alle Schleusen offen.«

»Ich nicht«, erwiderte King kurz. »Sie gingen von selbst auf.«

Sie schritten zum Kontrollraum, in der Absicht, das Schiff zu starten und eine große Strecke zwischen sich und den Planeten zu bringen, von dem man sie entfernt hatte; erst danach wollten sie Ziel und Kurs bestimmen. »Gehört dieser Planet, von dem Sarloo sprach, zu einem Stern vom Typ ›G‹?« erkundigte sich King.

»Ja«, bestätigte Libby, »es ist ein Erdtyp-Planet, der um eine Sol-Typ-Sonne kreist. Ich habe seine Koordinaten und könnte ihn aus dem Katalog identifizieren, aber wir brauchen uns gar nicht damit zu befassen; er ist zu weit entfernt.«

Als Lazarus das Schiff erreicht hatte, fing er zu zittern an.

»Also ...« King schaltete das Stellarium ein. Dann sagten beide lange Zeit hindurch nichts.

Ohne Befehl Kings, ohne eine Hand am Steuer, war die ›New Frontiers‹ auf die lange Reise gegangen, hinaus in den Weltraum, als sei sie mit Verstand begabt.

»Ich kann Ihnen nicht viel sagen«, gab Libby ein paar Stunden später vor einer Gruppe zu, die aus King, Zaccur Barstow und Lazarus Long bestand. »Bevor wir die Lichtgeschwindigkeit überschritten – oder es jedenfalls zu tun schienen –, konnte ich noch feststellen, daß unser damaliger Kurs mit der Vorstellung vereinbar war, wir befänden uns auf dem Weg zu dem Stern, den Kreel Sarloo als den von seinen Göttern für uns bestimmten Aufenthaltsort beschrieb. Wir beschleunigten weiter, und die Sterne verschwanden. Ich kann nicht sagen, wo wir uns befinden oder wohin wir fliegen.«

»Nur nicht so steif, Andy«, meinte Lazarus. »Dann raten Sie eben mal.«

»Nun ... wenn unsere Weltlinie eine glatte Funktion ist – wenn sie es ist, ich habe keinerlei Beweis dafür –, könnten wir im Bereich des Sterns PK 3722 auftauchen, wohin wir laut Kreel Sarloo auch fliegen sollten.«

»Hmpff!« Lazarus wandte sich an King. »Haben Sie versucht, die Geschwindigkeit zu drosseln?«

»Ja. Die Steuerung spricht nicht an.«

»Hmm ... Andy, wann kommen wir an?«

Libby zuckte hilflos die Achseln. »Ich weiß nicht, woraus ich das berechnen soll. Was ist Zeit ohne Raum?«

Zeit und Raum, untrennbar und eins – Libby dachte noch lange darüber nach, als die anderen gegangen waren. Gewiß, er hatte das Raumgefüge des Schiffes selbst, und notwendigerweise gab es daher eine Schiffszeit. Die Uhren im Schiff tickten und summten, die Menschen bekamen Hunger, ernährten sich, wurden müde und ruhten. Radioaktive Stoffe zerfielen, physio-chemische Prozesse näherten sich dem Zustand größerer Entropie, das eigene Bewußtsein erkannte Dauer.

Aber der Hintergrund der Sterne, vor dem alle zeitmäßigen Funktionen in der menschlichen Geschichte gemessen worden waren, existierte nicht mehr. Soviel seine Augen oder die Instrumente im Schiff ihm sagen konnten, gab es keine Beziehung zum Universum mehr.

Zu welchem Universum?

Es gab kein Universum. Es war verschwunden.

Bewegten sie sich? Kann es Bewegung geben, wenn nichts vorhanden ist, an dem sich etwas vorbeibewegt?

Trotzdem blieb das künstliche, von der Rotation des Schiffes hervorgerufene Gewicht. Rotation mit Bezug worauf? dachte Libby. Konnte es sein, daß der Raum eine wahre, absolute, beziehungslose Struktur besaß, wie man sie in dem längst aufgegebenen ›Äther‹ angenommen hatte, dessen Existenz die klassischen michelson-morleyschen Experimente verneint – nein, mehr als das –, rundweg für unmöglich erklärt hatten?

Und um genau zu sein, auch die Möglichkeit einer Überlichtgeschwindigkeit war bestritten worden. Hatte das Schiff tatsächlich die Geschwindigkeit des Lichtes überschritten? Schien es nicht eher, als sei es ein Sarg, mit Geistern als Passagieren, zu keiner Zeit nirgendwohin fliegend?

Aber Libby spürte ein Jucken zwischen den Schulterblättern, er mußte sich kratzen; sein linkes Bein war eingeschlafen; sein Magen verlangte nach Nahrung – wenn das der Tod war, schien er sich nicht wesentlich vom Leben zu unterscheiden.

Mit neugewonnener Seelenruhe verließ er den Kontrollraum und machte sich auf den Weg zu seinem Lieblingsspeisesaal, während er sich mit den Ideen zur Erfindung einer neuen Mathematik beschäftigte, die all die neuen Erscheinungen in sich begreifen mußte. Das Geheimnis, wie die hypothetischen Götter der Jockaira die Familien vom Planeten zum Schiff teleportiert hatten, schob er beiseite. Es hatte keine Gelegenheit gegeben, wichtige, meßbare Ergebnisse zu sammeln. Das Beste, was ein ehrlicher Wissenschaftler hier tun konnte, war, eine Anerkennung beizufügen, die diese Tatsache konstatierte und sie als unerklärt bezeichnete. Es war eine Tatsache; hier stand er, der sich noch vor kurzem auf dem Planeten befunden hatte; schon jetzt waren Schultzens Gehilfen fieberhaft damit beschäftigt, Beruhigungsmittel an jene Tausende auszugeben, die unter dem Ereignis seelisch gelitten hatten.

Aber Libby vermochte es nicht zu erklären, und ohne ausreichende Daten sah er sich dazu auch nicht gedrängt. Was er zu tun wünschte, war, sich mit Weltlinien in einem kräfteerfüllten Raum abzugeben, dem Grundproblem der Feldphysik.

Abgesehen von seiner Begabung für Mathematik war Libby ein einfacher Mensch. Er bevorzugte den Lärm des ›Clubs‹, Speisesaal G-D, aus anderen Gründen als Lazarus. Die Gesellschaft von Menschen, die jünger waren als er selbst, gab ihm Sicherheit; Lazarus war der einzige Senior, bei dem er sich wohlfühlte.

Im Club gab es noch nichts zu essen, wie er erfuhr; man versuchte in den Küchen noch, sich an die plötzliche Veränderung anzupassen. Aber Lazarus befand sich dort, zusammen mit anderen Bekannten; Nancy Weatheral kam herüber und machte ihm Platz. »Sie wollte ich gerade sprechen«, sage sie. »Lazarus ist nicht sehr höflich. Wohin fliegen wir diesmal, und wann kommen wir an?«

Libby erklärte das Dilemma, so gut er konnte. Nancy rümpfte die Nase. »Das sind ja schöne Aussichten! Also wieder an die Tretmühle, kleine Nancy!«

»Wie meinen Sie das?«

»Haben Sie sich schon einmal um einen Kaltschläfer gekümmert? Nein, natürlich nicht. Man bekommt es satt. Umdrehen, Arme bewegen, Zehen bewegen, Kopf drehen, Tank schließen, zum nächsten. Ich habe menschliche Leiber so satt, daß ich am liebsten ein Keuschheitsgelübde ablegen möchte.«

»Legen Sie sich nur nicht zu schnell fest«, rief ihr Lazarus zu.

»Was würde Ihnen das schon ausmachen, Sie Feigling?«

Eleanor Johnson sagte: »Ich bin froh, daß wir wieder im Schiff sind. Diese ekelhaften Jockaira – pfui Teufel!«

Nancy hob die Schultern. »Du bist voreingenommen, Eleanor. Die Jocks sind in ihrer Art ganz in Ordnung. Sicher, sie gleichen uns nicht in allem, aber das tun Hunde ja auch nicht. Du hast doch nichts gegen Hunde, oder?«

»Genau das sind sie«, sagte Lazarus ernst. »Hunde.«

»Was?«

»In vieler Beziehung sind sie es nicht – sie haben keinerlei Ähnlichkeit mit ihnen, und sie stehen sicherlich auf derselben Stufe wie wir, sind uns auch in manchem überlegen – aber trotzdem sind sie Hunde. Was sie ihre ›Götter‹ nennen, sind ganz einfach ihre Herren, ihre Besitzer. Wir konnten nicht gezähmt werden, also warfen uns die Eigentümer hinaus.«

Libby dachte an die unerklärliche Telekinese, derer sich die Jockaira – oder ihre Herren – bedient hatten. »Ich frage mich nur, was gewesen wäre, wenn sie uns gezähmt hätten«, meinte er nachdenklich. »Sie hätten uns Großartiges beibringen können.«

»Hören Sie auf damit«, sagte Lazarus scharf. »Der Mensch kann kein Besitztum sein.«

»Worin sehen Sie seine Bestimmung?«

»Er soll sein, was er ist . . . und das mit Stolz!« Lazarus stand auf. »Ich muß gehen.«

Libby erhob sich ebenfalls, aber Nancy hielt ihn zurück. »Bleiben Sie doch. Ich möchte Sie etwas fragen. Welches Jahr schreiben wir jetzt daheim auf der Erde?«

Libby machte den Mund auf, um zu antworten, klappte ihn wieder zu. Er versuchte es ein zweitesmal, sagte dann aber schließlich: »Ich weiß nicht, wie ich diese Frage beantworten soll. Es wäre genauso, als fragte man: ›Wie hoch ist oben?‹«

»Ich weiß, daß ich mich wahrscheinlich falsch ausgedrückt habe«, gab Nancy zu. »Physik war nie meine starke Seite, aber ich hatte doch immerhin geglaubt, die Zeit sei relativ – eine Vorstellung, die nur für zwei benachbarte Punkte im gleichen Bezugssystem sinnvoll ist. Trotzdem möchte ich etwas wissen. Wir sind schneller und weiter geflogen, als jemals ein Mensch zuvor, nicht wahr? Gehen unsere Uhren nicht langsamer? Was meinen Sie dazu?«

Libby machte jenes völlig verblüffte Gesicht, das mathematisch trainierte Physiker aufsetzen, wenn Laien in nicht-mathematischen Ausdrücken der Physik zu reden versuchen. »Sie meinen die

Lorenz-Fitzgerald-Kontraktion. Aber, Sie entschuldigen, was man in Worten auch darüber sagen mag, ist notwendigerweise Unsinn.«

»Wieso?«

»Weil ... nun, weil die Sprache nicht ausreicht. Die zur Beschreibung der ungenauen ›Kontraktion‹ benannten Wirkung benützten Formeln setzen voraus, daß der Beobachter Teil der Erscheinung ist. Aber die Wortsprache enthält die unausgesprochene Annahme, daß wir außerhalb stehen und beobachten können, was vorgeht. Die mathematische Sprache bestreitet die bloße Möglichkeit eines solchen Außenseiter-Standpunkts. Jeder Beobachter besitzt seine eigene Weltlinie; er kann sie nicht verlassen, um gleichsam von oben herab zu begutachten.«

»Aber angenommen, er täte es doch? Angenommen, wir könnten die Erde jetzt sehen?«

»Na bitte, geschieht mir recht«, beklagte sich Libby. »Das kommt davon, wenn man in Worten davon sprechen will. Die Verwirrung wird immer größer. Es gibt keine Möglichkeit, die Zeit in einem absoluten Sinn zu messen, wenn zwei Ereignisse in einem Kontinuum voneinander getrennt sind. Alles, was man messen kann, ist das Intervall.«

»Na ja, und was ist ein Intervall? So viel Raum und so viel Zeit.«

»Nein, nein, nein! Ganz und gar nicht! Intervall ist ... na ja, eben Intervall. Ich kann Formeln darüber niederschrieben und zeigen, wie wir es anwenden, aber mit Worten läßt es sich nicht definieren. Hören Sie, Nancy, können Sie die Partitur der kompletten Orchestrierung einer Symphonie in Worten niederschreiben?«

»Nein. Doch, vielleicht, aber das würde tausendmal länger dauern.«

»Und die Musiker könnten danach spielen, bis Sie alles wieder in musikalische Symbole umsetzen. Das meinte ich damit«, fuhr Libby fort, »als ich sagte, daß die Sprache nicht anwendbar sei. Ich bin schon einmal in eine ähnliche Lage geraten, als ich den Lichtdruck zu beschreiben versuchte. Man fragte mich, warum wir im Schiff keinen Trägheitsverlust spüren, wenn doch der Antrieb auf einer Ausschaltung der Trägheit beruht. In Worten ausgedrückt, gab es darauf keine Antwort. Trägheit ist kein Wort, sondern ein mathematischer Begriff, der für gewisse, mathematisch genau bestimmbare Eigenschaften eines kräfteerfüllten Raumes verwendet wird. Ich saß fest.«

Nancy sah ihn verwirrt an, gab aber nicht auf. »Meine Frage hat trotzdem ihre Bedeutung, wenn sie auch nicht richtig formuliert war. Sie können mich nicht einfach so abspeisen. Angenommen, wir kehrten um und legten den Weg zurück, den wir hinter uns gebracht haben, bis zur Erde, denselben Flug, aber in umgekehrter Richtung – so daß also die abgelaufene Schiffszeit genau verdoppelt werden würde. Nun, welches Jahr hätte man auf der Erde?«

»Das wäre ... einen Augenblick mal –« Die nahezu automatischen Abläufe in Libbys Gehirn erfaßten das gewaltige und komplizierte Problem. Er näherte sich der Lösung in einem warmen Schimmer mathematischer Freude, als das Problem plötzlich vor ihm zerfiel und unbestimmbar wurde. Er begriff, daß es eine unbegrenzte Anzahl von gleichermaßen gültigen Antworten gab.

Aber das war unmöglich. In der realen Welt – nicht in der Phantasiewelt der Mathematik – mußte eine solche Situation absurd erscheinen. Nancys Frage hatte eine einzige Antwort auszulösen, einmalig und real.

Konnte die ganze herrliche Struktur der Relativität eine Absurdität sein? Oder hieß das, daß es physisch unmöglich war, eine Interstellar-Entfernung zurückzuverfolgen?

»Darüber muß ich noch eine Weile nachdenken«, sagte Libby hastig und verschwand, bevor Nancy protestieren konnte.

Aber Einsamkeit und Meditation brachten ihn der Lösung nicht näher. Das lag nicht an einer Begrenzung seiner mathematischen Fähigkeiten; er wußte, daß er in der Lage war, eine mathematische Beschreibung jeder beliebigen Faktengruppe zu liefern. Die Schwierigkeit lag im Mangel an verwertbaren Fakten. Bis ein Beobachter einmal interstellare Entfernungen mit annähernder Lichtgeschwindigkeit zurücklegte und zu dem Planeten zurückkehrte, von dem er gestartet war, konnte es keine Lösung geben. Die Mathematik allein hat keinen Inhalt und gibt keine Antworten.

Libby fragte sich, ob die Hügel seiner Heimat noch grünten, ob der Rauch von Holzfeuern im Herbst noch in den Bäumen hing, dann fiel ihm ein, daß die Frage jedes Sinnes entbehrte, allen Regeln gemäß, die er sich vorzustellen vermochte. Er überließ sich einem Anfall von Heimweh, wie er es seit seiner Jugend nicht mehr durchgemacht hatte.

Dieses Gefühl des Zweifels und der Unsicherheit, das Gefühl des Verlorenseins und Heimwehs, breitete sich durch das ganze Schiff aus. Im ersten Teil ihrer Reise waren die Familien von dem Ansporn getragen worden, der die Wagen über die weiten Ebenen des Mittelwestens hatte rollen lassen. Aber nun flogen sie ins Leere hinein, ein Tag führte nur zum anderen. Ihr langes Leben wurde zu einer sinnlosen Hast.

Ira Howard, dessen Vermögen die Howard-Stiftung ins Leben rief, wurde 1825 geboren und starb 1873 – an Altersschwäche. Er verkaufte in San Franzisko Lebensmittel, wurde im Sezessionskrieg Großhandels-Marketender und vervielfachte sein Vermögen in der tragischen Rekonstruktionszeit.

Howard war von einer gräßlichen Furcht vor dem Sterben besessen. Er bezahlte die besten Ärzte seiner Zeit, um sein Leben zu verlängern. Trotzdem wurde ihm ein Alter zum Verhängnis, in dem die meisten Männer noch jung sind. Aber sein Testament schrieb vor, daß sein Geld ›zur Verlängerung des menschlichen Lebens‹ verwendet werden soll. Die Verwalter des Trusts sahen keinen anderen Weg, seinen Wünschen zu entsprechen, als Personen zu suchen, deren Stammbäume erbliche Neigung zu langem Leben zeigten, und sie zu ermuntern, daß sie sich miteinander verbanden und Kinder erzeugten. Ihre Methode nahm die Forschungen Burbanks vorweg; ob sie die Denkergebnisse des Mönchs Gregor Mendel kannten, ist nicht bekannt.

Mary Sperling legte ein Buch weg, als Lazarus ihre Kabine betrat. Er hob es auf. »Was lesen Sie denn? ›Prediger Salomo‹. Hmmm – was haben Sie denn, Mary? Sie sitzen hier, lesen das bedrückendste Buch der Bibel, in dem nur vom Tod und vom Begraben gesprochen wird. Warum?«

Sie fuhr müde mit der Hand über die Augen. »Lazarus, ich werde alt. Woran soll man sonst denken?«

»Sie? Du meine Güte, Sie sind doch munter wie ein Küken.«

Sie sah ihn an. Sie wußte, daß er log. Der Spiegel zeigte das ergrauende Haar, die schlaffe Haut; sie spürte das Alter. Aber Lazarus war älter als sie ... obwohl sie aus ihrer Arbeit im Biologielabor wußte, daß Lazarus nie ein so hohes Alter hätte erreichen dürfen. Als er geboren wurde, war das Forschungsprogramm erst bei der dritten Generation angelangt, zu wenig, um die ungünstigeren Erbfaktoren auszuscheiden – abgesehen von einer höchst unwahrscheinlichen Gen-Vermischung.

Aber da stand er. »Lazarus«, sagte sie, »wie lange werden Sie wohl noch leben, Ihrer Meinung nach?«

»Ich? Das ist eine komische Frage. Ich erinnere mich an eine Zeit, als ich jemandem die gleiche Frage stellte – über mich, meine ich, nicht über ihn. Haben Sie schon einmal von Dr. Hugo Pinero gehört?«

»Pinero ... Pinero ... Ach ja, ›Pinero, der Scharlatan‹!«

»Mary, er war kein Scharlatan. Er wußte, was er tat, ohne Spaß. Er konnte genau voraussagen, wann ein Mensch sterben würde.«

»Aber – reden Sie weiter. Was hat er Ihnen geantwortet?«

»Einen Augenblick. Ich möchte Ihnen klarmachen, daß er kein Schwindler war. Seine Voraussagen trafen genau zu – wenn er nicht gestorben wäre, hätten die Lebensversicherungen schließen können. Das war vor Ihrer Geburt, aber ich war dabei und weiß Bescheid. Jedenfalls nahm Pinero seine Messungen an mir vor, und das Ergebnis schien ihn zu beunruhigen. Er versuchte es noch einmal. Dann gab er mir mein Geld zurück.«

»Was sagte er?«

»Ich brachte kein Wort aus ihm heraus. Er sah zuerst mich an, dann seine Maschine, runzelte die Stirn und schwieg. Ich kann Ihnen also keine Antwort geben!«

»Aber was halten Sie davon, Lazarus? Sie glauben doch wohl nicht damit, daß das ewig so weitergeht?«

»Mary«, sagte er leise. »Ich rechne nicht mit dem Sterben. Ich denke nie darüber nach.«

Es wurde still. Nach einer Weile meinte sie: »Lazarus, ich will nicht sterben. Aber welchen Sinn hat unser langes Leben? Wir scheinen mit dem Alter nicht klüger zu werden. Klammern wir uns einfach daran, nachdem unsere Zeit abgelaufen ist? Lungern wir im Kindergarten herum, obwohl wir weiterziehen müssen? Müssen wir sterben und wieder geboren werden?«

»Ich weiß es nicht«, erwiderte Lazarus, »und es gibt keine Möglichkeit, das herauszufinden ... im übrigen sehe ich gar nicht ein, warum ich mir darüber den Kopf zerbrechen soll. Das gilt auch für Sie. Ich bin dafür, mich so lange an dieses Leben zu klammern, wie es geht, und so viel wie möglich zu lernen. Vielleicht sind Weisheit und Erkenntnis einem späteren Dasein vorbehalten, vielleicht überhaupt nicht für uns bestimmt. So oder so bin ich zufrieden, am Leben zu sein, und ich habe Spaß daran. Nur nicht den Mut verlieren, Mary.«

Das Schiff fiel in dieselbe monotone Gleichmäßigkeit zurück, die während der ersten Jahre des Fluges geherrscht hatte. Die meisten unterzogen sich von neuem dem Kaltschlaf; die anderen pflegten sie, kümmerten sich um das Schiff, um die Hydroponikanlagen. Unter den Schlafenden war auch Slayton Ford; Kaltschlaf war die letzte Zuflucht für funktionelle Psychosen.

Der Flug zum Stern PK 3722 nahm siebzehn Monate und drei Tage Schiffszeit in Anspruch.

Die Schiffsoffiziere hatten über das Ende der Reise ebensowenig zu bestimmen wie über ihren Anfang. Wenige Stunden vor ihrer Ankunft blitzten Stern-Abbilder wieder in den Stellarium-Schirmen auf, und das Schiff verzögerte rasch auf Interplanetar-Geschwindigkeit. Man spürte keine Verlangsamung; welche geheimnisvolle Kraft auch walten mochte, sie wirkte auf alle Massen gleichmäßig. Die ›New Frontiers‹ glitt in eine Kreisbahn um einen lebenden, grünen Planeten, einige hundert Millionen Meilen von seiner Sonne entfernt; kurze Zeit später berichtete Libby Captain King, daß sie in eine stabile Park-Umlaufbahn eingetreten waren.

Vorsichtig wagte sich King ans Steuer, das seit ihrem Abflug nicht mehr reagiert hatte. Das Schiff schoß schneller dahin; ihr geisterhafter Pilot hatte sie verlassen.

Libby entschied, daß der Vergleich nicht zutraf; dieser Flug war zweifellos für sie geplant worden, aber man brauchte nicht zu unterstellen, daß irgend jemand oder irgend etwas sie hierhergebracht hatte. Libby vermutete, daß die ›Götter‹ der Hunde-Wesen den erfüllten Raum als statisch betrachteten; ihre Deportierung war für sie ein fait accompli – aber es gab keine passenden Worte dafür. Ungenügend und ungenau in Worten ausgedrückt, befaßte sich seine Mutmaßung mit einer nur für sie ausgebildeten Weltlinie, die aus dem normalen Raum hinaus- und wieder in ihn zurücklief; als das Schiff das Ende dieser Linie erreichte, kehrte es zu normalen Gegebenheiten zurück.

Er versuchte, Lazarus und dem Kapitän sein Gedankenmodell zu erklären, aber es gelang ihm nicht. Es mangelte ihm an Daten, außerdem hatte er keine Zeit gehabt, seine mathematische Beschreibung zu verfeinern; befriedigt waren sie nicht.

King hatte ebensowenig wie Lazarus Zeit, sich mit diesen Dingen zu beschäftigen. Barstows Gesicht erschien auf dem Bildschirm der Schiffsrufanlage. »Captain!« rief er. »Können Sie zur Schleuse Sieben kommen? Wir haben Besucher!«

Barstow hatte übertrieben; es war nur einer. Das Wesen erinnerte Lazarus an ein Kind in einem Kostüm, maskiert als Kaninchen. Das kleine Ding war android wie die Jockaira, wenngleich möglicherweise nicht zu den Säugetieren gehörig. Es war unbekleidet, aber nicht nackt; denn sein kindlicher Körper war von einem kurzhaarigen, glatten, goldenen Fell umhüllt. Es besaß helle Augen und schien gleichzeitig fröhlich und intelligent zu sein.

Aber King war zu erstaunt, um diese Dinge zu bemerken. Er

glaubte in seinem Schädel eine Stimme tönen zu hören: »... du bist also der Anführer ...«, sagte sie. »... willkommen auf unserer Welt... wir haben euch erwartet... die (unverständlich) – erzählten uns von eurem Kommen ...«

Gesteuerte Telepathie ...

Ein Wesen, eine Rasse, so sanft, so zivilisiert, so frei von Feinden, von allen Gefahren und Mühen, daß sie es sich leisten konnten, alle Gedanken mit anderen zu teilen – mehr als die Gedanken zu teilen; diese Wesen waren so sanft und großzügig, daß sie den Menschen eine Heimstadt auf ihren Planeten anboten. Dazu war der Bote gekommen: dieses Angebot brachte er mit.

King ging ein Vergleich mit dem Angebot der Jockaira nicht aus dem Kopf; er fragte sich, welche Falle sie diesmal erwarten mochte.

Der Bote schien seine Gedanken zu lesen: »... schaut in unsere Herzen ... wir wollen euch nichts Böses ... wir teilen eure Liebe zum Leben, und wir leben das Leben in euch ...«

»Wir danken euch«, erwiderte King förmlich und laut. »Wir müssen uns besprechen.« Er drehte sich zur Seite, um mit Barstow zu reden, warf einen Blick zurück. Der Bote war verschwunden.

»Wo ist er hingekommen?« fragte er Lazarus.

»Was? Keine Ahnung.«

»Aber Sie standen doch vor der Schleusentür.«

»Ich habe mir die Anzeiger angesehen. Außerhalb dieser Schleuse war kein Boot angesiegelt. Ich fragte mich, ob sie richtig funktionieren. Sie tun es. Wie ist er in das Schiff gekommen? Wo ist sein Boot?«

»Wie ist er hinausgekommen?«

»An mir vorbei nicht!«

»Zaccur, er kam doch durch diese Schleuse, nicht wahr?«

»Ich weiß es nicht.«

»Aber ganz sicher hat er das Schiff dort verlassen.«

»Nein«, sagte Lazarus. »Das Schloß ist nicht geöffnet worden. Die Versiegelung ist unberührt. Sehen Sie selbst nach.«

King tat es. »Sie glauben doch nicht«, sagte er zögernd, »daß er durch ...«

»Sehen Sie mich nicht an«, wehrte Lazarus ab. »Ich habe keine vorgefaßten Meinungen. Wohin geht ein Fernsehbild, wenn es die Leitung verläßt?« Er ging, leise vor sich hinpfeifend. King kannte die Melodie nicht.

4

Das Angebot hatte keinen Haken. Die Bewohner des Planeten – sie hatten keine Namen, weil sie über keine Lautsprache verfügten, und die Menschen nannten sie einfach ›Die Kleinen Leute‹ – bereiteten ihnen einen herzlichen Empfang und halfen ihnen. Sie überzeugten die Familien schnell, da es keine Verständigungsschwierigkeiten, wie bei den Jockaira, gab. Die Kleinen Leute konnten den Erdbewohnern sogar subtile Gedanken übermitteln und umgekehrt auch jeden an sie gerichteten Gedanken empfangen. Sie scheinen nicht an sie gerichtete Gedanken entweder nicht lesen zu können oder zu ignorieren. Untereinander vermochten die Menschen sich nicht telepathisch zu verständigen.

Ihr Planet glich der Erde noch mehr als jener der Jockaira. Er war etwas größer, besaß aber eine geringere Schwerkraft, was auf eine reduzierte Dichte schließen ließ – die Kleinen Leute verwendeten in ihrer Kultur kaum Metalle, was dafür verantwortlich sein mochte.

Der Planet durchmaß seine Bahn gerade aufgerichtet; er hatte nicht die verwegene Neigung der Erdachse. Die Umlaufbahn war nahezu kreisrund; das Aphel differierte vom Perihel um nicht einmal ein Prozent. Es gab keine Jahreszeiten.

Ebensowenig gab es einen großen, schweren Mond, wie die Erde ihn besitzt, der die Ozeane aufrühren und die isostatische Balance der Kruste stören konnte. Die Berge waren niedrig, die Winde sanft, die Meere ruhig. Zu Lazarus' Enttäuschung verfügte ihre neue Heimat nicht über lebhafte Witterung; es gab sie kaum; es gab nur Klima von jener Sorte, die nach Ansicht eingefleischter kalifornischer Einwohner in ihrem Teil der Erde herrscht.

Aber auf dem Planeten der Kleinen Leute gab es dieses Klima wirklich.

Man zeigte den Menschen, wo sie landen sollten, auf einem breiten, sandigen Meeresstrand. Dahinter erstreckte sich üppiges Wiesenland, unterbrochen nur von Gebüsch und Bäumen. Die Landschaft hatte eine sorglose Geborgenheit, als handle es sich um einen geplanten Park, obwohl man von Kultivierung nichts bemerkte.

Hier heiße man sie willkommen, sagte ein Bote zur Vorausabteilung.

Stets schien einer der Kleinen Leute in der Nähe zu sein, wenn man seiner Hilfe bedurfte – nicht mit dem unausweichlichen Übereifer der Jockaira, sondern mit der unaufdringlichen Bereitschaft, mit der ein Telefon, ein Taschenmesser zur Hand ist. Das die erste

Abteilung begleitende Wesen verwirrte Lazarus und Barstow, indem es gelassen unterstellte, ihnen schon vorher begegnet zu sein, sie im Schiff besucht zu haben. Da sein Fell eher mahagonifarben denn golden war, führte Barstow den Fehler auf ein Mißverständnis zurück, mit der Einschränkung, diese Wesen könnnten unter Umständen einer chamäleonartigen Farbveränderung fähig sein. Lazarus behielt seine Meinung für sich.

Barstow fragte ihren Führer, ob man zu bestimmen wünsche, wo die Menschen Gebäude errichten sollten. Die Frage hatte ihn beunruhigt, weil die vorsorgliche Beobachtung vom Schiff aus keine Städte gezeigt hatte. Einiges sprach dafür, daß die Eingeborenen unter der ›Erde‹ lebten – in diesem Fall wollte er möglichst nichts aufbauen, was man hier als Slums betrachten mochte.

Er sprach ihren Führer laut an, da sie erfahren hatten, daß auf diese Weise ihre Gedanken am besten zu empfangen waren.

In der Antwort, die das kleine Wesen an Barstow sandte, entdeckte er Überraschung: »... müßt ihr die schöne Landschaft verunstalten? ... zu welchem Zweck braucht ihr Gebäude?«

»Zu vielerlei Zwecken«, erklärte Barstow. »Wir brauchen sie als tägliche Behausung, wo wir nachts schlafen können. Wir brauchen sie, um unsere Nahrung zu erzeugen und sie für den Verzehr bereiten zu können.« Er überlegte, ob er die Methoden der Hydroponik, der Nahrungsmittelverarbeitung und des Kochens erklären sollte, verzichtete aber darauf, weil er sich darauf verließ, daß die subtileren Schattierungen der Telepathie seinen ›Zuhörer‹ besser aufklären würde. »Wir brauchen Häuser für viele andere Zwecke, für Werkstätten und Labors, für die Maschinen, mit denen wir Nachrichten übermitteln, für nahezu alles, was wir in unserem Alltagsleben tun.«

»... habt Geduld mit mir ...«, kam die Antwort zurück, »... da ich so wenig von euren Sitten verstehe ... aber sagt mir ... zieht ihr es vor, in solchen – Dingen – zu schlafen? ...« Er wies auf die Raumboote, in denen sie herabgeflogen waren. Der Ausdruck, den er für die Boote verwendete, war zu kraß für ein bestimmtes Wort; Lazarus erinnerte der Gedanke an einen toten, engen Ort – ein Gefängnis, das ihn einmal beherbergt hatte, eine übelriechende Telefonzelle.

»Wir sind es so gewöhnt.«

Das Wesen bückte sich und klopfte auf den Boden. »... ist das nicht ein schöner Ort zum Schlafen?«

Lazarus mußte es zugeben. Der Boden war mit weichem Rasen bedeckt, grasähnlich, aber feiner als Gras, gleichmäßiger und dichter. Lazarus zog die Sandalen aus und glaubte auf einem schweren Teppich zu stehen.

»... was die Nahrung angeht...«, fuhr ihr Führer fort, »... warum sich bemühen, wenn der gute Boden so freigebig ist? ... kommt mit...«

Er führte sie über eine Wiese zu niedrigen, ausladenden Bäumen an einem Bach. Die ›Blätter‹ waren handtellergroß, unregelmäßig in der Form, nahezu drei Zentimeter dick. Das kleine Wesen brach eines davon ab und biß ein Stück ab.

Lazarus pflückte eine Frucht ab und betrachtete sie. Sie ließ sich leicht auseinanderbrechen. Das Innere war cremegelb und strömte einen starken, angenehmen Geruch aus, der an Mangofrüchte erinnerte.

»Nicht essen, Lazarus!« warnte Barstow. »Wir haben noch nichts analysieren können.«

»... es schadet euch nicht...«

Lazarus roch noch einmal daran. »Ich spiele gern das Versuchskaninchen, Zack.«

»Na, meinetwegen.« Barstow zuckte die Achseln. »Ich habe Sie gewarnt. Sie tun ja doch, was Sie wollen.«

Lazarus tat es. Die Frucht schmeckte erstaunlich gut.

Barstow weigerte sich, jemand anders die Frucht versuchen zu lassen, bis ihre Wirkung bei Lazarus ersichtlich war. Lazarus nutzte die Situation und gönnte sich eine kräftige Mahlzeit – die beste, die er seit Jahren bekommen hatte, wie er entschied.

»... wollt ihr mir sagen, was ihr gewöhnlich zu essen pflegt?« erkundigte sich ihr kleiner Begleiter. Barstow wollte etwas erwidern, wurde aber durch das Wesen unterbrochen: »... ihr alle ... denkt darüber nach ...« Einige Zeit drang kein Gedanke zu ihnen, dann fuhr er fort: »... das genügt ... meine Frauen werden dafür sorgen ...«

Lazarus war sich nicht sicher, ob das Bild ›Frauen‹ bedeutet hatte, aber eine enge Verwandtschaft zu diesem Begriff bestand sicherlich. Man hatte noch nicht klären können, ob die Kleinen Leute bisexuell waren – oder was sonst.

Lazarus schlief diese Nacht unter den Sternen und ließ sich die Platzangst von ihrem klaren, unpersönlichen Licht vertreiben. Die Sternbilder waren hier kaum noch zu erkennen, obwohl er das kühle Blau der Vega und das orangefarbene Glühen von Antares zu sehen glaubte. Das einzige Feststehende war die Milchstraße, die ihren Nebelbogen wie zu Hause über den Himmel warf. Die Sonne konnte dem Auge nicht sichtbar sein, selbst wenn er gewußt hätte, wo er sie suchen sollte; ihre geringe Leuchtkraft reichte nicht bis hierher.

Ich muß mit Andy sprechen, dachte er schläfrig, damit er mir die Koordinaten ausrechnet und ich sie ohne Instrumente sehen kann. Er schlief ein, bevor er sich fragen konnte, warum er sich überhaupt die Mühe machen wollte.

Da man nachts keine Behausung brauchte, landete man alle Passagiere, so schnell die Boote sie herunterbrachten. Die Menschenmassen wurden auf dem Boden abgesetzt und durften sich in einer Art Picknick ausruhen, bis die Kolonie organisiert werden konnte. Zuerst aß man Vorräte, die vom Schiff herabtransportiert worden waren, aber Lazarus' ungetrübte Gesundheit hob die Vorschrift, bei fremder Nahrung kein Risiko einzugehen, bald auf. Danach ernährte man sich vorwiegend vom Überfluß des Planeten und benützte Nahrungsmittel aus dem Schiff lediglich dazu, Abwechslung zu schaffen.

Mehrere Tage, nachdem die letzten Familienangehörigen heruntergeholt worden waren, unternahm Lazarus in einiger Entfernung vom Lager einen Erkundungsgang. Er stieß auf eines der kleinen Wesen; der Eingeborene begrüßte ihn mit der gleichen Unterstellung früherer Bekanntschaft, die sie alle zeigten und führte Lazarus zu einem Hain niedriger Bäume. Er bedeutete Lazarus, daß er essen möge.

Lazarus war nicht besonders hungrig, fühlte sich aber gezwungen, die Freundlichkeit des anderen nicht zu enttäuschen, also pflückte er eine Frucht und aß.

Vor Staunen blieb ihm der Bissen im Hals stecken. Kartoffelbrei mit Bratensoße!

»... haben wir es nicht richtig gemacht? ...« erreichte ihn ein besorgter Gedanke.

»Freundchen«, sagte Lazarus feierlich, »ich weiß zwar nicht, was ihr vorhabt, aber das schmeckt ausgezeichnet!«

Er spürte die Freude des Begleiters. »... Kommen Sie zum nächsten Baum ...«

Lazarus gehorchte mit Eifer. Frisches Brot und Butter schien hier vereinigt zu sein, obwohl sich von irgendwoher eine Spur von Speiseeis-Geschmack eingeschlichen hatte. Er war kaum noch überrascht, als der dritte Baum deutliche Anzeichen von Pilzen und gegrilltem Steak erkennen ließ. »... wir haben eure Vorstellungen nahezu völlig ausgeschöpft ...«, erklärte sein Begleiter, »... sie waren weitaus stärker als die unserer Frauen ...«

Lazarus bemühte sich nicht, dem anderen zu erklären, daß er

nicht verheiratet sei. Das kleine Wesen fügte hinzu: »... wir hatten noch keine Zeit, das Aussehen und die Farben eurer Vorstellungen nachzuschaffen ... macht euch das sehr viel aus?«

Lazarus versicherte ihm ernsthaft, daß das kaum von Bedeutung sei.

Als er zum Lager zurückkam, fiel es ihm schwer, die anderen davon zu überzeugen, daß er nicht schwindelte.

Die größten Vorteile aus ihrer neuen Heimat zog Slayton Ford. Er war anscheinend von seinem Zusammenbruch geheilt aus dem Kaltschlaf erwacht; allerdings konnte er sich nicht an sein Erlebnis im Tempel Kreels erinnern. Ralph Schultz betrachtete das als gesunde Anpassung an eine unerträgliche Erfahrung und entließ ihn aus seiner Behandlung.

Ford wirkte jünger und glücklicher als vor seinem Zusammenbruch. Er hatte kein offizielles Amt mehr unter den Familien – tatsächlich gab es kaum noch eine Verwaltung; die Familien lebten in fröhlicher Anarchie auf diesem blühenden Planeten – aber man redete ihn immer noch mit seinem Titel an und behandelte ihn als Senior, dessen Rat gesucht wurde, auf dessen Urteil man sich stützte, gemeinsam mit Zaccur Barstow, Lazarus, Captain King und anderen. Die Familien bekümmerten sich wenig um das kalendermäßige Alter; enge Freunde mochten um hundert Jahre differieren. Jahrelang hatten sie seine geschickte Amtsführung geschätzt; jetzt behandelten sie ihn wie einen ›elder statesman‹, obgleich zwei Drittel von ihnen älter waren als er.

Das endlose Picknick erstreckte sich auf Wochen, Monate. Nach der langen Einschließung im Schiff war die Versuchung, sich einen langen Urlaub zu gönnen, zu groß, um ihr widerstehen zu können, und nichts sprach dagegen. Nahrung im Überfluß, verzehrbereit und leicht zu gewinnen, fand sich beinahe überall; das Wasser in den zahlreichen Flüssen war sauber und trinkbar. Was die Kleidung anging, so besaßen sie genug, wenn sie sich anzuziehen wünschten, aber es ging hier mehr um ästhetische als um nützliche Probleme; das elysische Klima machte Schutzkleidung ebensowenig erforderlich wie Schwimmanzüge. Diejenigen, die sich gerne anzogen, trugen Kleidung; Armbänder, Ketten und Blumen im Haar genügten den meisten, und diese Dinge störten kaum, wenn man ins Meer hinausschwamm.

Lazarus blieb bei seinem Kilt.

Die Kultur der Kleinen Leute war nicht sogleich zu begreifen, der subtilen Nuancen wegen. Da äußere Anzeichen hoher wissenschaftlicher Leistungen, nach Erdmaßstäben, fehlten – es gab keine großen Gebäude, keine komplizierten Transportmaschinen, keine summenden Energieerzeuger –, mochte man sie leicht für Naturkinder halten, die in einem Garten Eden wohnten.

Ein Eisberg zeigt nur ein Achtel seines Umfangs über Wasser.

Ihr Wissen über Physik war dem der Kolonisten nicht unterlegen, sondern weit voraus. Sie besichtigten die Raumboote mit höflichem Interesse, stürzten ihre Führer aber in Verwirrung, indem sie sich erkundigten, warum man dies und jenes gerade so machte und nicht anders? – Und der neue Weg erwies sich zuverlässig als einfacher und wirksamer ... wenn es den verblüfften Technikern überhaupt gelang zu begreifen, worauf die anderen hinauswollten.

Die Kleinen Leute verstanden Maschinen und alles, was damit zusammenhing, aber sie hatten einfach wenig Verwendung dafür. Sie brauchten sie offensichtlich nicht für die Verständigung und kaum für Transportzwecke – obgleich der wahre Grund dafür nicht sofort erkannt wurde –, und sie bedurften für wenige ihrer Tätigkeiten Geräte. Aber wenn sich die Notwendigkeit für ein bestimmtes Gerät ergab, waren sie durchaus in der Lage, es zu erfinden, zu bauen, einmal zu verwenden und es wieder zu zerstören.

Ihre Überlegenheit zeigte sich jedoch am deutlichsten in der Biologie. Die Kleinen Leute waren Meister in der Manipulation von Lebensformen. Pflanzen innerhalb weniger Tage zu entwickeln, die Früchte mit Geschmack und Nahrungswert trugen, wie die Menschen sie gewöhnt waren, stellte für sie kein Wunder, sondern eine Routineaufgabe dar, die ihre Biotechniker ohne Schwierigkeiten zu lösen vermochten. Sie schafften das leichter als ein Gartenfachmann, der eine bestimmte Farbe oder Form einer Blumensorte züchten will.

Ihre Methoden unterschieden sich jedoch von denen irgendeines menschlichen Pflanzenzüchters beträchtlich. Man mußte zugeben, daß sie ihre Methoden zu erklären versuchten, ohne jedoch damit viel zu gewinnen. In unseren Ausdrücken dargestellt, behaupteten sie, eine Pflanze in gewünschte Form und Charakteristik ›denken‹ zu können. Was sie damit auch immer meinen mochten, feststand, daß sie einen Steckling nehmen und binnen weniger Stunden zu vollem Wachstum bringen konnten, ohne ihn anzurühren – wobei er neue Eigenschaften zeigte, die im Mutterstamm nicht enthalten gewesen waren ... und die sich weiterhin in allen Abkömmlingen zeigten.

Die Kleinen Leute unterschieden sich von den Menschen in bezug auf wissenschaftliche Leistungen nur graduell. Der entscheidende Unterschied lag anderswo.

Sie waren keine Individuen.

Kein einzelner Leib eines Eingeborenen beherbergte ein Einzelindividuum. Ihre Individuen waren aus vielen Körpern zusammengesetzt; sie besaßen Gruppen-›Seelen‹. Die grundlegende Einheit ihrer Gesellschaft war eine telepathische Rapport-Truppe aus vielen Gliedern. Die Anzahl von Leibern und Gehirnen eines einzigen Individuums umfaßte oft neunzig oder mehr und fiel nie unter dreißig.

Die Kolonisten begannen vieles zunächst Unbegreifliche an den Kleinen Leuten erst zu verstehen, als diese Tatsache bekannt geworden war. Man hatte Grund zur Annahme, die Kleinen Leute fänden die Menschen ebenso unbegreiflich, hätten ebenfalls unterstellt, daß ihr Existenzgefüge in anderen widergespiegelt werde. Die Entdeckung der Wahrheit auf beiden Seiten brachte gegenseitige Mißverständnisse über die Identitäten und schien in den Kleinen Leuten Schrecken hervorzurufen. Sie zogen sich aus der Umgebung der Familienmitglieder zurück und ließen sich mehrere Tage nicht blicken.

Nach einiger Zeit erschien ein Bote im Lager und suchte Barstow auf. »... wir bedauern, euch ausgewichen zu sein ... in unserer Hast haben wir euer Schicksal für einen Fehler gehalten ... wir möchten euch helfen ... wir bieten an, euch zu lehren, daß ihr werdet wie wir ...«

Barstow überlegte, wie er dieses großzügige Angebot beantworten sollte. »Wir danken euch für eure Hilfsbereitschaft«, sagte er nach längerer Zeit, »aber was euch als Unglück erscheint, ist ein notwendiger Teil unseres Wesens. Unsere Wege sind nicht die euren. Ich glaube, daß wir eure Art nicht verstehen könnten.«

Der Gedanke, den er daraufhin auffing, ließ Besorgnis erkennen. »... wir haben die Tiere der Luft und des Bodens gelehrt, ihren Kampf aufzugeben ... aber wenn ihr unsere Hilfe nicht wollt, werden wir sie euch nicht aufdrängen ...«

Der Bote verschwand und ließ Zaccur Barstow betroffen zurück. Vielleicht war er mit seiner Antwort zu voreilig gewesen, vielleicht hätte er zunächst die Senioren befragen sollen. Telepathie war eine Gabe, die man zweifellos nicht verächtlich abweisen durfte; vielleicht konnten die Kleinen Leute sie darin ausbilden, ohne einen Verlust menschlicher Individualität hervorzurufen. Aber was ihm von den Telepathen unter den Familien bekannt war, ließ eine solche Hoffnung trügerisch erscheinen; es gab nicht einen unter ihnen, der seelisch gesund gewesen wäre, viele hatten auch geistige Störungen – das schien kein Weg für die Menschen zu sein.

Man konnte später darüber sprechen; es war nicht eilig.

›Kein Grund, sich zu beeilen‹, konnte als Motto für das ganze Lager gelten. Man hatte es nicht nötig, sich anzustrengen; es gab wenig Pflichten zu erfüllen, und auch diesen konnte man in aller Ruhe nachgehen. Die Sonne war warm und angenehm, kein Tag unterschied sich merklich vom nächsten, und man hatte schließlich immer noch den Tag danach. Die Angehörigen, von Grund auf mit Weitblick ausgestattet, begannen einen Standpunkt der Ewigkeit zu beziehen. Die Zeit spielte keine Rolle mehr. Selbst die Forschungen über die Langlebigkeit, die betrieben worden waren, solange sie sich erinnern konnten, gerieten ins Stocken. Gordon Hardy verschob seine Experimente, um herauszufinden, was die Kleinen Leute über die Natur des Lebens wußten. Er sah sich gezwungen, langsam vorzugehen und viele Stunden zur Verarbeitung neuen Wissens aufzuwenden. Die Zeit verging, und er bemerkte kaum, daß die Stunden des Nachdenkens immer länger, die aktiven Studien immer kürzer wurden.

Eines fand er heraus, und die Konsequenzen eröffneten völlig neue Denkbereiche: Die Kleinen Leute hatten in gewisser Beziehung den Tod überwunden.

Da jedes ihrer Ichs vielen Leibern gemeinsam war, bedeutete der Tod eines Körpers nicht den Tod des Ichs. Alle Erinnerungserfahrungen dieses Körpers blieben intakt, die damit verbundene Persönlichkeit ging nicht verloren, und der physische Verlust konnte wettgemacht werden, indem man einen jungen Eingeborenen in die Gruppe ›einheiraten‹ ließ. Ein Gruppen-Ich, eine der Persönlichkeiten, die mit den Menschen in Verbindung trat, konnte nicht sterben, außer durch Vernichtung aller Körper ihrer Gemeinschaft. Sie lebten einfach fort, anscheinend für immer.

Ihre Jungen schienen bis zum Zeitpunkt der ›Heirat‹ oder Gruppenassimilation über wenig Persönlichkeit und nur geringe oder möglicherweise instinktive Denkprozesse zu verfügen. Ihre Senioren erwarteten von ihnen kein intelligenteres Verhalten als der Mensch von einem noch nicht geborenen Kind. Jeder Ich-Gruppe waren stets viele solcher unfertigen Personen angegliedert; man bemühte sich um sie wie um geliebte Schoßtiere oder hilflose Babies, obwohl sie oft ebenso groß und anscheinend genauso ausgereift waren wie ihre Senioren.

Lazarus langweilte das Paradies schneller als die Mehrheit seiner Vettern. »Es kann doch nicht immer Teezeit sein«, beschwerte er sich bei Libby, der neben ihm im Gras lag.

»Was haben Sie denn, Lazarus?«

»Nichts Besonderes.« Lazarus stellte die Spitze seines Messers auf den rechten Ellbogen, schnellte es mit der anderen Hand fort und sah die Klinge sich in den Boden bohren. »Diese Gegend hier erinnert mich an einen gutgeführten Zoo. Sie hat ungefähr ebensoviel Zukunft.«

»Was ärgert Sie im besonderen?«

»Nichts. Das stört mich eben. Ehrlich, Andy, kommt es Ihnen richtig vor, daß wir hier nutzlos herumsitzen?«

Libby grinste. »Ich habe nicht allzuviel einzuwenden. Es geht uns doch gut. Was paßt Ihnen daran nicht?«

»Na ja –« Lazarus starrte ins Leere. »Als ich ein junger Mann war, vor langer Zeit, blieb ich einmal in der Südsee hängen –«

»Hawaii?«

»Nein, weiter südlich. Weiß der Teufel, wie das heute heißt. Ich war völlig pleite und verkaufte schließlich meinen Sextanten. Bald hätte ich für einen Eingeborenen gelten können – vielleicht hat es auch eine Weile gedauert. Ich lebte jedenfalls wie einer. Es schien keine Rolle zu spielen. Aber eines Tages erblickte ich mich im Spiegel.« Lazarus seufzte hörbar. »Ich verschwand von dort, im Frachtraum eines Schiffes, das frische Häute geladen hatte. Das zeigt Ihnen vielleicht, wie entsetzt und verzweifelt ich war.«

Libby schwieg.

»Was fangen Sie mit Ihrer Zeit an, Lib?« drängte Lazarus.

»Ich? Immer dasselbe. Ich denke an Mathematik. Ich versuche, hinter einen Antrieb wie den zu kommen, der uns hierhergebracht hat.«

»Und?« Lazarus wurde plötzlich aufmerksam.

»Ich hatte noch kein Glück damit. Lassen Sie mir Zeit. Oder ich beobachte die Wolken. Überall gibt es amüsante mathematische Beziehungen, wenn man die Augen offenhält. In den Wellen, auf dem Wasser, oder in Büstenformen – elegante Funktionen fünften Grades.«

»Was? Sie meinen ›vierten Grades‹.«

»Fünften Grades. Sie haben die Zeitvariable vergessen. Ich mag Gleichungen fünften Grades«, meinte Libby träumerisch. »Man findet sie auch bei Fischen.«

»Hmppf!« sagte Lazarus und stand auf. »Das mag vielleicht für Sie richtig sein, aber ich kann nichts damit anfangen.«

»Gehen Sie weg?«

»Ein bißchen spazieren.«

Lazarus ging nach Norden. Er wanderte den ganzen Tag hindurch, schlief in dieser Nacht wie üblich auf dem Boden, und war in der Morgendämmerung schon wieder unterwegs. Der nächste Tag hatte einen Nachfolger gleicher Art, und auch dieser einen. Das Wandern war mühelos, wie bei einem Spaziergang in einem Park – zu mühelos für Lazarus' Geschmack. Für den Anblick eines Vulkans oder eines richtigen Wasserfalls hätte er viel gegeben.

Die Nahrungspflanzen waren manchmal fremdartig, aber reichlich vorhanden und zufriedenstellend. Gelegentlich begegnete er einem oder mehreren der Kleinen Leute, die ihren geheimnisvollen Geschäften nachgingen. Man belästigte ihn nie, fragte auch nicht, warum er unterwegs war, sondern begrüßte ihn mit der gelassenen Unterstellung längerer Bekanntschaft. Er begann sich nach einem Fremden zu sehnen; er fühlte sich beobachtet.

Bald wurden die Nächte kühler, die Tage weniger warm, und die Kleinen Leute weniger zahlreich. Aber schließlich begegnete er einen ganzen Tag lang nicht einem einzigen von ihnen. Dort übernachtete er, hielt sich den ganzen nächsten Tag in der Gegend auf – und unterzog sich einer gründlichen Prüfung.

Er mußte zugeben, daß er an dem Planeten und seinen Bewohnern nichts Wesentliches auszusetzen fand. Aber ebensowenig war er, waren sie nach seinem Geschmack. Keine Philosophie, die er jemals gehört oder gelesen hatte, zeigte einen vernünftigen Sinn für das menschliche Dasein, noch klare Hinweise auf sein richtiges Verhalten. In der Sonne zu liegen, mochte ein ebenso gültiger Weg sein, das Leben zu verbringen, wie irgendein anderer – aber für ihn war das nicht geeignet, und er wußte es, obwohl er nicht sicher war, woher.

Der Auszug der Familien war ein Fehler gewesen. Es wäre weitaus menschlicher, weitaus reifer und männlicher gewesen, zu bleiben und um ihr Recht zu kämpfen, selbst wenn sie dabei zugrunde gegangen wären. Statt dessen waren sie durch das halbe Universum geflüchtet – Lazarus nahm es mit den Maßen nicht so genau – auf der Suche nach einer Heimat. Sie hatten sie gefunden – aber sie war bereits von derart überlegenen Wesen bewohnt, daß sie für den Menschen unerträglich wurde ... während der Mensch diesen Wesen so gleichgültig war, daß sie sich nicht einmal die Mühe gemacht hatten, ihn zu vernichten, sondern ihn hierherschafften – in diesen manikürten Landclub.

Und das war eine unerträgliche Demütigung. Die ›New Frontiers‹ war die Spitzenleistung von fünfhundert Jahren wissenschaftlicher Forschung, das Beste, was Menschen leisten konnten –

aber sie war durch die Tiefen des Weltraums geschleudert worden, als sei sie nichts als ein Stäubchen.

Die Kleinen Leute schienen sie nicht hinauswerfen zu wollen, aber sie waren in ihrer Art für die Menschen ebenso demoralisierend wie die Jockaira-Götter. Einzeln mochten sie Schwachsinnige sein, aber als Gruppe stellten sie Genies dar, denen die besten Geister der Menschen nicht gewachsen sein konnten. Auch Andy nicht. Der Mensch konnte ebensowenig hoffen, sich mit dieser Art von Organisation auf einen Wettstreit einzulassen, wie eine kleine Werkstätte die Konkurrenz mit einer automatisierten Kybernetik-Fabrik aufzunehmen vermochte. Solche Gruppenidentitäten zu bilden, wenn sich das überhaupt machen ließe, hieße aber, aufzugeben, was sie zu Menschen machte.

Lazarus gestand sich ein, daß er zugunsten der Menschen voreingenommen war.

Die ungezählten Tage glitten dahin, während er sich mit den Problemen herumschlug, die ihn bedrängten, Probleme, die Traurigkeit in die Herzen seiner Mitmenschen gesenkt hatten, seit der erste Hominide zum Selbstbewußtsein erwacht war, Fragen, die sich weder durch einen vollen Bauch noch durch raffinierte Maschinen lösen ließen. Und die endlosen ruhigen Tage brachten ihm ebensowenig endgültige Antworten wie die Seelenforschung seiner Ahnen. Warum? Was nützt es dem Menschen? Keine Antwort – bis auf die eine: die feste, unbegründbare Überzeugung, daß er für diesen zeitlosen stillen Hafen nicht geeignet war.

Seine Meditationen wurden durch das Erscheinen eines der Kleinen Leute gestört ... »... Grüße, alter Freund ... King wünscht, daß Sie heimkehren ... er braucht Ihren Rat ...«

»Was ist passiert?« fragte Lazarus.

Aber das kleine Wesen wollte oder konnte es ihm nicht sagen. Lazarus stand auf und machte sich auf den Weg. »... es ist nicht nötig, langsam zu gehen ...«, erreichte ihn ein Gedanke.

Lazarus ließ sich zu einer Lichtung hinter einer Baumgruppe führen. Dort fand er ein eiförmiges Objekt von etwa zwei Metern Länge, glatt und ohne äußere Merkmale, abgesehen von einer Tür. Der Eingeborene betrat das Ding, Lazarus zwängte sich hinter ihm hinein; die Tür schloß sich.

Sie wurde beinahe augenblicklich wieder geöffnet und Lazarus sah, daß sie auf dem Strand unmittelbar vor dem Lager angekommen waren. Er mußte zugeben, daß das ein guter Trick war.

Lazarus eilte zu dem am Strand abgestellten Raumboot, wo

Captain King zusammen mit Barstow eine Art Hauptquartier unterhielt. »Sie wollten mich sprechen, King. Was ist los?«

Kings Gesicht war ernst. »Es handelt sich um Mary Sperling.«

Lazarus spürte, wie sich sein Herz zusammenkrampfte. »Tot?«

»Nein. Nicht direkt. Sie ist zu den Kleinen Leuten übergegangen. Sie hat in eine ihrer Gruppen ›eingeheiratet‹!«

»Was? Das ist doch ausgeschlossen!«

Lazarus irrte sich. Es bestand auch nicht die Andeutung der Möglichkeit einer Verbindung zwischen Eingeborenen und Menschen, aber daß ein Mensch mit einer der Rapport-Gruppen verschmolz und seine Persönlichkeit im Ich der Vielen untergehen ließ, wurde durch kein Hindernis beschränkt.

Mary Sperling, überzeugt von ihrem nahen Tod, sah im unsterblichen Gruppen-Ich einen Ausweg. Angesichts des ewigen Problems von Leben und Tod hatte sie sich ihm entzogen, indem sie beidem auswich ... Selbstaufgabe. Sie hatte eine Gruppe gefunden, die bereit war, sie aufzunehmen, und den Übergang gewagt.

»Das schafft viele neue Probleme«, schloß King. »Slayton, Zaccur und ich waren der Meinung, daß wir Sie hierhaben müßten.«

»Ja, ja, sicher – aber wo ist Mary?« schrie Lazarus, dann rannte er hinaus, ohne die Antwort abzuwarten. Er hastete durch das Lager und ignorierte alle Versuche, ihn zu grüßen oder aufzuhalten. Hinter dem Lager traf er auf einen Eingeborenen. Er blieb stehen. »Wo ist Mary Sperling?«

... ich bin Mary Sperling ...«

»Aber um – das kann doch nicht sein.«

»... ich bin Mary Sperling und Mary Sperling ist ich ... Kennen Sie mich nicht, Lazarus? ... Ich kenne Sie ...«

Lazarus fuchtelte mit den Händen. »Nein! Ich möchte Mary Sperling sehen, die wie ein Mensch aussieht – wie ich!«

Der Eingeborene zögerte. »... kommen Sie mit ...«

Lazarus fand sie weit vom Lager entfernt; es war klar ersichtlich, daß sie den anderen Kolonisten ausgewichen war. »Mary!«

Sie antwortete telepathisch: »... Es tut mir leid, daß Sie Sorgen haben ... Mary Sperling gibt es nicht mehr, außer als Teil von uns ...«

»Ach, hören Sie doch auf, Mary! Lassen Sie diesen Quatsch! Kennen Sie mich denn nicht?«

»... Natürlich kenne ich Sie, Lazarus ... Sie sind es, der mich nicht kennt ... betrüben Sie Ihre Seele nicht mit dem Anblick dieses Körpers ... ich bin nicht von Ihrer Art ... ich bin Teil dieses Planeten ...«

»Mary«, drängte er. »Sie müssen das ungeschehen machen. Sie müssen weg von hier!«

Sie schüttelte den Kopf. Eine seltsam menschliche Geste, denn ihr Gesicht zeigte keine Spur menschlichen Ausdrucks mehr, es war eine Maske des Andersseins. » . . . das ist unmöglich, Mary Sperling gibt es nicht mehr . . . wer mit dir spricht, ist ich und nicht von deiner Art . . .« Das Wesen, das Mary Sperling gewesen war, wandte sich ab und ging davon.

»Mary!« schrie er auf. Sein Herz überwand die Kluft eines Jahrhunderts bis zu jener Nacht, in der seine Mutter gestorben war. Er bedeckte sein Gesicht mit den Händen und schluchzte in der untröstlichen Trauer eines Kindes.

5

Lazarus wurde von King und Barstow erwartet, als er zurückkam. King sah sein Gesicht. »Ich hätte Ihnen Bescheid gesagt«, meinte er ernst, »aber Sie wollten ja nicht warten.«

»Lassen Sie das«, erwiderte Lazarus rauh. »Was nun?«

»Lazarus, Sie müssen noch etwas sehen, bevor wir uns besprechen«, sagte Zaccur Barstow.

»Gut. Was?«

»Kommen Sie mit.« Sie führten ihn zu einem Abteil im Raumboot, das als Hauptquartier diente. Im Gegensatz zu den Gewohnheiten der Familien war es abgesperrt; King ließ sie eintreten. Im Innern befand sich eine Frau, die still hinausging, und die Tür von draußen wieder absperrte.

»Sehen Sie sich das an«, sagte Barstow.

Es war in einem Brutapparat – ein lebendes Wesen, ein Kind, wie man es noch nie zu Gesicht bekommen hatte. Lazarus starrte es an und sagte zornig: »Was soll das sein?«

»Überzeugen Sie sich selbst. Heben Sie es hoch. Es tut Ihnen nichts.«

Lazarus tat es, vorsichtig zuerst, dann ohne Widerwillen, als seine Neugier geweckt worden war. Was er war, konnte er nicht sagen.

Es war nicht menschlich; ebensowenig schien es ein Abkömmling der Kleinen Leute zu sein. Trug dieser Planet, wie der letzte, eine zunächst nicht vermutete Rasse? Es war menschenähnlich, aber zweifellos kein Menschenkind. Nicht einmal die kleine Nase der

Babies war vorhanden, auch die äußeren Ohren nicht. An den üblichen Stellen fanden sich Organe, aber sie traten nicht aus dem Kopf hervor und waren von Knochenvorsprüngen geschützt. Die Hände besaßen zu viele Finger, und jedes Handgelenk wies einen zusätzlichen Finger auf, der in einem Fortsatz rosafarbener Würmer endete.

Der Rumpf des Wesens hatte etwas an sich, das Lazarus nicht zu definieren vermochte. Aber zwei Dinge waren nicht zu übersehen: die Beine endeten nicht in menschlichen Füßen, sondern in hornigen, zehenlosen Ausläufern – Hufen. Und das Geschöpf war hermaphroditisch – nicht deformiert, sondern als gesunde Entwicklung, ein Androgyn.

»Was ist das?« wiederholte er argwöhnisch.

»Das ist Marion Schmidt, geboren vor drei Wochen«, erwiderte Zaccur.

»Wie, was soll das heißen?«

»Das bedeutet, daß die Kleinen Leute uns ebenso zu manipulieren vermögen wie ihre Pflanzen.«

»Aber sie hatten doch versprochen, uns in Ruhe zu lassen!«

»Seien Sie nicht zu voreilig! Wir sind selbst schuld. Die ursprüngliche Idee sah nur einige Verbesserungen vor.«

»Verbesserungen! Dieses Wesen ist ein Greuel.«

»Ja und nein. Mir wird jedesmal übel, wenn ich es ansehen muß ... aber in Wirklichkeit ist es – nun, eine Art Übermensch. Die Körperstruktur ist für größere Wirksamkeit umgeformt worden, unsere nutzlosen, affenähnlichen Überbleibsel verschwanden und seine Organe sind auf vernünftige Weise neu geordnet worden. Man kann nicht sagen, daß es nichtmenschlich sei, denn es ist ... ein verbessertes Modell. Nehmen Sie das zusätzliche Organ am Handgelenk. Das ist eine weitere Hand, eine Miniaturhand ... versehen mit einem Mikroskopauge. Sie werden einsehen, wie nützlich das sein kann.«

Barstow starrte es an. »Aber ich finde es entsetzlich!«

»So wird es jedem vorkommen«, stellte Lazarus fest. »Es mag eine Verbesserung sein, aber ich behaupte, es hat nichts Menschliches an sich, verflucht noch mal.«

»Auf jeden Fall stellt es uns vor ein Problem.«

»Und ob!« Lazarus starrte es wieder an. »Sie sagen, es besitze in diesen winzigen Händen ein zweites Augenpaar. Das ist doch unmöglich.«

Barstow zuckte die Achseln. »Ich bin kein Biologe, aber jede Zelle des Körpers enthält ein ganzes Chromosomenbündel. Ich vermute, daß man Augen, Knochen oder alles andere nach Wunsch hervorbringen kann, wenn man mit den Genen in den Chromosomen zu manipulieren versteht. Und sie können es.«

»Ich will nicht manipuliert werden!«

»Ich auch nicht!«

Lazarus stand am Ufer und starrte über den weiten Strand hinweg auf die Vollversammlung der Familien. »Ich bin –«, begann er förmlich, dann verstummte er. »Kommen Sie einen Augenblick her, Andy.« Er flüsterte Libby etwas zu. Libby machte ein gequältes Gesicht und wisperte etwas. Lazarus redete ungeduldig auf ihn ein. Schließlich richtete er sich auf und begann von neuem.

»Ich bin hunderteinundvierzig Jahre alt – mindestens«, erklärt er. »Gibt es hier jemanden, der älter ist?« Es handelte sich um eine leere Formalität. Er wußte, daß er der Älteste war, er fühlte sich doppelt so alt. »Die Versammlung ist eröffnet«, fuhr er fort; seine Stimme wurde von Lautsprechern aus dem Raumboot über den Strand getragen. »Wer ist als Vorsitzender vorgeschlagen?«

»Weitermachen«, rief jemand aus der Menge.

»Also gut«, sagte Lazarus. »Zaccur Barstow.«

Hinter Lazarus zielte ein Techniker mit einem Mikrofon auf Barstow. »Zaccur Barstow«, dröhnte seine Stimme, »ich spreche für mich selbst. Manche von uns sind zu der Anschauung gelangt, dieser Planet, so angenehm er auch ist, sei nicht der richtige Platz für uns. Ihr wißt alle über Mary Sperling Bescheid, ihr habt Bilder von Marion Schmidt gesehen; es gab auch andere Dinge, und ich will mich nicht weiter auslassen. Aber die Emigration stellt eine neue Frage, die Frage nach dem Ziel! Lazarus Long schlägt vor, daß wir zur Erde zurückkehren. Bei solchen –«, seine Stimme verlor sich im Lärm der Menge.

Lazarus schrie sie nieder. »Niemand wird gezwungen, von hier wegzugehen. Aber wenn genügend von uns fortwollen, um die Mitnahme des Schiffes zu rechtfertigen, können wir es tun. Ich sage, kehren wir zur Erde zurück. Manche wollen einen anderen Planeten suchen. Das muß entschieden werden. Aber zuerst – wie viele denken wie ich?«

»Ich!« Der Ruf hallte vielstimmig über den Strand. Lazarus schaute zu dem ersten hinunter, der sich gemeldet hatte, versuchte ihn auszumachen, blickte über die Schulter zu dem Techniker und deutete. »Los«, sagte er. »Die übrigen halten den Mund.«

»Ich heiße Oliver Schmidt. Ich warte seit Monaten darauf, daß jemand diesen Vorschlag machte. Ich dachte schon, ich wäre der einzige Nörgler hier. Ich habe keinen besonderen Grund, von hier wegzugehen – ich bin weder von der Geschichte mit Mary Sperling noch von Marion Schmidt erschreckt worden. Jeder, der so etwas verträgt, hat meinen Segen – leben und leben lassen. Aber ich möchte Cincinnati wiedersehen. Ich habe diesen Planeten satt. Ich will kein Lotusesser sein. Verdammt noch mal, ich möchte mir meinen Lebensunterhalt verdienen! Den Familiengenetikern zufolge habe ich noch ein Jahrhundert vor mir. Ich sehe nicht ein, daß ich soviel Zeit in der Sonne vertrödeln soll.«

Als er verstummte, versuchten tausend andere das Wort zu erlangen. »Ruhe! Ruhe!« brüllte Lazarus. »Wenn alle reden wollen, muß ich das über die Familienvertreter organisieren. Aber machen wir hier und dort Stichproben.« Er suchte einen anderen Mann aus und gab ihm das Wort.

»Ich brauche nicht lange«, sagte der neue Sprecher, »da ich mit Oliver Schmidt übereinstimme. Ich wollte nur meine Gründe angeben. Fehlt euch nicht auch der Mond? Zu Hause saß ich in den warmen Sommernächten auf dem Balkon, rauchte und sah den Mond an. Ich wußte nicht, daß das von Wichtigkeit für mich war, aber es ist so! Ich will einen Planeten mit Mond.«

Der nächste Sprecher sagte nur: »Dieser Sache mit Mary Sperling kann ich nicht zustimmen – sie macht mich nervös. Ich träume nachts, daß ich ihrem Beispiel gefolgt bin.«

Die Argumente nahmen kein Ende. Jemand erklärte, daß man sie von der Erde verjagt habe; wie komme man zu der Ansicht, man werde sie zurückkehren lassen? Lazarus übernahm die Antwort. »Wir haben von den Jockaira viel gelernt, noch mehr von den Kleinen Leuten – Dinge, die uns einen großen Vorsprung vor den Wissenschaftlern der Erde sichern. Wir kommen nicht mit leeren Händen zurück. Wir sind in der Lage, unser Recht zu fordern und stark genug, es zu verteidigen.«

»Lazarus Long –«, meldete sich eine andere Stimme.

»Ja«, sagte Lazarus. »Sie da drüben, sprechen Sie.«

»Ich bin viel zu alt, um immer wieder von Stern zu Stern zu fliegen, und viel zu alt, um dann auch noch kämpfen zu können. Ich bleibe hier, was ihr anderen auch tun wollt.«

»In diesem Fall braucht darüber ja nicht mehr diskutiert zu werden, nicht wahr?« meinte Lazarus.

»Ich habe ein Recht darauf, gehört zu werden.«

»Na schön, wir haben Sie angehört. Jetzt kommt ein anderer an die Reihe.«

Die Sonne ging unter, die Sterne tauchten am Himmel auf, und immer noch wurde geredet. Lazarus wußte, daß man nie ein Ende finden würde, wenn er nicht einschritt. »Schon gut«, schrie er, die vielen ignorierend, die noch sprechen wollten. »Vielleicht müssen wir die Sache an die Familienräte überweisen, aber machen wir eine Probeabstimmung, um zu sehen, wo wir stehen. Alle, die zur Erde zurückwollen, versammeln sich zu meiner Rechten. Alle, die hierbleiben wollen, gehen den Strand links hinunter. Alle, die einen anderen Planeten suchen wollen, versammeln sich hier vor mir.« Er trat zurück und sagte zu dem Tontechniker: »Ein bißchen Musik, damit es schneller geht.«

Der Techniker nickte, und die Töne des Valse triste schwebten über den Strand. Dann kam ›Die grünen Hügel der Erde‹. Zaccur Barstow wandte sich an Lazarus. »Sie haben diese Musik ausgesucht.« – »Ich?« sagte Lazarus mit unschuldiger Miene. »Sie wissen ganz genau, daß ich unmusikalisch bin, Zack.«

Auch mit Musik dauerte die Aufteilung lange. Der letzte Satz der Fünften war längst verklungen, bevor man sich halbwegs in drei Abteilungen aufgegliedert hatte.

Zur Linken hatte sich etwa ein Zehntel der Gesamtzahl versammelt, damit den Wunsch dokumentierend, daß man hierbleiben wollte. Es waren meist die Alten und Erschöpften, deren Zeit zu Ende ging. Bei ihnen standen ein paar junge Leute, die die Erde nie gesehen hatten, sowie einzelne Personen aus anderen Altersgruppen.

In der Mitte stand eine sehr kleine Gruppe, nicht über dreihundert Personen, vor allem Männer und einige jüngere Frauen, die damit für neue Fahrten optierten.

Aber die große Masse befand sich rechts von Lazarus. Er sah sie an und entdeckte neues Leben in ihren Gesichtern; sein Mut stieg, denn er hatte befürchtet, mit seinem Wunsch allein zu sein.

Er sah die kleine Gruppe vor sich an. »Sieht so aus, als hätte man euch überstimmt«, sagte er zu ihnen allein, ohne Tonverstärkung. »Aber das macht nichts, man muß auch warten können.« Er wartete.

Langsam begann sich die Mittelgruppe aufzulösen. Allein, zu zweit und zu dritt entfernten sich die Leute. Ganz wenige gingen zu denjenigen, die bleiben wollten, die meisten verschmolzen mit der rechten Masse.

Als diese zweite Abteilung beendet war, wandte sich Lazarus an die kleinere Gruppe zu seiner Linken. »Also«, sagte er leise, »Ihr ... ihr Alten könnt zurückgehen und euch schlafen legen. Wir anderen müssen Pläne machen.«

Lazarus erteilte Libby das Wort und ließ ihn der Mehrheit erklären, daß der Flug nach Hause nicht zu einem so erschöpfenden Abenteuer werden würde, wie die Reise von der Erde hierher. Libby schrieb den Verdienst daran jenen zu, denen er gebührte, den Kleinen Leuten. Sie hatten ihm bei den Schwierigkeiten im Umgang mit den Geschwindigkeiten, die jene des Lichts zu übersteigen schienen, geholfen. Wenn die Kleinen Leute wußten, wovon sie sprachen – und Libby war überzeugt davon –, schien es keine Begrenzungen für das zu geben, was Libby ›Para-Beschleunigung‹ nannte, weil sie, wie Libbys eigener Lichtdruckantrieb, auf die gesamte Masse gleichmäßig einwirkte und von den Sinnen ebensowenig empfunden werden konnte wie die Gravitation, und außerdem, weil das Schiff nicht so sehr ›durch‹ als vielmehr ›um‹ oder ›neben‹ dem normalen Raum fliegen mußte. »Es geht nicht so sehr darum, das Schiff anzutreiben, als eine Auswahl geeigneter Äquipotentialflächen in einem x-dimensionalen Hyperraum von x plus eins möglicher –«

Lazarus unterbrach ihn. »Das ist Ihr Gebiet, und wir alle verlassen uns auf Sie. Die Feinheiten verstehen wir nicht.«

»Ich wollte nur sagen –«

»Ich weiß. Aber da konnte schon längst keiner mehr mit.«

Jemand aus der Menge schrie noch eine Frage herauf. »Wann werden wir ankommen?«

»Ich weiß es nicht«, gab Libby zu. »Ich kann nicht sagen, welches Jahr wir schreiben werden ... aber es sieht so aus, als sollten wir es in drei Wochen schaffen.«

Die Vorbereitungen nahmen Tage in Anspruch, weil die Raumboote zahlreiche Flüge unternehmen mußten, um alle an Bord der ›New Frontiers‹ zu bringen. Zwischen den Zurückbleibenden und den anderen gab es keinen großen Abschied, weil sich die ersteren kaum blicken ließen. Zwischen den beiden Gruppen war eine gewisse Entfremdung aufgetreten; die Abstimmung am Strand hatte Freundschaften zerrissen, sogar Ehen gespalten, böses Blut gemacht und Bitterkeit verursacht. Der einzig wünschbare Effekt dieser Abstimmung war wohl, daß die Eltern der mutierten Marion Schmidt sich für das Bleiben entschieden hatten.

Lazarus befehligte das letzte Boot, das vom Planeten abhob. Kurz vor dem Start berührte ihn jemand am Arm. »Entschuldigen Sie«, sagte ein junger Mann. »Ich heiße Herbert Johnson. Ich möchte mitfliegen, aber ich mußte bei den anderen bleiben, damit meine Mutter nicht in Ohnmacht fällt. Kann ich noch mit, wenn ich erst im letzten Augenblick komme?«

Lazarus sah ihn an. »Sie scheinen mir alt genug zu sein, daß Sie entscheiden können, ohne mich zu fragen.«

»Sie verstehen mich nicht. Ich bin das einzige Kind, und meine Mutter läßt mich nie allein. Ich muß mich zurückschleichen, bevor sie mich vermißt. Wie lange –«

»Ich warte nicht mehr. Und Sie werden auch nicht jünger. Steigen Sie ein!«

»Aber –«

»Los!« Der junge Mann gehorchte und warf einen ängstlichen Blick über die Schulter. Lazarus hob die Augen zum Himmel.

Als er an Bord der ›New Frontiers‹ angelangt war, meldete sich Lazarus bei Captain King im Kontrollraum. »Alles da?« fragte er.

»Ja. Ein paar Leute entschieden sich erst im letzten Augenblick, pro oder kontra, und in der allerletzten Sekunde kam noch ein Passagier – eine Frau namens Eleanor Johnson. Wir können also!«

King wandte sich an Libby. »Los, Mister.«

Die Sterne erloschen.

Sie flogen blind, von Libbys einmaligem Talent geleitet. Wenn er Zweifel über seine Fähigkeiten hatte, sie durch das gestaltlose Dunkel des Hyperraums zu führen, behielt er sie bei sich. Am dreiundzwanzigsten Schiffstag des Fluges und am elften Tag der Para-Verzögerung erschienen die Sterne wieder in ihren vertrauten Bildern – der Große Wagen, der riesige Orion, das Kreuz des Südens, die Plejaden, und genau vor ihnen, vor dem frostigen Hintergrund der Milchstraße blitzend, ein goldenes Licht, das die Sonne sein mußte.

Lazarus hatte zum zweitenmal innerhalb eines Monats Tränen in den Augen.

Sie konnten nicht einfach die Erde abfangen, eine Park-Kreisbahn einnehmen und von Bord gehen; sie hatten zuerst die Karten auf den Tisch zu legen. Außerdem mußten sie erst wissen, welches Jahr man schrieb.

Libby konnte anhand der Bewegungen der nahen Sterne sehr bald feststellen, daß es nicht später als etwa 3700 A. D. war; er lehnte es aber ab, sich ohne präzise Observatoriumsinstrumente genauer festzulegen. Als sie nah genug herangekommen waren, daß man die Sonnenplaneten sehen konnte, stand ihm eine weitere Uhr zur Verfügung, die er abzulesen vermochte; die Planeten stellen eine Uhr mit neun Zeigern dar.

Für jedes Datum gibt es eine einmalige Anordnung dieser ›Zeiger‹, da keine Planetenperiode genau mit einer anderen übereinstimmt; Pluto bezeichnet eine ›Stunde‹ eines Vierteljahrtausends; Merkur durchrast eine ›Sekunde‹ von etwa neunzig Tagen. Die anderen Zeiger vermögen diese Ablesung zu verfeinern – Neptuns Periode unterscheidet sich so eigensinnig von der Plutos, daß die beiden nur ungefähr alle siebenhundertfünfzig Jahre in eine annähernd gleichartige Stellung zueinander kommen. Die große Uhr kann über jeden Zeitraum hinweg mit dem gewünschten Grad von Genauigkeit abgelesen werden – aber sie ist nicht leicht abzulesen.

Libby begann sie abzulesen, sobald der erste Planet zu erkennen war. Er murmelte vor sich hin. »Es besteht keine Möglichkeit, Pluto zu finden, und bei Neptun ist es fraglich«, beklagte er sich bei Lazarus. »Die inneren Planeten geben mir eine unendliche Reihe von Annäherungen – Sie wissen genausogut wie ich, daß ›unendlich‹ ein fragwürdiger Ausdruck ist. Ärgerlich!«

»Machen Sie es sich nicht zu schwer? Sie können doch eine praktisch verwertbare Antwort finden. Sonst lassen Sie mich mal 'ran.«

»Natürlich kann ich eine praktische Antwort finden«, meinte Libby gereizt, »wenn Sie damit zufrieden sind. Aber –«

»Welches Jahr wir schreiben, will ich wissen!«

»Was? Drücken wir es so aus: Der Zeitablauf im Schiff und die Fortdauer auf der Erde liefen dreimal auseinander. Aber jetzt laufen sie wieder synchron, so daß seit unserem Abflug etwas mehr als vierundsiebzig Jahre vergangen sind.«

Lazarus seufzte tief. »Warum haben Sie das nicht gleich gesagt?« Er hatte befürchtet, das Antlitz der Erde nicht mehr wiederzuerkennen ... man mochte New York abgerissen oder sonst etwas Schreckliches getan haben. »Sie hätten mich nicht so erschrecken sollen, Andy.«

»Mmm ...«, sagte Libby. Dieses Thema interessierte ihn nicht mehr. Jetzt blieb nur noch das herrliche Problem, eine Mathematik zu erfinden, die auf elegante Weise zwei anscheinend unvereinbare Tatsachengruppen beschrieb: die Michelson-Morleyschen Versuche und das Logbuch der ›New Frontiers‹. Er machte sich begeistert an die Arbeit. Mhmm ... was war die geringste Zahl von Para-Dimensionen, die den erweiterten Hyperraum enthielten, wenn ein System von Postulaten –

Damit war er lange Zeit beschäftigt – subjektive Zeit, versteht sich.

Das Schiff wurde achthundert Millionen Kilometer von der Sonne entfernt in eine zeitweilige Umlaufbahn gebracht, deren

Radiusvektor zur Ekliptikebene normal verlief. In rechtem Winkel und weit außerhalb der flachen Scheibe des Sonnensystems geparkt, waren sie vor Entdeckung sicher. Während des Fluges hierher hatte man ein Raumboot mit dem neuen Antrieb ausgerüstet, und man schickte ein Verhandlerteam hinunter.

Lazarus wollte mitfliegen. King lehnte das ab, und Lazarus war beleidigt. King hatte kurz angebunden gesagt: »Das ist kein Überfall, Lazarus, sondern eine diplomatische Mission.«

»Na und! Ich kann diplomatisch sein, wenn es sich lohnt!«

»Ohne Zweifel. Aber wir schicken lieber jemand, der nicht dauernd bewaffnet herumläuft.«

Ralph Schultz führte die Gruppe an, da psychodynamische Faktoren auf der Erde von größter Bedeutung waren; er wurde jedoch von juristischen, militärischen und technischen Fachleuten unterstützt. Wenn die Familien um Lebensraum zu kämpfen hatten, mußte man schnellstens klären, welcher Art von Technologie, welchen Waffen sie begegnen würden, aber es war noch dringender, herauszufinden, ob eine friedliche Landung stattfinden konnte oder nicht. Schultz war von den Senioren ermächtigt worden, einen Plan vorzuschlagen, wonach die Familien den dünn besiedelten europäischen Kontinent zu kolonisieren gedachten. Es war aber möglich, sogar wahrscheinlich, daß das in ihrer Abwesenheit bereits geschehen war, angesichts der Halbwertzeiten der radioaktiven Stoffe. Schultz würde vermutlich irgendeinen anderen Kompromiß vorschlagen müssen, je nach den vorgefunden Umständen.

Wieder konnte man nichts tun als warten.

Lazarus verfiel vor Ungeduld und Nervosität aufs Nägelkauen. Er hatte öffentlich behauptet, die Familien verfügten über derart grandiose wissenschaftliche Vorteile, daß man allen Angriffen der Erde standhalten könne. Insgeheim wußte er, daß das nur Gerede war, und alle kompetenten Leute wußten das auch. Mit Wissen allein ließen sich keine Kriege gewinnen. Die unwissenden Fanatiker des Mittelalters hatten die unvergleichlich höherstehende Kultur des Islam vernichtet; Archimedes war von einem gewöhnlichen Soldaten niedergestreckt worden; Barbaren hatten Rom geplündert. Libby oder irgendein anderer mochte aus dem Reichtum ihres neuen Wissens eine Superwaffe entwerfen – vielleicht aber auch nicht. Und wer wußte schon, welche Fortschritte man in einem Dreivierteljahrhundert auf militärischem Gebiet auf der Erde gemacht hatte.

King, der von diesen Dingen einiges verstand, machte sich ebenfalls Sorgen; am stärksten bedrückte ihn die Sorte von Menschen, mit der er arbeiten sollte. Die Familien waren alles andere als ausgebildete Legionen; die Aussicht, diese eigensinnigen Individualisten in eine disziplinierte Kampfmaschine umformen zu müssen, raubte ihm den Schlaf.

Diese Zweifel und Sorgen brachten Lazarus und King nicht einmal unter vier Augen zur Sprache; jeder hatte Angst davor, die Erwähnung solcher Dinge könne eine giftige Wolke von Angst durch das Schiff treiben. Aber sie waren mit ihren Befürchtungen nicht allein; die Hälfte der Familienmitglieder erkannte die Schwäche ihrer Lage, und man schwieg nur, weil der bittere Entschluß, um jeden Preis nach Hause zurückzukehren, sie auch die Gefahren akzeptieren ließ.

»King«, sagte Lazarus zwei Wochen, nachdem Schultzens Gruppe zur Erde gestartet war, »haben Sie sich eigentlich schon überlegt, was man von der ›New Frontiers‹ selbst denken wird?«

»Was? Wie meinen Sie das?«

»Na, wir hatten sie doch geklaut. Piraterie.«

King sah ihn verblüfft an. »Du meine Güte, tatsächlich! Wissen Sie, das ist schon so lange her, daß ich mir gar nicht mehr vorstellen kann, sie sei nicht mein Schiff ... oder mich daran erinnern kann, daß wir sie durch Piraterie an uns gebracht haben.« Er machte ein nachdenkliches Gesicht, dann lächelte er grimmig. »Wie wird es wohl heutzutage in einem Gefängnis aussehen?«

»Mageres Essen«, sagte Lazarus. »Aber wir schaffen es schon. Im übrigen – bis jetzt sind wir noch nicht gefangen.«

»Glauben Sie, daß man Slayton hineinziehen wird? Das wäre furchtbar, nach allem, was er durchgemacht hat.«

»Vielleicht gibt es überhaupt keinen Ärger«, erwiderte Lazarus. »Obwohl wir das Schiff auf irreguläre Weise übernahmen, haben wir es für Zwecke benutzt, für die es gebaut war – zur Erforschung der Sterne. Und wir bringen es unbeschädigt zurück, bevor man mit Ergebnissen rechnen durfte, und mit einem verbesserten Antrieb dazu. Die Erde bekommt mehr für ihr Geld als sie erwarten durfte – also wird man Vergangenes vielleicht vergessen und das gemästete Kalb herausrücken. Es wird sich alles in Wohlgefallen auflösen.«

»Hoffentlich«, meinte King zweifelnd.

Die Gruppe verspätete sich um zwei Tage. Man empfing kein Signal, bis sie in der normalen Raum-Zeit, kurz vor der Begegnung auftauchten, da man bisher keinen Weg gefunden hatte, Signale vom Para-Raum zum Ortho-Raum zu übermitteln. Während sie die Anlegemanöver durchführten, tauchte im Kontrollraum Ralph Schultzens Gesicht auf dem Bildschirm auf. »Hallo, Captain! Wir kommen bald an Bord, um Bericht zu erstatten!«

»Geben Sie mir sofort eine Zusammenfassung!«

»Ich weiß ja nicht, wo ich anfangen soll. Aber alles ist in Ordnung – wir können nach Hause!«

»Was? Wie war das? Wiederholen Sie!«

»Alles ist in bester Ordnung. Die Verfassung ist auch für uns wiederhergestellt. Es gibt nämlich keinen Unterschied mehr. Jeder ist jetzt Angehöriger der Familien.«

»Was soll das heißen?« herrschte ihn King an.

»Sie haben es.«

»Haben was?«

»Das Geheimnis der Langlebigkeit.«

»Was? Reden Sie doch vernünftig. Es gibt kein Geheimnis. Es hat nie eines gegeben.«

»Wir hatten keines – aber sie glaubten daran. Deswegen fanden sie es.«

»Erklären Sie doch«, drängte Captain King.

»Captain, hat das nicht Zeit, bis wir im Schiff sind?« wandte Ralph Schultz ein. »Ich bin kein Biologe. Wir haben einen Vertreter der Regierung mitgebracht – den können Sie ausfragen.«

6

King empfing den Gesandten Terras in seiner Kabine. Er hatte Zaccur Barstow und Justin Foote für die Familien und Doktor Gordon Hardy als biologischen Fachmann geladen. Libby war als Chefoffizier des Schiffes anwesend; Slayton Ford wurde wegen seiner einmaligen Position gebeten, obgleich er seit seinem Zusammenbruch im Tempel Kreels kein Amt mehr bekleidet hatte.

Lazarus war dabei; weil er dabeisein wollte, in seiner Eigenschaft als Privatmensch. Er war nicht eingeladen worden, aber sogar Captain King gedachte die Vorrechte des ältesten Mitglieds nicht zu beschneiden.

Ralph Schultz übernahm die Vorstellung. »Da ist Captain King, unser kommandierender Offizier – und hier Miles Rodney, als Vertreter des Föderations-Rats – Minister und außerordentlicher Botschafter, könnte man ihn wohl nennen.«

»Kaum«, sagte Rodney, »obwohl die Situation wirklich außerordentlich ist. Es ist mir eine Ehre, Sie kennenzulernen, Captain.«

»Freut mich, Sie an Bord zu haben, Sir.«

»Und das sind Zaccur Barstow, als Vertreter der Kuratoren, und Justin Foote, Sekretär der Kuratoren –«

Die Herren nickten einander zu.

»Andrew Jackson Libby, Chefastrogationsoffizier, Dr. Gordon Hardy, Chefbiologe unserer Forschungen über die Ursachen des Alters und Todes.«

»Freut mich, Sie kennenzulernen«, sagte Hardy förmlich.

»Mich ganz besonders, Sir. Sie sind also der Chefbiologe, es gab eine Zeit, da hätten Sie der ganzen Menschheit einen großen Dienst leisten können. Überlegen Sie, Sir, stellen Sie sich vor, wie anders alles verlaufen wäre. Aber zum Glück fand die Menschheit das Geheimnis der Verlängerung des Lebens auch ohne die Hilfe der Howard-Familien.«

Hardy sah ihn verwirrt an. »Was soll das heißen, Sir? Wollen Sie damit sagen, Sie lebten immer noch in dem Wahn, wir könnten ein grandioses Geheimnis preisgeben, wenn wir nur wollten?«

Rodney zuckte die Achseln und breitete die Hände aus. »Na, jetzt brauchen wir doch nicht mehr Theater zu spielen, oder? Ihre Resultate sind unabhängig davon dupliziert worden.«

Captain King fuhr dazwischen. »Einen Augenblick – Ralph Schultz, steht die Föderation noch unter dem Eindruck, daß an unserem langen Leben irgendein ›Geheimnis‹ hängt? Haben Sie die Leute denn nicht aufgeklärt?«

Schultz sah betroffen von einem zum anderen. »Äh – das ist wirklich albern. Über das Thema wurde kaum gesprochen. Man hatte selbst die gesteuerte Langlebigkeit erreicht und interessierte sich in dieser Beziehung nicht mehr für uns. Gewiß, es wurde noch immer geglaubt, daß unser langes Leben auf Manipulationen statt auf Erbgut beruhe, aber diesen Eindruck habe ich korrigiert.«

»Anscheinend nicht sehr gründlich, wenn man Mr. Rodney hört.«

»Anscheinend nicht. Ich habe mich nicht sehr bemüht; das Problem war ja erledigt. Die Howard-Familien und ihr langes Leben sind auf der Erde keine Streitfrage mehr. Das allgemeine Interesse bezieht sich auf die Tatsache, daß wir erfolgreich einen Interstellarflug hinter uns gebracht haben.«

»Das kann ich bestätigen«, sagte Rodney. »Jeder Beamte, jede Nachrichtenagentur, jeder Bürger, jeder Wissenschaftler erwartet die Ankunft der ›New Frontiers‹ mit dem größten Interesse. Das ist das sensationellste und großartigste Ereignis seit dem ersten Mondflug. Sie sind berühmt, meine Herren – ohne Ausnahme.«

Lazarus zog Zaccur Barstow beiseite und flüsterte ihm etwas zu. Barstow zog die Brauen zusammen und nickte nachdenklich. »Captain –«, wandte er sich an King.

»Ja, Zack?«

»Ich schlage vor, unseren Gast zu bitten, daß er uns eine Weile entschuldigt, während wir uns Ralph Schultz' Bericht anhören.«

»Warum?«

Barstow sah Rodney an. »Ich glaube, wir können uns eher auf eine Diskussion einlassen, wenn wir von unserem eigenen Vertreter unterrichtet worden sind.«

King wandte sich an Rodney. »Würden Sie uns kurz entschuldigen, Sir?«

Lazarus mischte sich ein. »Lassen Sie nur, King. Zack meinte es gut, aber er ist zu höflich. Wir können Rodney ebensogut hierlassen und die Karten auf den Tisch legen. Sagen Sie mir das eine, Miles: Welchen Beweis haben Sie, daß Sie und Ihre Freunde tatsächlich einen Weg gefunden haben, so lange zu leben wie wir?«

»Beweise?« fragte Rodney verblüfft. »Warum fragen Sie? Mit wem spreche ich eigentlich? Wer sind Sie, Sir?«

Ralph Schultz griff sich an die Stirn. »Verzeihung – ich hatte keine Gelegenheit mehr, die Vorstellung zu Ende zu bringen. Miles Rodney, das ist Lazarus Long, der Senior.«

»Freut mich. Senior was?«

»Er meint einfach ›der Senior‹. Punkt«, erwiderte Lazarus. »Ich bin das älteste Mitglied, im übrigen nur Privatbürger.«

»Der Älteste der Howard-Familien? Mein Gott – Sie müssen ja der älteste lebende Mensch sein – unglaublich!«

»Ich habe mich schon lange daran gewöhnt«, gab Lazarus zurück. »Würden Sie meine Frage beantworten?«

»Aber ich bin sehr beeindruckt. Bei Ihnen komme ich mir vor wie ein Kind – dabei bin ich kein junger Mann mehr; im Juni werde ich Hundertfünf.«

»Wenn Sie beweisen können, daß Sie tatsächlich so alt sind, können Sie auch meine Frage beantworten. Wie steht's?«

»Nun, ich hatte eigentlich nicht damit gerechnet, hier verhört zu werden. Wollen Sie meinen Ausweis sehen?«

»Halten Sie das für witzig? Ich hatte in meinem Leben schon über fünfzig Ausweise, alle mit gefälschtem Geburtsdatum. Was können Sie sonst noch bieten?«

»Einen Augenblick mal, Lazarus«, meldete sich Captain King. »Worauf wollen Sie mit Ihren Fragen hinaus?«

Lazarus Long sah den Kapitän an. »Es ist so, King – wir sind geflüchtet, um uns zu retten, weil die anderen Leute glaubten, wir hätten einen Weg gefunden, ewig zu leben; sie gedachten uns das Geheimnis zu entreißen, auch wenn wir dabei alle das Zeitliche segnen sollten. Jetzt ist alles Liebe und Freude – sagt man. Aber mir kommt es eigenartig vor, daß der Bursche, den sie zum Rauchen der Friedenspfeife heraufschicken, immer noch davon überzeugt ist, wir verfügten über dieses sogenannte Geheimnis. Das wundert mich einfach.

Angenommen, sie hätten noch keine Möglichkeit gefunden, das Leben zu verlängern, klammerten sich aber immer noch an die Vorstellung, wir besäßen sie? Was wäre dringlicher, als uns einzulullen, indem man vorgibt, das Geheimnis enträtselt zu haben, bis man uns hat, wo man uns haben will?«

Rodney schnaubte verächtlich. »Eine lächerliche Idee, Captain! Ich glaube nicht, daß ich mir so etwas anhören muß.«

Lazarus starrte ihn kalt an. »Auch beim erstenmal war es lächerlich, Freundchen – aber es passierte.«

»Einen Moment, ihr beiden«, rief King. »Ralph, was sagen Sie? Ist es möglich, daß man Sie beschwindelt hat?«

Schultz dachte angestrengt nach. »Ich gaube nicht.« Er machte eine Pause. »Das ist schwer zu entscheiden. Ich könnte natürlich nicht nach dem Aussehen urteilen, genau wie unsere Leute von anderen normalen Menschen nicht zu unterscheiden sind.«

»Aber Sie sind doch Psychologe. Sie hätten eine Betrugsabsicht merken müssen.«

»Ich bin zwar Psychologe, aber kein Zauberer, und Gedanken kann ich auch nicht lesen. Ich hatte nicht auf solche Dinge geachtet.« Er lächelte betroffen. »Da war noch ein Faktor. Ich war so aufgeregt, wieder zu Hause zu sein, daß ich nicht in der besten Stimmung war, Widersprüche zu erkennen, wenn es sie gegeben haben sollte.«

»Dann sind Sie sich nicht sicher?«

»Nein. Ich bin aber gefühlsmäßig davon überzeugt, daß Miles Rodney die Wahrheit sagt.«

»Selbstverständlich!«

»– und ich glaube, daß ein paar Fragen das Ganze klären könnten. Er behauptet, hundertfünf Jahre alt zu sein. Das können wir testen.«

»Aha«, sagte King. »Hmm . . . stellen Sie die Fragen, Ralph?«

»Meinetwegen. Sind Sie einverstanden, Rodney?«

»Bitte«, sagte Rodney steif.

»Sie müssen ungefähr dreißig Jahre alt gewesen sein, als wir die Erde verließen, da wir beinahe fünfundsiebzig Jahre fort gewesen sind, nach Erdzeit. Erinnern Sie sich an dieses Ereignis?«

»Recht genau. Ich war damals Angestellter im Novak-Turm, in den Büros des Administrators.«

Slayton Ford hatte sich während der Diskussion im Hintergrund gehalten. Bei Rodneys Antwort richtete er sich auf. »Einen Augenblick, Captain –«

»Was? Ja?«

»Vielleicht kann ich das abkürzen. Sie gestatten, Ralph?« Er wandte sich an Rodney. »Wer bin ich?«

Rodney starrte ihn an. Sein Gesichtsausdruck verwandelte sich von einfacher Überraschung angesichts der seltsamen Frage zu völliger und ungläubiger Fassungslosigkeit. »Sie, aber Sie ... Sie sind Administrator Ford!«

7

»Einer nach dem anderen! Einer nach dem anderen«, rief King. »Wir können doch nicht alle gleichzeitig reden. Los, Slayton; Sie haben das Wort. Kennen Sie diesen Mann?«

Ford betrachtete Rodney prüfend. »Nein, ich kenne ihn nicht.«

»Dann ist es Schwindel.« King wandte sich an Rodney. »Ich nehme an, Sie haben Ford nach historischen Aufnahmen erkannt – stimmt das?«

Rodney wurde puterrot. »Nein! Ich habe ihn erkannt. Er hat sich verändert, aber ich kannte ihn. Mr. Administrator – sehen Sie mich bitte an! Kennen Sie mich nicht? Ich habe für Sie gearbeitet –«

»Es dürfte auf der Hand liegen, daß er Sie nicht kennt«, sagte King trocken.

Ford schüttelte den Kopf. »Das beweist gar nichts. In meinem Amt gab es über zweitausend Leute. Rodney kann einer davon gewesen sein. Sein Gesicht kommt mir bekannt vor, aber das ist ja bei den meisten Gesichtern so.«

»Captain –« Gordon Hardy meldete sich zu Wort. »Wenn ich Miles Rodney befragen darf, könnte ich eine Klärung herbeiführen, ob man über die Ursachen von Alter und Tod wirklich etwas Neues entdeckt hat.«

Rodney schüttelte den Kopf. »Ich bin kein Biologe. Sie würden mich schnell bei einem Fehler ertappen. Captain King, ich möchte Sie bitten, umgehend meine Rückkehr zur Erde zu veranlassen. Ich lasse mir diese Methoden nicht bieten. Und vielleicht darf ich noch hinzufügen, daß es mir völlig gleichgültig ist – ob Sie und Ihre – Ihre netten Leute in die Zivilisation zurückkehren oder nicht. Ich bin hierhergekommen, um Ihnen zu helfen, aber ich habe es satt.« Er stand auf.

Slayton Ford ging auf ihn zu. »Nicht aufregen, bitte. Seien Sie geduldig. Versetzen Sie sich in unsere Lage. Sie wären genauso vorsichtig, wenn Sie durchgemacht hätten, was diese Leute durchgemacht haben.«

Rodney zögerte. »Mr. Administrator, was tun Sie eigentlich hier?«

»Das ist eine lange und komplizierte Geschichte. Ich erzähle sie Ihnen später einmal.«

»Sie sind Mitglied der Howard-Familien – nicht wahr? Das erklärt vieles.«

Ford schüttelte den Kopf. »Nein, Rodney, das bin ich nicht. Später, bitte – ich erkläre es Ihnen schon. Sie haben einmal für mich gearbeitet – wann?«

»Von 2019 bis – äh, bis Sie verschwanden.«

»Welche Stellung hatten Sie?«

»Zur Zeit der Krise von 2113 war ich Korrelationsbearbeiter in der Abteilung der Wirtschaftsstatistik, Kontrollsektion.«

»Wer war Ihr Abteilungsleiter?«

»Leslie Waldron.«

»Der alte Waldron, wie? Welche Haarfarbe hatte er?«

»Gar keine. Er war glatzköpfig wie ein Ei.«

Lazarus flüsterte Zaccur Barstow zu: »Ich scheine mich doch getäuscht zu haben, Zack.«

»Warten Sie noch«, wisperte Barstow. »Das kann gründliche Vorbereitung sein – vielleicht wußte man, daß Ford mit uns geflüchtet war.«

Ford sagte gerade: »Was war die ›Heilige Kuh‹?«

»Die Heilige – Chef, Sie durften doch gar nicht wissen, daß es so etwas gab!«

»Billigen Sie meinen Mitarbeitern wenigstens ein bißchen Intelligenz zu«, sagte Ford trocken. »Ich bekam jede Woche mein Exemplar.«

»Aber was war das?« Wollte Lazarus wissen.

Rodney erwiderte: »Eine Klatschzeitung, die im Büro hergestellt wurde und dort von Hand zu Hand ging.«

»Wo die Chefs aufs Korn genommen wurden«, fügte Ford hinzu, »vor allem ich.« Er legte einen Arm um Rodneys Schulter, »Freunde, es gibt keinen Zweifel, Rodney und ich waren in der gleichen Firma.«

»Ich möchte aber trotzdem etwas über den neuen Verjüngungsprozeß hören«, meinte Hardy geraume Zeit später.

»Das wollen wir wohl alle«, stimmte King zu. Er füllte das Glas ihres Gastes von neuem. »Würden Sie uns davon erzählen, Sir?«

»Ich versuche es«, erwiderte Rodney, »obwohl ich Mr. Hardy bitten muß, Geduld mit mir zu üben. Es handelt sich nicht um einen, sondern um mehrere Prozesse – einen Grundprozeß und mehrere Dutzend andere, manche rein kosmetischer Natur, vor allem für Frauen. Der Grundprozeß ist kein richtiger Verjüngungsprozeß. Man kann das Fortschreiten des Alters aufhalten, aber nicht umkehren – man kann einen senilen alten Mann nicht in einen jungen verwandeln.«

»Ja, ja«, sagte Hardy, »natürlich – aber worin besteht der Grundprozeß?«

»Er besteht vor allem darin, daß das gesamte Blut im Körper eines alten Menschen durch neues, junges Blut ersetzt wird. Beim Alter handle es sich, wie man mir sagt, in erster Linie um die progressive Ansammlung der Abfallgifte des Metadismus. Das Blut sollte sie zwar wegschaffen, aber nach einiger Zeit wird es vom Gift so geschwächt, daß die Reinigungsprozesse nicht mehr richtig durchgeführt werden. Stimmt das, Dr. Hardy?«

»Es ist ein wenig eigenartig ausgedrückt, aber –«

»Ich habe Ihnen ja gesagt, daß ich kein Biotechniker bin.«

»– im Grunde richtig. Es handelt sich um eine Abnahme des Diffusionsdrucks – der Gradient an der Blutseite einer Zellenwand muß ziemlich steil im Winkel abfallen, sonst findet eine progressive Selbstvergiftung der einzelnen Zellen statt. Ich muß allerdings sagen, daß ich etwas enttäuscht bin, Mr. Rodney. Die Grundidee, den Tod durch völlige Beseitigung von Abfallprodukten fernzuhalten, ist nicht neu – ich besitze ein Stück Hühnerherz, das mit ähnlichen Techniken seit zweieinhalb Jahrhunderten am Leben gehalten wird. Was die Verwendung jungen Blutes angeht – ja, das sehe ich ein. Ich habe Versuchstieren durch Blutgaben eine doppelte

Lebensspanne geben können.« Er verstummte und machte ein betroffenes Gesicht.

»Ja, Dr. Hardy?«

Hardy kaute an seiner Unterlippe. »Ich habe diese Forschungen aufgegeben. Ich mußte mehrere junge Spender haben, um ein einziges Wesen vor dem Altern zu bewahren. Bei jedem der Spender stellten sich geringfügige ungünstige Wirkungen heraus. Für eine ganze Rasse war das undurchführbar; man konnte nie genug Spender finden, daß alle an die Reihe kamen. Soll ich daraus entnehmen, Sir, daß diese Methode auf einen kleinen, ausgewählten Teil der Bevölkerung beschränkt ist?«

»O nein! Ich habe mich nicht klar ausgedrückt, Mr. Hardy. Es gibt keine Spender.« – »Wie?«

»Neues Blut, das für alle ausreicht, wird außerhalb des Körpers erzeugt – das Amt für Öffentliche Gesundheit und Langlebigkeit kann jede Menge davon, jede Blutgruppe, liefern.«

Hardy sah ihn erstaunt an. »Sich vorzustellen, daß wir der Lösung so nah waren – so ist es also.« Er machte eine Pause und fuhr dann fort: »Wir versuchten es mit Gewebskulturen von Knochenmark ›in vitro‹. Wir hätten nicht aufgeben dürfen.«

»Nehmen Sie's nicht so schwer. Man gab Milliarden aus und ließ Zehntausende von Wissenschaftlern daran arbeiten, bevor es zu bedeutsamen Ergebnissen kam. Ich habe erfahren, daß die Bemühungen auf diesem Gebiet sogar die Leistungen der Atomphysiker übersteigen.« Rodney lächelte. »Man mußte zu Resultaten kommen, wissen Sie; es war politisch notwendig ... und so raffte man sich zu einer ungeheuren Anstrengung auf.« Rodney wandte sich an Ford. »Als die Nachricht über die Flucht der Howard-Familien an die Öffentlichkeit drang, mußte Ihr Nachfolger vor dem Mob geschützt werden.«

Hardy stellte neue Fragen über Nebentechniken – Zahnwuchs, Hormontherapie, vieles andere – bis King Rodney mit dem Hinweis zu Hilfe kam, der eigentliche Zweck des Besuches sei es doch, die Einzelheiten der Rückkehr auf die Erde zu besprechen.

Rodney nickte. »Wir sollten uns wirklich an die Arbeit machen, meine Herren. Wie ich höre, Captain, befindet sich ein großer Teil Ihrer Leute noch in Tieftemperatur-Somnolenz?«

»Warum kann er nicht Kaltschlaf sagen?« flüsterte Lazarus Libby zu.

»Ja, das stimmt.«

»Dann wäre es also keine Strapaze für sie, einige Zeit in diesem Zustand zu verbleiben?«

»Was? Wieso denn?«

Rodney breitete die Arme aus. »Die Regierung befindet sich in einer peinlichen Lage. Um ganz offen zu sein, wir leiden an Wohnungsmangel. Hunderttausend Personen aufzunehmen, ist nicht über Nacht möglich.«

Wieder mußte King die anderen beruhigen. Er nickte Zaccur Barstow zu, der Rodney ansprach. »Ich sehe da einfach kein Problem, Sir. Wie groß ist derzeit die Bevölkerung des nordamerikanischen Kontinents?«

»An die siebenhundert Millionen.«

»Und Sie haben nicht Platz genug, ein Siebzigstel eines Prozentes dieser Zahl unterzubringen? Das ist doch albern!«

»Sie verstehen nicht, Sir«, protestierte Rodney. »Der Bevölkerungsdruck ist zu unserem größten Problem geworden. Gleichzeitig hat sich das Recht, ungestört sein eigenes Heim oder seine Wohnung genießen zu können, zu einem der wichtigsten aller Grundrechte entwickelt. Bevor wir ausreichenden Raum für Sie finden, müssen wir eine Wüste umformen oder andere Anstrengungen unternehmen.«

»Ich verstehe«, sagte Lazarus. »Innenpolitisch. Man wagt niemanden zu stören, wegen des Geschreis, das sich dadurch erheben könnte.«

»Das ist falsch.«

»So? Steht nicht etwa doch eine allgemeine Wahl bevor?«

»Zufällig ja, aber das hat nichts damit zu tun.«

Lazarus schnaubte verächtlich.

Justin Foote ergriff zum erstenmal das Wort. »Ich habe den Eindruck, daß die Regierung dieses Problem nur sehr oberflächlich betrachtet. Es ist ja nicht so, als wären wir heimatlose Einwanderer. Die meisten Angehörigen der Familien besitzen eigene Häuser. Wie Sie zweifellos wissen, waren die Familien wohlhabend, ja reich, und aus offensichtlichen Gründen haben wir unsere Häuser für die Dauer gebaut. Ich bin überzeugt, daß die meisten noch stehen.«

»Sicher«, gab Rodney zu, »aber sie sind bewohnt.«

Justin Foote hob die Schultern. »Was hat das mit uns zu tun? Das ist ein Problem, das die Regierung mit den Leuten abmachen muß, denen sie im Widerspruch zu den Gesetzen erlaubt hatte, unsere Häuser zu übernehmen. Was mich angeht, so werde ich umgehend landen, einen Räumungsbefehl beim nächsten Gericht erwirken und mein Haus wieder in Besitz nehmen.«

»So einfach ist das nicht. Man macht aus Eiern Omeletts, nicht umgekehrt. Sie sind seit vielen Jahren gesetzlich für tot erklärt; die derzeitigen Bewohner Ihres Hauses verfügen über einen soliden Titel.«

Justin Foote stand auf und funkelte den Vertreter der Föderation an. »Gesetzlich für tot erklärt! Durch welche Entscheidung, Sir, durch welche Entscheidung? Die meinige? Ich war ein respektierter Anwalt, ging ruhig und ungestört meinem Beruf nach und ließ mir nichts zuschulden kommen, als ich ohne Grund verhaftet und gezwungen wurde, die Flucht zu ergreifen, um mein Leben zu retten. Jetzt erzählt man mir schlicht, mein Besitz sei beschlagnahmt, meine Existenz als Person und Bürger eben dieser Vorgänge halber aufgehoben. Was ist das für eine Gerechtigkeit? Gilt die Verfassung noch?«

»Sie mißverstehen mich. Ich –«

»Ich mißverstehe gar nichts. Wenn Recht nur dem Nutzen folgt, ist die Verfassung nicht das Pergament wert, auf das sie geschrieben wurde. Ich werde mich zu einem Testfall machen, Sir, zu einem Testfall für alle Angehörigen der Familien. Wenn mir mein Besitz nicht sofort voll zurückerstattet wird, bringe ich jeden Beamten vor Gericht, der mir Schwierigkeiten macht. Ich gedenke eine cause célèbre daraus zu machen. Viele Jahre habe ich mir Unbequemlichkeiten und Gefahren gefallen lassen. Ich lasse mich mit Worten nicht mehr abspeisen. Ich schreie von den Dächern.« Er holte Atem.

»Er hat recht, Miles«, sagte Slayton Ford ruhig. »Die Regierung sollte einen geeigneten Weg finden, mit diesem Problem fertigzuwerden – aber schnell.«

Lazarus fing Libbys Blick auf und deutete verstohlen zur Tür. Die beiden verschwanden unauffällig. »Justin wird sie die nächste Stunde festhalten«, sagte er. »In der Zwischenzeit können wir ruhig im Club etwas essen.«

»Meinen Sie wirklich, wir dürfen gehen?«

»Nur mit der Ruhe. Wenn uns King braucht, kann er uns ja rufen.«

8

Lazarus verdrückte drei große Sandwiches, eine doppelte Portion Eiskrem und etwas Gebäck, während sich Libby mit weniger begnügte. Lazarus hätte noch mehr gegessen, aber er mußte zahllose Fragen der Clubangehörigen über sich ergehen lassen.

»Die Küche hat sich immer noch nicht so recht gefangen«, klagte er, als er sich die dritte Tasse Kaffee eingoß. »Die Kleinen Leute haben ihr das Leben zu einfach gemacht. Andy, mögen Sie Chili?«

»Ich habe nichts dagegen.«

Vor vielen Jahren kannte ich in Tijuana ein urgemütliches Restaurant, das die beste Chili servierte, die ich je gegessen habe. Ich frage mich, ob es noch existiert?«

»Wo ist Tijuana?« erkundigte sich Margaret Weatheral.

»Sie erinnern sich nicht an die Erde, nicht wahr, Peggy? Nun, in Südkalifornien. Wissen Sie, wo das ist?«

»Ich habe doch Geographie gelernt. In Los Angeles.«

»Stimmt beinahe. Vielleicht hast du inzwischen recht.«

Der Lautsprecher verkündete: »Chefastrogator – beim Captain im Kontrollraum melden!«

»Na bitte!« sagte Libby und stand hastig auf.

Die Meldung wurde wiederholt, dann hieß es: »Achtung – alles fertigmachen für den Start! Achtung – alles fertigmachen für den Start!«

»Da geht es also schon wieder los.« Lazarus stand auf, bürstete seinen Kilt ab und folgte Libby.

Das Schiff flog dahin, die Sterne waren erloschen. Captain King hatte den Kontrollraum verlassen und seinen Gast mitgenommen. Miles Rodney war sehr beeindruckt gewesen; einiges schien dafür zu sprechen, daß er etwas zu trinken brauchte.

Lazarus und Libby blieben im Kontrollraum. Es gab nichts zu tun; für etwa vier Stunden Schiffszeit würde das Schiff im Para-Raum verbleiben, bevor es in Erdnähe in den normalen Raum zurückkehrte.

Lazarus zündete sich eine Zigarette an. »Was haben Sie eigentlich vor, wenn wir zu Hause sind, Andy?«

»Ich habe noch nicht darüber nachgedacht.«

»Dann wird es langsam Zeit. Verändert hat sich bestimmt allerhand.«

»Ich werde wohl für eine Weile heimfahren. Ich kann mir nicht vorstellen, daß die Ozarsk sich gewaltig verändert haben.«

»Die Berge werden aussehen wie früher. Aber die Leute sind anders!« – »Wie denn?«

»Sie erinnern sich doch, daß ich die Familien satt hatte und ein Jahrhundert lang nicht mehr mit ihnen zusammenkam? Sie waren so eingebildet und stur geworden, daß ich sie nicht ertragen konnte. So werden wohl die meisten Menschen jetzt sein, seit sie damit rechnen, ewig zu leben. Langfristige Investitionen, Überschuhe nicht vergessen, wenn es regnet ... so ungefähr.«

»Sie sind aber doch auch nicht so geworden.«

»Ich habe eine andere Lebensanschauung. Es gab für mich nie einen wichtigen Grund, ewig dazusein, schließlich bin ich nur ein Resultat der dritten Generation. Ich lebte einfach dahin und machte mir keine Gedanken darüber. Aber das ist nicht die übliche Einstellung. Nehmen Sie Miles Rodney – er hat eine Heidenangst davor, sich mit beiden Händen auf eine neue Situation zu stürzen, aus Angst, gegen Präzedenzfälle zu verstoßen und Vorrechte zu verletzen.«

»Ich freute mich, als Justin ihm die Meinung sagte.« Libby lachte. »Ich hätte das von ihm nicht erwartet. Glauben Sie, daß er damit durchkommt?«

»Natürlich mit Ihrer Hilfe.« – »Mit meiner?«

»Wer versteht etwas vom Para-Antrieb, abgesehen von dem, was Sie mir beigebracht haben?«

»Ich habe alles diktiert.«

»Aber die Aufzeichnungen nicht an Miles Rodney weitergegeben. Die Erde braucht Ihren Sternschiff-Antrieb, Andy. Sie haben gehört, was Rodney über den Bevölkerungsdruck sagte. Ralph erzählte mir, man brauche jetzt eine Genehmigung der Regierung, bevor man ein Kind haben darf.«

»Was Sie nicht sagen!«

»Bestimmt. Sie können darauf zählen, daß es Auswanderungen in riesigem Maßstab gäbe, wenn anständige Planeten zur Verfügung ständen. Und da kommt Ihr Antrieb zur Geltung. Damit kann praktisch die Ausdehnung bis zu den Sternen erfolgen. Man wird mit uns verhandeln.«

»Es ist eigentlich gar nicht mein Antrieb. Die Kleinen Leute haben ihn ausgearbeitet.«

»Nur nicht so bescheiden. Sie haben ihn. Und Sie wollen Justin doch den Rücken stärken, nicht wahr?«

»Natürlich.«

»Dann verwenden wir den Antrieb als Tauschobjekt. Vielleicht führe ich die Verhandlungen persönlich. Aber das ist nebensächlich. Jemand muß sich erst einmal umsehen, bevor mit der Auswanderung in großem Rahmen begonnen werden kann. Steigen wir ins Immobiliengeschäft ein, Andy. Wir suchen diese Ecke der Galaxis ab und sehen, was sie zu bieten hat.«

Libby kratzte sich an der Nase und dachte nach. »Klingt nicht schlecht – aber zuerst muß ich einmal nach Hause.«

»Es eilt ja nicht. Ich finde eine hübsche kleine Jacht von etwa zehntausend Tonnen, und wir bauen Ihren Antrieb ein.«

»Und woher nehmen wir das Geld?«

»Wir werden genug haben. Ich errichte eine Dachgesellschaft, mit einer so weitgefaßten Satzung, daß wir anfangen können, was wir wollen. Für diese Zwecke bilden wir Tochterfirmen; die Minderheitsanteile daran verkaufen wir. Dann –«

»Das klingt ja nach Arbeit, Lazarus. Ich dachte, es würde Spaß machen.«

»Mit diesen Sachen geben wir uns doch nicht ab. Ich finde jemanden, der die Zentrale leitet und sich um Bilanzen und Rechtsfragen kümmert – jemanden wie Justin. Vielleicht nehme ich ihn sogar.«

»Na, dann bin ich einverstanden.«

»Wir beide fliegen in der Gegend umher und sehen uns an, was es zu sehen gibt. Von Arbeit kann da keine Rede sein.«

Sie schwiegen lange. Dann sagte Lazarus: »Andy –«

»Ja?«

»Werden Sie sich einmal diesem neuen Blutaustausch unterziehen?« – »Früher oder später ja.«

»Ich habe nachgedacht darüber. Ganz unter uns, ich bin mit den Fäusten nicht mehr so schnell wie vor hundert Jahren. Vielleicht geht meine natürliche Lebensspanne zu Ende. Das eine weiß ich jedenfalls. Ich faßte den Plan zu unserem Unternehmen erst, als ich von dem neuen Prozeß hörte. Das gab mir einen neuen Blickwinkel. Ich fange an, in Tausenden von Jahren zu denken – und früher interessierte ich mich höchstens für eine Woche im voraus.«

Libby lachte wieder. »Sie werden eben langsam erwachsen.«

»Es wird auch allmählich Zeit. Im Ernst, Andy, ich glaube beinahe selbst daran. Die letzten zweieinhalb Jahrhunderte waren sozusagen meine Jugend. Solange ich auch schon lebe, ich weiß nicht mehr von den endgültigen Antworten, von den wichtigen Dingen, als Peggy Weatheral. Wir Menschen hatten nie genug Zeit, die wichtigen Fragen anzugehen. Große Fähigkeiten, aber nie genug Zeit, sie richtig einzusetzen. Sobald es um die wichtigen Fragen ging, hätten wir ebensogut Affen sein können.«

»Wie stellen Sie sich vor, daß man die wichtigen Fragen angeht?«

»Woher soll ich das wissen? Fragen Sie mich in fünfhundert Jahren wieder danach.«

»Sie glauben, daß das einen Unterschied machen wird?«

»Ja. Jedenfalls gibt es mir Zeit, überall meine Nase hineinzustekken und allerlei Interessantes zu lernen. Diese Jockaira-Götter –«

»Sie waren keine Götter, Lazarus. Sie sollten sie nicht so nennen.«

»Natürlich waren sie das nicht – glaube ich jedenfalls. Ich vermute, daß sie Wesen waren, die Zeit genug gehabt hatten, angestrengt nachzudenken. Eines Tages, vielleicht in tausend Jahren, möchte ich in den Tempel von Kreel marschieren, ihm ins Gesicht sehen und sagen: ›Na, Freundchen – was weißt du schon, wovon ich nichts verstehe?‹«

»Das könnte aber ungesund sein.«

»Zu einer Kraftprobe muß es jedenfalls kommen. Ich war mit dem Ausgang dort nicht zufrieden. Im ganzen Universum sollte es nichts geben, wo der Mensch seine Nase nicht hineinstecken darf – so sind wir nun einmal, und es gibt sicher einen Grund dafür.«

»Vielleicht gibt es überhaupt keine Gründe.«

»Ja, vielleicht ist das Ganze ein kolossaler Witz, ohne Pointe.« Lazarus stand auf, reckte sich und kratzte sich an der Brust. »Aber das kann ich Ihnen sagen, Andy, wie die Antworten auch aussehen mögen, hier erblicken Sie einen Affen, der weiterklettert und sich umschaut, um zu sehen, was er sehen kann, solange der Baum noch steht.«

Leseprobe

Spannendes Lesevergnügen auf den folgenden Seiten mit dem Science-Fiction-Roman

Band 23299

Gateway: ein Asteroid oder der Kern eines Kometen. Birnenförmig. Von außen ein verkohlter Materieklumpen, hier und da bläulich glitzernd.

Von innen: der Flugsteig zum Universum! Seit Jahrtausenden verlassen wie die Raumschiffe, die dazu geschaffen wurden, mit Überlichtgeschwindigkeit in die entferntesten Räume des Universums zu fliegen.

Das Ganze hatte nur einen Haken: der Reisende wußte nicht, wo die Fahrt endet. Eine erfolgreiche Reise konnte unermeßlichen Reichtum bringen. Aber nur zu oft brachte sie den Tod!

26

Auf Gateway hatte es während meiner Abwesenheit viele Veränderungen gegeben. Die Kopfsteuer war erhöht worden. Die Gesellschaft wollte Anhängsel wie Shicky und mich loswerden; schlechte Nachrichten: das hieß, daß meine Vorauszahlung keine zwei oder drei Wochen reichen würde, sondern nur zehn Tage. Man hatte ein paar Super-Eierköpfe von der Erde heraufgebracht, Astronomen, Xenotechniker, Mathematiker, sogar den alten Professor Hegramet.

Was sich nicht geändert hatte, war der Bewertungsausschuß, und ich saß vor ihm auf dem Schleudersitz und wand mich, während meine alte Freundin Emma mir erklärte, was für ein Narr ich sei. Eigentlich erklärte das nur Mr. Hsien, aber Emma übersetzte, und es machte ihr Spaß.

»Mr. Hsien beschuldigt Sie, daß Sie eine sehr unverantwortliche Person sind«, sagte Emma nach langem Hin und Her. »Sie haben einen unersetzlichen Ausrüstungsgegenstand demoliert. Er war nicht Ihr Eigentum. Er gehörte der ganzen Menschheit.« Mr. Hsien fügte noch ein paar Sätze hinzu, und sie dolmetschte: »Wir können über Ihre endgültige Haftbarkeit nicht entscheiden, bis wir weitere Informationen über den Zustand des beschädigten Schiffes haben. Mr. Ituno wird es genau untersuchen. Zwei Xenotechniker sind inzwischen wohl schon auf Gateway II, und ihre Feststellungen werden wir vermutlich mit dem nächsten Beipiloten erhalten. Dann melden wir uns wieder.« Sie verstummte und sah mich an, und ich hielt den Rapport für beendet, verbeugte mich und ging zur Tür. Als ich dort angekommen war, sagte sie: »Noch etwas. Mr. Ituno teilt mit, daß Sie auf Gateway II Raumanzüge transportiert und hergestellt haben. Er hält eine tägliche Zahlung von, Augenblick, 2500 Dollar an Sie für angemessen. Und Ihre Beipilotin Hester Bergowiz hat die Zahlung von einem Prozent ihrer Prämie für Dienste während des Fluges zugesagt. Ihr Konto ist entsprechend aufgestockt worden.«

»Ich hatte keinen Vertrag mit ihr«, antwortete ich erstaunt.

»Nein. Aber sie meint, Sie hätten einen Anteil verdient. Einen kleinen, gewiß. Insgesamt kommt es auf zweitausendfünfhundert plus fünftausendfünfhundert Dollar – achttausend Dollar, die Ihnen gutgeschrieben worden sind.«

LESEPROBE

FLUGBERICHT

Fahrzeug 1-1o3, Flug O22D18. Besatzung G. Herron.

Transitzeit hinaus 1o7 Tage, 5 Stunden. Hinweis: Transitzeit Rückkehr 1o3 Tage, 15 Stunden.

Auszug aus Logbuch: 'Nach 84 Tagen, 6 Stunden begann das Q-Instrument zu leuchten, und die Kontrolleuchten flackerten wild durcheinander. Gleichzeitig spürte ich eine Veränderung der Schubrichtung. Ungefähr eine Stunde lang gab es fortlaufend Veränderungen, dann erlosch das Q-Licht, und alles kehrte in den Normalzustand zurück.'

Vermutung: Kursveränderung, um einer vorübergehenden Gefahr auszuweichen, vielleicht einem Stern oder einem anderen Himmelskörper? Empfehlen Computersuche in Logbüchern nach vergleichbaren Vorkommnissen.

Achttausend Dollar! Ich ging zu einem Fallschacht, fuhr mit dem Aufwärtskabel hinauf und überlegte. Es war nicht genug, um wirklich ins Gewicht zu fallen, keinesfalls genug für mich, um Schadenersatz leisten zu können, aber immerhin waren es achttausend Dollar mehr, als ich vorher gehabt hatte.

Ich feierte mit einem Drink in der ›Blauen Hölle‹. Dabei dachte ich über meine Möglichkeiten nach. Je mehr ich aber darüber nachdachte, desto geringer wurden sie.

Am besten verjubelte ich das Geld. Wenn man mich für schadenersatzpflichtig erklärte, war alles futsch, und ich würde auf der Stelle hinausgeworfen werden.

Wenn zufällig ein Schiff zur Erde da war, konnte ich an Bord gehen, um dann in Wyoming zu landen und wieder in den Gruben zu arbeiten. Wenn kein Schiff da war, saß ich in der Tinte. Vielleicht gelang es mir, mir den amerikanischen Kreuzer zunutze zu machen, oder Francy Hereira. Oder weder den einen noch den anderen.

Die Aussichten waren nicht sehr gut.

Am besten handelte ich wohl, bevor der Ausschuß es tat, und es gab zwei Möglichkeiten.

Ich konnte mit dem nächsten Schiff zur Erde zurückkehren und wieder in den Gruben arbeiten, ohne die Entscheidung des Ausschusses abzuwarten. Oder ich –

Oder ich konnte wieder hinausfliegen.

Wunderschön, diese Auswahl. Entweder die Aussicht auf ein anständiges Leben für immer aufgeben . . . oder vor Angst halb wahnsinnig werden.

Ich erkundigte mich bei Shicky Bakin, ob er etwas von Klara gehört habe. Das war nicht der Fall.

»Fliegen Sie wieder hinaus, Bob«, drängte er mich, nachdem wir uns lange unterhalten hatten. »Das ist die einzige Möglichkeit.«

»Ja, ja.« Ich wollte nicht streiten; er hatte eindeutig recht. Vielleicht würde ich es tun . . . »Ich bin ungern ein Feigling, Shicky«, sagte ich, »aber es läßt sich nicht ändern. Ich weiß einfach nicht, wie ich mich dazu überwinden soll, noch einmal in ein Schiff zu steigen. Ich habe nicht den Mut, mich hundert Tage lang der Angst vor dem Tod auszusetzen.«

Er lachte leise und hüpfte von der Kommode, um mir die Schulter zu tätscheln.

»Soviel Mut brauchen Sie gar nicht«, sagte er und flatterte auf die Kommode zurück. »Sie brauchen Mut nur für einen Tag: um in das Schiff zu steigen und loszufliegen. Dann brauchen Sie keinen Mut

Bemerkungen über schwarze Löcher

Dr. Asmenion: Wenn Sie nun mit einem Stern anfangen, der größer ist als drei Solarmassen, und er stürzt zusammen, verwandelt er sich nicht einfach in einen Neutronenstern. Er macht so weiter. Er wird so *dicht*, daß die Fluchtgeschwindigkeit dreißig Millionen Zentimeter in der Sekunde überschreitet ... nämlich ...?
Frage: Äh. Die Lichtgeschwindigkeit?
Dr. Asmenion: Richtig, Galina. Das Licht kann also nicht hinausdringen. Der Stern ist schwarz. Deshalb wird er ein Schwarzes Loch genannt – aber wenn man nah genug herankommt, in die Ergosphäre, wie man das nennt, ist es nicht schwarz. Wahrscheinlich könnte man etwas sehen.
Frage: Wie sähe das aus?
Dr. Asmenion: Da bin ich völlig überfragt, Jer. Wenn jemals einer hingeht und das sieht, wird er, falls er kann, zurückkommen und es uns sagen. Aber wahrscheinlich kann er nicht. Man *könnte* vielleicht so nah herankommen, messen, zurückkehren – und kassieren, ich weiß nicht, na, auf jeden Fall eine Million. Wenn man in das Landefahrzeug steigen und die Hauptmasse des Schiffes rückwärts wegstoßen kann, um sie zu verlangsamen, könnte man sich genug zusätzliche Beschleunigung verschaffen, um zu entkommen. Aber nur schwer. Vielleicht, wenn alles genau paßt. Aber wohin dann? Mit einem Landefahrzeug kann man nicht heimfliegen. Und anders herum geht es nicht, ein Landefahrzeug besitzt nicht genug Masse ... Ich sehe, daß Bob nicht begeistert ist, also reden wir von Planetentypen und Staubwolken.

mehr, weil Sie keine Wahl mehr haben.«

»Vielleicht rede ich noch einmal mit Dane.«

»Er ist unterwegs«, antwortete Shicky erstaunt.

»Seit wann?«

»Ungefähr zu der Zeit, als Sie gestartet sind.«

»Möchte wissen, ob er etwas gefunden hat.«

Shicky flatterte zum Piezophon und tastete eine Rückfrage ein. Auf dem Schirm tauchte die Liste auf.

»Start 88-173«, las er ab. »Prämie $ 150 000. Gar nicht so viel, wie?«

»Ich dachte, er will etwas Größeres.«

»Tja, das hat er nicht bekommen«, meinte Shicky. »Hier steht, daß er gestern abend zurückgekommen ist.«

Ich las die Briefe durch, die ich an Klara geschrieben hatte, dann zerriß ich sie. Statt dessen schrieb ich eine schlichte, kurze Mitteilung, in der ich mich entschuldigte und ihr sagte, daß ich sie liebte. Ich ging hinunter, um die Nachricht zur Venus funken zu lassen. Aber Klara war nicht dort. Es stellte sich heraus, daß sie in ein anderes Schiff umgestiegen sein mußte, das sich mit ihrem Schiff getroffen hatte. Ich bekam aber auch von dort keine Antwort.

Ich lebte von Tag zu Tag, und jeder Tag war voll. Ich probierte alles: Verstärkungsgruppe, Gruppenumarmung, Abreaktion von Liebe und Feindseligkeit. Donnerstags kamen Francy Hereira und seine Kusine Susie, mit der ich eine sexuelle Beziehung begonnen hatte, und wir aßen in der ›Blauen Hölle«. Am Donnerstag abend fanden auch die Astrophysik-Vorträge statt, und wir hörten vom Russell-Hertzsprung-Diagramm, von roten Riesen und Zwergsternen, von Neutronensternen oder Schwarzen Löchern. Der Professor war ein alter, dicker Schürzenjäger aus irgendeinem Provinzcollege bei Smolensk, aber trotz der schmutzigen Witze war Poesie und Schönheit in dem, was er vortrug.

Nach einem dieser Vorträge verabschiedete ich mich von Susie und Francy, setzte mich in eine Nische, halb verborgen vom Rankenwerk, und rauchte bedrückt einen Joint. Shicky entdeckte mich dort und hielt vor mir an, auf seine Flügel gestützt.

»Ich habe Sie gesucht, Bob«, sagte er und verstummte.

Der Joint begann eben zu wirken.

»Interessanter Vortrag«, sagte ich zerstreut.

»Das Interessanteste haben Sie verpaßt.«

Mir fiel auf, daß er gleichzeitig angst- und hoffnungsvoll wirkte.

Kleinanzeigen

GIBT ES KEINE englischsprechenden Nichtraucher auf Gateway, um unsere Besatzung zu ergänzen? Vielleicht wollen Sie Ihr Leben (und unsere Lebenserhaltungs-Reserven!) verkürzen, aber wir beide nicht. 88-775.

WIR VERLANGEN Prospektor-Vertretung im Aufsichtsrat der Gateway-Gesellschaft! Massenkundgebung morgen 13.00 Etage Babe. Jedermann willkommen!

WÄHLEN SIE IHREN START aus Ihren Träumen. Erprobtes Verfahren. Broschüre 32 Seiten, $ 10. Beratung, $ 25. 88-139.

Liebster Vater, Mutter, Marisa und
Pico-Joao,

bitte sagt Susies Vater, daß es ihr sehr gut geht und sie von ihren Offizieren sehr geschätzt wird. Ihr könnt selbst entscheiden, ob ihr ihm sagen wollt, daß sie oft mit meinem Freund Rob Broadhead zusammen ist. Er ist ein guter und ernsthafter Mensch, aber kein glücklicher. Susie hat um Urlaub gebeten, um hinauszufliegen auf eine Expedition, und wenn der Kapitän zustimmt, will sie mit Broadhead fliegen. Wir sprechen alle davon, daß wir fliegen wollen, aber wie ihr wißt, tun wir es nicht alle, so daß man sich vielleicht keine Sorgen zu machen braucht.

Ich muß schließen; es ist fast Andockzeit, und ich habe 48 Stunden Urlaub auf Gateway.

Alles Liebe,
Francescito.

Irgend etwas beschäftigte ihn. Ich bot ihm den Joint an, aber er schüttelte den Kopf.

»Bob, ich glaube, daß etwas Lohnendes bevorsteht«, sagte er.

»Wirklich?«

»Ja, wirklich, Bob. Etwas sehr Gutes. Und zwar bald.« Er flatterte näher heran und hielt sich am Efeu fest. »Bob, hilfst du mir, wenn ich für dich etwas herausfinde?«

»Wie meinst du das?«

»Nimm mich mit!« rief er. »Ich kann alles, nur nicht ins Landefahrzeug gehen. Und bei diesem Flug spielt das keine so große Rolle, glaube ich. Jeder bekommt eine Prämie, selbst derjenige, welcher in der Umlaufbahn bleiben muß.«

»Wovon redest du?« Der Joint wirkte jetzt voll; ich spürte die Wärme hinter den Knien und die sanfte Verschwommenheit ringsum.

»Metschnikow hat mit dem Professor gesprochen«, sagte Shicky. »Ich glaube, er weiß von einer neuen Mission. Aber sie haben russisch miteinander gesprochen. Es ist der Start, auf den er gewartet hat.«

»Ich glaube nicht, daß er mich an einer wirklich guten Sache beteiligt –«

»Bestimmt nicht, wenn Sie nicht fragen.«

»Ach, verdammt«, sagte ich. »Meinetwegen. Ich rede mit ihm.«

Shicky strahlte.

»Und dann, Bob, bitte – nehmen Sie mich mit!«

Ich drückte den halbgerauchten Joint aus; den Rest von meinem Verstand würde ich brauchen.

»Ich werde tun, was ich kann«, erwiderte ich und ging zurück zum Vortragsraum, gerade, als Metschnikow herauskam.

Wir hatten seit seiner Rückkehr noch nicht miteinander gesprochen.

»Hallo, Broadhead«, sagte er argwöhnisch.

Ich vergeudete keine Zeit.

»Ich höre, Sie haben etwas Gutes in Aussicht. Kann ich mitkommen?«

Er wich nicht lange aus.

»Nein.« Er sah mich mit unverhohlener Abneigung an. Einesteils hatte ich nichts anderes von ihm erwartet, aber andernteils lag es gewiß daran, daß er das von mir und Klara erfahren hatte.

»Sie fliegen hinaus«, sagte ich. »Was ist es, ein Einer?«

Er strich sich den Bart.

»Nein«, entgegnete er widerstrebend. »Kein Einer. Zwei Fünfer.«

»*Zwei* Fünfer?«

Er starrte mich argwöhnisch an, dann grinste er beinahe, und das gefiel mir bei ihm nicht.

»Also gut«, sagte er. »Wenn Sie mitwollen, in Ordnung, was mich angeht. Doch es hängt nicht von mir ab. Sie müssen Emma fragen; morgen früh gibt es eine Einsatzbesprechung. Aber Sie läßt Sie vielleicht mitfliegen. Es ist eine wissenschaftliche Expedition, mit einer Prämie von mindestens einer Million. Und Sie sind beteiligt.«

»Beteiligt? Wie das?«

»Fragen Sie Emma«, sagte er und ging.

LESEPROBE